宗昊社会纪实小说集

临时工

宗昊 著

中国青年出版社

目录

一

当记者的儿子挨了打

大夏天的，一大清早儿，王月华看见老伴拎着两只巴掌大的小王八回家，气儿就不打一处来。

老伴根本看不见王月华拧巴的眼神儿，一路上叨叨咕咕，连说带笑地就进了客厅，一边忙着找家伙一边说着："我说你们俩小绿豆儿啊，今儿个遇见我，你们可是碰上贵人喽！我这就给你们安个家啊，往后啊你们就享福啦……"

王月华拿着笤帚横在老伴跟前，怒目而视。老伴无视，继续忙活着，一手托着俩王八，一手掀开茶几上盖着的桌布，低头猫腰钻进去找东西。王月华这个气啊，冲着老伴撅起的屁股就是一脚，一边踢一边吼："孟凡树！你干什么呢？"

孟凡树对这一脚没准备，"扑腾"一下子跪在了地上。毕竟小六十岁的人了，膝盖磕在方砖地上还真挺疼。他一边揉着膝盖，一边把脑袋从茶几里拿出来看着王月华，咧着嘴说："你轻点儿啊！我这不是找东西呢嘛！"

王月华指着那俩王八，说："这是什么？你又往家倒腾什么？"

孟凡树嘿嘿一乐，说："这个！这是我早上见义勇为救下来的！"

王月华更气了，说："你对俩王八见义勇为！你别挨骂了！说，哪来的？"

孟凡树保持着慢悠悠的好脾气，乐着说："早市上救的嘛！要不是碰见我，路口开饭店的小老板儿就给买走，回家炖汤去喽！"

王月华气得一屁股坐在沙发上，说："那你多少钱给救回来的？"

孟凡树讨好地往老伴身边也是一坐，还是乐着说："不贵不贵，才二百。开始跟我要五百来着……"

王月华把笤帚一扔，开始嚷嚷："孟凡树！你大款是吧？这国家好人都死绝了，就等你当雷锋！你老爹八十四了，瘫痪在床，你们家哥儿俩就你一个人管。现在一个护工多少钱你知道吗？养老院一个月交多少钱你知道吗？你一个内退的破工人一个月拿多少钱你知道吗……"

老孟知道，这一嚷嚷就没完了。人家都说女人四五十岁的时候脾气最不好，那是更年期闹的。不过王月华这更年期也确实长了点，从儿子高中到现在工作，每天的绝大部分时间都处在焦虑和烦躁之中。老孟也不怨她，自个儿的老爹在床上瘫痪了小十年，自己两兄弟就是逢年过节去养老院看看，平时连面都不露。每周三天，来回坐三个小时公共汽车去养老院给老头儿洗澡按摩送饭送吃的，全是王月华，风雨无阻。平时所有开销，全靠王月华一点一点精打细算省下来，这才能让老爹住养老院、用护工；让儿子顺顺当当上大学；让自己内退了也没什么挂碍。

"你呀，就是这张嘴不饶人。不就是俩乌龟吗？养在家里添点儿乐不挺好的吗？你看你看，瞧这俩小东西多可人儿。儿子大了天天出去工作，回头再谈个女朋友，咱俩多闷得慌。养猫养狗的你嫌麻烦，它俩没事啊。咱那鱼缸呢？前几天还在茶几下头呢。"孟凡树一边说，一边接着找鱼缸。

王月华还要说话，电视里出现了一组画面，让她不得不把视线从王八转移到屏幕上。正在播出的是《午间新闻》，内容是他们所在的洋春市的一条著名的沿江大道，这条道不仅被称为洋春的"小外滩"，还是贯通东西两城的交通要道。而就在这条沿江大道上，每天早上六七点钟，全城的各路小商贩就齐聚而来，形成了一个天然早市。于是，交通拥堵了、环境脏乱了、城管出动了……这些都不要紧，反正王月华家在老城区，离那条道还远着呢。但是，电视画面上，正和小贩撕扯在一起的分明是王月华与孟凡树的独生儿子孟想！

王月华盯着电视狠狠地看，确认了就是儿子，赶紧叫老伴："老孟！你看看！儿子！"

孟凡树也从地上爬起来，托着俩王八扭头看电视。果然，孟想被小贩揪扯，摄像机拍摄出来的画面不断晃动，声音嘈杂，有人说："赶快放手！"有人说："记者了不起啊！打的就是你！"画面晃动间，电视机前的老两口就那么看着自己的儿子抱头倒地，王月华脱口大喊："儿子！你怎么了？！"

紧跟着，画面回到正常视野，几个穿着城管制服的人按住了两个人。然后，画面停止，演播室里漂亮的女主持人出现了。

女主播说了什么已经不重要了。王月华就知道儿子一大早就上班去了，作为洋春市电视台的记者，他每天在干什么王月华不知道，反正打开电视机看新闻，只要有声音说"本台记者孟想报道"，就知道这是儿子做的。对于儿子，王月华一直寄予厚望，最想让他做的，是考上公务员，在洋春市的任何一个机关里找一份风吹不着雨打不着的工作。可这孩子从小就野，在办公室里坐不住，大学毕业的时候非要当记者。当就当吧，用他爹孟凡树的话说："电视台也是机关。"可是王月华怎么也没想到，在机关工作咋还有危险啊？咋还能挨打啊？

啥也甭说了，孟凡树赶紧给儿子打电话，儿子在电话里声音还好，可是背景声乱乱哄哄的。孟凡树就听见儿子说："我没事！下午就回家了……"王月华这个急啊，抢过电话就问："孟想，你在哪儿呢？！"

此时此刻，孟想正在医院的急诊室里打破伤风针。脑袋上挨了一下，破了，见了血，缝了三针，还有轻微脑震荡。摄像胳膊上被抓了几道子，那是小贩老婆干的。一大早去拍早市扰民、堵塞交通，本来计划好了跟城管一块儿去，谁知道新官上任的主编非要记者先去暗访。那早市天天在，地球人都知道，整个洋春市无人不晓。暗访这种活儿老记者们都不干，拿着偷拍机和小商小贩套话，搞不好就会被发现。遇见胆儿小的，转身就跑；遇见胆儿大的，肯定跟你要浑！很不幸，今天孟想和摄像遇上的就是胆儿大的，不仅大，还不要命！也是该着孟想倒霉，大早上的，俩大小伙子携手逛早市本来就会很怪异，摄像手里的偷拍包又是个手包造型，哪个二十多岁的青年男子会在早上六点多端着手包逛早市啊！再加上太阳刚出来，光线在镜头上一个劲儿地反光，得，穿帮了！卖鱼的小贩反应也快，迅速就上来抢包。这年头，微博微信满天飞，大街上十个人里九个都拍过视频。别看是贩夫走卒，看了镜头一眼立马就知道孟想是干什么的了！正撕扯着，后面城管来了。孟想本以为救兵到了，谁想一看见这帮穿制服的，本来只是想抢下镜头的小贩立刻改成攻击。小贩老婆上来抓着摄像胳膊连撕带咬，小贩和一心要护着摄像机的孟想扭打在一起……

王月华和孟凡树呼哧带喘地跑到医院，孟想的脑袋已经做完了包扎。王月华在急诊室里一看见脑袋上缠着纱布的儿子，眼泪立马就下来了。孟想赶紧上来拉着老妈说："没事了没事了，就是破了个口，什么都不影响……"

孟凡树捋开孟想的袖子，仔细看了一遍，又低下头去拉儿子裤腿。孟想在人来人往的急诊室里被老爸的动作弄得很不自在，赶紧拽起老爸说："爸，你别看了，身上没事。"

王月华带着哭腔说："什么没事啊！电视上都演了，你抱着脑袋摔地上的！这要是碰坏了脑袋可怎么好！你刚二十五，连对象都没有，要是落下毛病可怎么办？打你的人呢？警察怎么不抓他？必须得判他十年八年的！你们这是什么工作啊？怎么还有人敢打记者啊？你们领导怎么也不来啊？"

孟想刚才没觉得晕，被老爸老妈这么一折腾，头还真有点晕乎乎的了。他刚要说话，就看见昨天刚上任的主编带着编务小刘一路小跑地冲他们跑过来。孟想跟他们打招呼，主编的脸上喜笑颜开，上来就拍孟想的肩膀，说："孟想！咱们节目刚把你们的新闻播发了，效果特好！辛苦了啊！"

孟想含混客气着，王月华这个气啊，张口就问："我儿子都被人打了，这是辛苦的事儿吗？"

孟想赶紧拽老妈的手，主编跟才看见老两口似的，赶紧笑着说："呦！这是叔叔阿姨哈！孟想这次是为工作出的意外，组里不会不管。一会儿我们同事就送你们回家，孟想你好好休息，打你的小贩已经拘留了，我找别的同事跟进这事！你放心，咱们肯定要个说法！你这几天好好休息，有选题我再打给你。那什么，刚才你们俩的医药费单子呢？先给我，回头我找主任签字给你们报销……"

王月华听了这一顿连珠炮似的话，又急又气。急的是孟想这伤，也不知道要紧不要紧；气的是眼前这人，说的这都是什么话！孟想看出来老妈脸色不对，拽着老两口就往外走。编务小刘一溜小跑着去开车，孟想跟老妈悄悄说："妈，一会儿上车您可别说话啊。刚才那个是我领导，你说什么回头让我们同事听见再传给她，我可没法混了啊！"

王月华忍着怒气说道："就短头发那女的？满脸褶子眼睛画得跟熊猫似的！她还领导？这么半天了，问过你一句吗？上班干活被人打了，你们领导连个慰问的话都没有。一句'辛苦'就完了？还报销医药费，你就应该跟她要工伤赔偿！"

孟想息事宁人地说："得得得！妈，您这法制节目真没白看，比我还懂！咱先回家，回家再说！您放心，我们单位不会不管我的！再说我这也没什么事！"

王月华说："什么没事啊！脑袋都缝针了还说没事！怎么说也是个手术，你们单位都不派个人陪着你！我要不是看新闻我还不知道呢！"

孟想小声说："刚才来人了。不来人您能看见新闻吗？我让同事把带子先送回台里，等着播出呢。我让人家先走的……"

孟凡树半天没说话，听见儿子这么说，就慢悠悠地劝老伴："年轻人，一心都在工作上，你也别着急了。儿子福大命大造化大，这不是好好的吗？你想想咱们年轻那会儿，不是也整天学习向秀丽吗？工作第一，身体第二。儿子刚工作没两年，他这会儿不表现，什么时候表现？"

王月华被噎了回去，半晌，说："我让你考公务员你非不去！要是当初听我的，你这会儿哪有这么一出？不听老人言，记者有什么好当的？风里来雨里去，天天觉都不够睡。吃饭没点儿、睡觉没点儿，你等着老了以后身体给你找后账！急死我算了！"

孟想看见小刘已经把车开来了，赶紧拉着老妈就开车门。车门上贴着"午间新闻"的大贴纸，隔着百十米都能看见。王月华迈进车门就听了儿子的话，闭上了嘴，可是脸上还是掩饰不住焦虑。孟想心里不落忍，知道自己说什么都没办法消除父母的担心，只好也闭上了嘴。孟想心想："出个意外就急成这样，要是知道我干了两年了还是临时工，这还不得闹翻了天！"

二

可算是熬出来了

　　孟想在家待了还不到两天，王月华嘴上的泡就起来了。一边是心疼儿子，老怕脑子落下后遗症。毕竟太阳穴上面缝了针，虽说现在有发际线挡着，看不见，可以后岁数大了，头发稀了，就露出来了。儿子二十好几，连个女朋友还没有，要是因为这事给耽误了又该怎么办？

　　养老院那边也不让人省心。原先用的那个护工吵着要回老家，说是儿子生了孙子，得回家照顾孙子去。王月华跟老孟嘀咕了不止一次，身份证上那护工刚四十多岁，这就来孙子了？骗谁啊！十有八九是想借机会要涨工资。老孟眼下的心思都在家里那俩王八上，一心要把它们养得寿比南山，听见老伴嘀咕工资，就大大咧咧地说，那就给他涨点儿呗！

　　王月华想起孟凡树这态度就来气！涨点儿？那哪是一点儿半点儿的事啊！现在就要两千五，再涨，横是不能就涨十块八块吧？一百二百也满足不了啊！要涨，至少就得涨五百，半个月菜钱就这么没了！王月华私底下也问了问别的护工，也知道如今这价码都差不多，就算两千五能干，平时周末节假日也得给人家再加点，归里包堆算下来，一个月也合三千多了。

王月华急归急，该干的事可一件也不能落。好在孟想在家就是休息，过两天去医院拆了线再复查一下就完了；养老院那边还是隔一天一去。王月华看看月历牌，明天又该给老爷子送吃的了。养老院的饭说是营养配餐，可是以素为主，又舍不得放调料。老爷子脾气大，一辈子吃惯了酸辣口儿的荤腥，这回躺在床上吃素，动不动就闹脾气。孟凡树还有个弟弟，可一年露不了两次面，一应吃喝全是王月华的事。今天一大早，王月华打发老孟去早市上买点腔骨，寻思着炖得烂烂的，明天好给老爷子送去。多炖点骨头汤，也给孟想喝几碗，补补身子。

正想着，外面有人敲门，王月华嘟囔着："这老头子，又没带钥匙……"开门一看，却愣住了。

门口站着的是俩人，一男一女。男的是个小伙子，岁数比孟想小些，个头倒是差不多，也得一米七五往上，皮肤黝黑，眼睛小，脸上羞答答的；女的也是王月华这岁数，脸上褶子一大把，头发几乎全白。王月华闲暇没事的时候，还时不时地去楼下的小发廊染染头发，社区里开的店，人都熟了，几十块钱就能染下来。这么一比，眼前这女的比王月华老了好几岁。

王月华刚意识到眼前的人，人家就开口了："嫂子……"王月华赶紧往屋里让："老二家的！你瞧我这眼神儿！没戴花镜，亲戚都认不出来了。"老二家的拉着小伙子往屋里走，手里还拎着一个黑塑料袋，一边进一边说："怨不得你，咱都两年多没见了。"王月华心说："可不是嘛！老爷子那儿你们也不去，咱上哪儿见去！"

两个人刚坐定，孟想听声从房间里出来了，三个人一对视，孟想乐了："小剑！怎么黑成这样了？"

叫小剑的小伙子羞赧一笑，也不说话，而是站起来走到孟想面前，亲热地抱住了孟想的肩膀。坐在沙发里的老二家的赶紧冲王月华说："这孩子！一说来见孟想哥，可高兴了。"

孟想拉着小剑进自己屋了。老二家的把黑塑料袋放在茶几上，王月华这才看见里面是一袋子苹果，随后，老二家的又把三百块钱放在苹果旁，王月华愣了，说："这是干吗？"

老二家的半低着头，声音低低地说："大嫂，我知道老爷子瘫在养老院这么多年，里里外外都靠你和大哥了。我们……咳，当着明人不说暗话，您也知道我们家这情况。孟凡林那腰一直不好，说是内退，也拿不了多少钱。我现在给人做小时工，也没什么保证……"

别看平时王月华一提起孟凡树这个弟弟，满嘴里都是抱怨，一句好话没有，可真见面了，看见了两年不见的妯娌，再听了这几句话，心里早就软和了，嘴上也说："说这些干吗！孟凡树是老大，你们又过得不易，老爷子的事我们能盯着就先盯着。你们有空就去瞧瞧，没事啊！都挺好的，我每隔一天去一次，没什么事，老爷子身体精神都挺好，甭惦记啊！"

老二家的更不好意思了，赶紧说："大嫂，我这些天日子好过点儿了！凡林那腰找了个中医，带着他练武，说不用做手术，现在能走道了。他一能出门走道儿，我一天就能多接几家，有打扫卫生的，有给人做饭的，挣得能多点。还有咱家小剑，上个月也找着工作了……"

此时，孟想屋里传来了打游戏的声音，王月华知道，准是孟想带着孟剑玩电脑呢！孟剑一岁多时发烧，烧退了，可耳朵聋了。

虽说后来一直上着残疾人学校，可是这话始终说不利落，耳朵也一直没治好。孟想比孟剑大五岁，从小就一起玩，孟剑没什么朋友，就喜欢孟想这哥哥。两年多没见，俩人还是那么亲。王月华知道，从小孟剑就是老二家里的一块心病，毕业之后找不着工作，一直在家里待着。老二家里确实不富裕，孟凡林当工人那会儿伤过腰，老早就得了腰椎间盘突出，早早就内退了；老二媳妇林平原先是农村的，后来进了城一直也没有稳定工作，干了一辈子服务员。年轻时在厂子招待所，老了又去家政公司当小时工。这么一家子，自己的生活都顾前不顾后，也就没能力再照看老爷子了。一想起这些，王月华也不由得叹口气，这哥儿俩里头，还就他们公母俩算是日子过得舒心的；第三代里，孟想又是最有出息的，得了，啥也别说了，该受累还是受累吧！

王月华正想着，老二家的把那三张百元大钞放在王月华面前，说："大嫂，你也别嫌弃。这钱不是给你和大哥的，是给老爷子的。我也知道，如今养老院住着、护工请着，再有那么些个吃喝拉撒的事，我们一年到头帮不上忙，心里特不落忍。好不容易熬到小剑找着工作了，昨天把工资拿回来，他爸就让我给你们拿点来。我知道也不多，你们看着贴补贴补，给老爷子买点吃的，也算我们尽尽心。老孟本来想来，我又担心他那腰坐不了公车，走路也不能长了，就和小剑一块儿来了。嫂子你和大哥可别挑理啊……"

王月华还能说什么，只好说："行！我这就给老爷子买水果去！你大哥去早市买腔骨去了，老爷子想吃肉，我给炖好了明天就送去！回头跟老爷子说，这是你们给买的！林平啊，没事，你就忙家里就行，老的小的身体都不好，全指着你呢。老爷子那边甭惦记，有事我肯定叫你们。"

林平胡噜一下白发，笑道："好在小剑有工作了，我也松快些。"

王月华给林平倒了一杯茶，问："你看咱俩，尽顾着聊了，我也没给你倒杯水！小剑在什么单位啊？累不累？"

林平笑着说："在咱们市中心刚开的那家大超市，叫'权客隆'的，分在熟食组了，当理货员，每个月发一千八。"

王月华也替孟剑高兴。孟剑从小没什么朋友，就跟孟想好，小时候受人欺负，都是孟想替他出头，俩人感情深得很。后来因为都大了，两家走动少了，孟剑又听不见、说不了话，平常不能打电话，只能偶尔给孟想发个短信。这么一个大小伙子，整天待在家里也不是个事，如今好了，也能挣钱了，虽说少点，毕竟够自己吃饭了。王月华说："妹妹你也算熬出头了。孟剑这活儿不错，给上保险不？"

林平笑笑："刚上班，就是个临时工。人家说了，干好了，半年以后就给上三险。"

王月华感慨着说："如今这社会可不是咱们年轻那会儿了，用人单位都精着呢！不过小剑没事，多老实的孩子，长得精神、肯吃苦，错不了，肯定招领导喜欢。"

林平叹口气，说："我就指着他能养活自己就成。要不，你说哪天我一瞪眼伸腿去了，剩下他们爷儿俩可怎么办？"

王月华安慰说："瞧你说的，现在孩子长大成人了，你也适当休息休息，别那么累了，好好保养保养，家里有老二那么一个药罐子了，你可别再累坏了。我还是那句话，老爷子那边甭惦记，有我呢。"

林平站起身来，说："那嫂子，我们就回去了。小剑三班倒，下午还得上班去。我中午也得回去给他们爷儿俩做饭。老爷子那边我就不去了，我现在接着好几家的活儿，中午还得回家照看老孟，你和大哥替我们公母俩多担待吧。"

孟想和孟剑也从屋里出来，林平瞧见孟剑手里拿着一个盒子，一脸笑容，就跟孟剑比画，问手里拿的是什么。孟剑高兴地打开给妈妈看，是一个七成新的手机。孟想笑着说："我刚换了个新手机，这个给小剑了。"

孟剑拿出来，演示给妈妈看，能发短信，还能录音、拍照，林平不好意思地跟王月华说："嫂子，别破费了，让孟想留着用吧，给他他也不会使。"

王月华认识那个手机，是孟想去年用的，年初春节，孟想他们部门开年会，一年干得好的那十来个人可以参加抽奖，孟想抽了一部苹果手机，这个就不用了。孟凡树本来想拿来用，可是按键太小，字也小，看不清楚，就扔家里了。听见林平这么说，王月华就说："拿着拿着，他哥哥给的就拿着，在家里放着我们都不会用。现在上班了，大小伙子得用个电话，拿着吧。"

三

为俩馄饨，护工不干了

　　王月华拎着一保温桶的腔骨刚走进养老院的楼道，就听见 207 房间里传来含混不清的吵嚷声。不用问，一准儿是老爷子。

　　王月华三步并作两步走过来，门开着，老爷子躺在床上哆哆嗦嗦地嚷，护工老胡站在窗前叉着手看着，面无表情，既不反驳也不走开。王月华见状赶紧把保温桶放在床头柜上，上来按住老爷子一直试图挥舞的双臂，大声问："爸，您又怎么了？"

　　老爷子瘫在床上有些日子了，由于是脑梗后遗症还伴有中风，自从救过来说话就不利索了，下半身基本动不了，走不了路，实在要下地只能坐轮椅。老爷子要强了一辈子，没承想会是现在这个样子。身子瘫了，心里可明白，嘴上又说不清，脾气就越来越大。现在这个护工老胡已经是用过的第三个了，满养老院的护工都知道这老头儿难伺候，老胡更是疲沓了，基本上是你嚷你的，我干我的，任凭老爷子气得七窍生烟他也岿然不动。王月华自知老爷子脾气不好又要求多，年轻时候被老太太伺候惯了，现在看谁都不顺眼，

-014-

平常也就不责怪护工，只能哄着老头。

老爷子一看见王月华来了，哆哆嗦嗦含含混混地说了几句话，王月华听了半天，明白了。原来是早饭老爷子想吃馄饨，护工给打了一份，养老院里卖的馄饨一份是七个，老爷子吃了五个，吃不下了。护工早上可能没吃饱，趁着老爷子吃完了眯瞪的时候，就把剩下两个馄饨给吃了，老爷子一觉醒来，还想着那俩馄饨，要，可是没了，顿时就气大了。

王月华安慰老爷子："爸，那俩馄饨剩到现在也不好吃了，老胡吃了就吃了吧，您干吗生那么大气啊！想吃馄饨是吧，明天我给您包，虾仁儿的，一准儿比这儿做得好吃……"

王月华本是在劝慰老爷子，没承想一直没言声的老胡说话了："谁吃他馄饨了！我挣得再少也不至于吃你剩饭吧！那俩馄饨煮破了，弄得都散架了，他吃完了就睡，我得洗碗吧，洗碗我不得把剩饭倒了啊！什么城里人，住得起养老院吃不起馄饨吗？你把剩饭当好东西，我们可不吃你的剩儿……"

王月华一听也来气了，说："老胡，我这不是哄老爷子吗！他说你吃了，我哄他两句就完了，你让他为俩馄饨生这么大气，你知道不知道他有脑梗有中风啊！你把他气出个好歹来我们家可跟你没完！"

老胡也是个老江湖，在洋春市里混了十几年，从收废品到炸油条，什么活都干过，什么人都见过，他才不怵呢。听见王月华这么说，老胡慢悠悠地来了一句："您也别吓唬我，您家这老爷子我也伺候不起。上礼拜我就跟您说了，我儿子让我回家抱孙子享福去呢，您这活我就干到今天。这么着，下午我就不干了。上午的钱我也不要了，算我送您的，从一号到昨天，一共十二天，这个月的钱您给结了吧！"

王月华更来气了，说好了干到月底，容她两天空去找新护工，这么一来，不就是撂挑子吗！话已经说出去了，再往回收是不可能了，王月华心一横，大不了今天自己在这儿打地铺当护工了，明天让老公儿子过来换班。不就是一千块钱吗，吓唬谁啊！

王月华二话没说，跑到养老院门口的取款机跟前，从退休金卡里取出一千块。再跑回来，人家老胡已经把自己的东西都收拾好了——折叠床、衣服、饭盆，折叠床折好了放在门口，饭盆和衣服都摊在桌面上，养老院护理部的主任也过来了，估计是老胡给叫过来的。看见王月华气喘吁吁地一进门，老胡就开腔了："张主任，您看好了，这都是我自己家的东西，我可什么都没夹带啊，跟您跟王大姐这儿我就算是结清了。"

张主任——说是张主任，其实就是个不到三十岁的姑娘，是养老院院长的外甥女，从外地来的，一听老胡这么说，就瞅着王月华笑了笑，说："王大姐，您看一眼吧，要是没事了，您二位就在合同上签个字，老胡就可以走了。"

王月华已经懒得再和老胡纠缠了，在家跟老孟嚷嚷两句，声音大，火气小；在这儿，多说一句都搓火。算了，什么也不说了，王月华扫了一眼摊在床上的东西，的确都是老胡自己的。老爷子这里也没什么值钱的物件，王月华接过合同就把字签了。她不再看老胡，老胡也不理她，归置东西就走了。

老胡一出门，张主任就过来问："您找着新护工了吗？"

王月华一肚子火没处撒，说道："我进来东西还没放下他就说要走，一大早起把老爷子给气得直嚷嚷，我哪有空找人去？你们养老院就管收钱，这服务怎么一点都跟不上？"

住在养老院的老人一般分两种，条件好的和条件差的。条件好的一般身体都好，大部分都是主动来养老院养老的。这样的老人大多因为孩子不在跟前，自己又不差钱，觉得与其在家里找保姆还不如到这儿来，还能找别的老人聊聊天。这样的老人，心态都还好，养老也是养心，找乐、舒服最重要。

条件差的就不好说了。这样的老人也分两种，一种是身体还凑合、能基本自理的。这样的一般都是八九十岁，能走能动，就是做饭打扫卫生是问题，在家里住房不宽敞，跟着儿女不方便，只好到这儿来。这样的，一般不用请护工，到点去食堂吃饭，不吃饭的时候就睡觉看电视打麻将，除了给饭菜、服务提提意见，一般也没大事。最怕的就是像王月华家这样的，家里条件一般，老爷子又不能自理；怕花钱又少不了花钱的，负担大脾气也大，稍不如意就嚷嚷，点火就着。张主任在养老院里干了几年，接触的老人家属就属这样的人最多，早就练就了一副好脾气。养老院也是开买卖，都是和气生财；再说，老人身上都是七灾八痛，万一因为起争执有个好歹，养老院还得陪着打官司赔钱，不划算。

张主任赔笑着对王月华说："大姐，您别着急，我这也是才知道。老胡确实有点过分。不过他也真是家里有事，早就想走。您家老爷子也是病拿的，火气大，我昨天刚从劳务市场上新招了几个人，要不您去挑挑？我知道您家里住得远，您五十多了，乍一没人，您自己受累也不是长法儿。"

王月华看看病床上的老爷子，自打嚷嚷完，心气儿就顺了，闭着眼眯瞪呢。王月华看看表，又快中午饭了，本来自己放下腔骨，盯着老爷子吃完午饭就能往回走了。真是如张主任说的，身边没护工，自己就是什么都不管了，一猛子扎在这儿也干不过来。王月华也没别的辙，只好说："我也不是冲您，实在是现在这护工，都跟大爷似的，干不了几天就要涨钱，不给涨就不干，一点缓儿都没有……"

张主任拉着她往外走，笑着说："都是农民进城，都是为挣钱，可不就一心想着多挣嘛！走走走，您跟我去会议室，他们几个这会儿都在呢，上午是培训，趁着刚下课没吃饭，您看看去。看上谁，我帮您说说，头俩月先试试工，可以给少点，您用着好再说。"

穿过住宿区，来到办公区。推开会议室的门，王月华就闻见了一股子酸臭味。这个味道王月华并不陌生，每次换护工，头两天屋里都有这个味儿。都是刚下火车没多久，大包小包扛着、坐着闷罐车来的，到了洋春又没准地方住，甭说洗澡换衣服，连脸都没得洗。王月华看着屋子里零零星星几个人，都是一副没睡醒的样子，头发乍乍着，坐得离门口最近的一个男的，那头发都擀毡了，眼睛不大，透出来的可都是贼光。张主任和王月华一推门，屋里的几个人想必是上课上累了，百无聊赖的，齐刷刷地都瞧着她们俩。王月华打量他们，他们也打量王月华。

王月华大概数了数，屋里一共七个人，只有仨男的。坐在门口那个，王月华一眼就给否了。看着就鸡贼，眼珠子看人都不老实，四处打转转，心思难捉摸。里面还有两个，看面相长得有几分相像，张主任看着这俩人，给王月华小声介绍："那俩是堂兄弟，刚从老家过来，听说在老家还做过小买卖……"王月华一个劲儿摇头，都没再往下看，小声说："这可不行。都在一个养老院干，互相攀比着涨钱，再互相给打掩护，不行不行。我可没长后眼，还得看着他们！"

张主任犹豫了一下，心里也知道门口这男的王月华指定是看不上的，就小声说："要不，您考虑考虑女的？其实您家老爷子这么大岁数了，用女的也行。"

这个方案王月华从来没想过。老爷子再老也是男的，平常翻身洗澡换衣服，用女护工终归是不便利。还甭说自己这里嫌弃不嫌弃，人家女的一般也不干这活。王月华正思忖着，张主任用下巴一指，低声对王月华说："大姐，您看尽里头那个女的怎么样？四十五，儿子在洋春干装修，估计在哪个工地打工呢。听说刚把家里老公公给伺候走，就来这儿当护工来了。要不您试试？"

王月华看着这一屋子人，觉得自己根本没有选择的余地，只好问："她愿意干吗？"

张主任走过去跟那女的耳语了几句，就把人带出来了。走近了，王月华细细端详她，短发，脸上褶子不少，眉眼半垂着，说不上高兴也说不上不高兴。眼睛里的光发暗，眼神倒是挺淡定的，但是也不怯生。头发梳得挺整齐，衣服也干净。难得的是，走近了，没有屋里那股酸臭味。

张主任说："刘姐，这是王大姐，给老公公找护工。八十多了，得过脑梗，现在瘫痪在床上。洗澡翻身喂饭，一个月休息两天。试用期工资都是两千，过了试用期是两千五。您看看，干不干？这王姐人特别好，家里也没那么多事儿！隔一天人家就来一次，来了你就能歇会儿。怎么样？"

姓刘的女的还没说话，王月华先开口了："我们家那老爷子可不瘦，您行吗？"

这女的抬眼皮看了看王月华，问："得了脑梗？得几年了？"

王月华一愣，说："两年多了……"

女的一叹气，说："我老公公也是这个病，以前生龙活虎的一个人，晌午还下地插秧呢，没插两行就栽泥水里了。在炕上躺了一年多，脾气古怪得很，一家子都闹得鸡飞狗跳……"

王月华越听心越凉，心说这位真是撞枪口上了，什么都门儿清，瞅着这架势，要么是不想干，要么就得多加钱。王月华都打算扭头走了，忽然又听见这女的叹了口气，说："您也真是不容易，看着老爷儿们也是指不上，跟我们家一样。张主任，我现在就过去还是下午上完课去？"

王月华差点儿没反应过来，看见张主任推她，这才说："您这就跟我来吧……"

四

三不报俩不得罪

星期一孟想上班，脑袋上的线拆了，可头发因为缝针剃了一块，只好戴了顶棒球帽。周一一大早是选题会，值班主任、制片人、主编要围着桌子坐一圈儿，在最核心的位置，后面一圈是各口的首席记者、组长，像孟想这样的跑热线的年轻记者，很自觉地找个旮旯儿坐下了。

孟想刚一坐下，肩膀就被人拍了一下，孟想一仰头，赶紧站起身，叫了一声："师傅！"旁边坐着一老记者，听见孟想这么叫"嘿嘿"直乐，乐过之后对那人说："行，刘志利，你这徒弟没白带。出师都快二年了，还叫师傅呢！是个有良心的。"

刘志利大大咧咧地往孟想刚刚坐过的椅子里一坐，手上的水杯往前面的桌上一扔，说："怎么着？一日为师，终身是父。是吧孟想？"

孟想笑着又拽过来一把椅子，说："是，我就是这么想的。"

刘志利看看孟想，忽然伸手摘了孟想的帽子，头上立即就露出那块光秃秃的疤癞。刘志利赶紧把帽子又给扣回去，数落孟想："你跟我实习大半年，我说你都学什么了？前两天听说你让人打了我还不信，怎么着，你还真跑城管前头抄人家摊子去啦？"

孟想赶紧摆手，说："没有没有！就是偷拍，被卖鱼的看出来了，跟我们抢机器，这才受伤了。没抄人家摊儿……"

刘志利声音提高了八度，说："大早上起来去早市偷拍，后面又跟着城管，这不是抄摊儿是什么啊？我怎么教你的？贩夫走卒也得讨生活，当记者的不能欺负弱者……"

离开会还有不到十分钟，办公室里已经陆陆续续坐进来三分之二的人了，主任和制片人没来，主编已经就位了，听见刘志利这么嚷嚷，孟想的汗都下来了，一个劲儿拽师傅的胳膊，小声说："师傅，我没有。我要是真欺负人家，那能是我挨打吗？"

刘志利一听也觉得是这么回事，又转过头问："你有记者证吗？"

孟想愣了："啊？没……没有……"

刘志利大声说："没有记者证你充什么大个儿的？连个正经记者都不是，就学人家偷拍，你要是现在还跟着我，我早一条腿把你踹出去了！"

孟想跟了刘志利半年，知道他是节目组出了名的刺儿头加杠头，说话从来都不好听。但是，跟着刘志利实习那半年，孟想又很真实地感受到了一个老记者的敬业和能力，实话说，跟着刘志利自己学到了不少东西。孟想从小就在王月华那种语言环境下长大，深刻领悟何为"刀子嘴、豆腐心"，有的时候他觉得刘志利和自己的母亲很像，一边数落你，一边心疼你。所以，当全部门都觉得刘志利是异类的时候，唯有孟想，始终和刘志利保持着一点儿都不见外的师徒情分。今天听刘志利这么说，孟想一点儿都不意外，知道师傅心里是心疼自己。可是在这个场合大声说就不对劲了，这不是说给孟想听的，分明是说给领导听的！孟想偷偷看看别人，大家的目光都齐刷刷地投过来，只有已经坐定的主编，神色淡定，眼皮都不抬。

刘志利一点儿没有收敛的意思，自顾自地跟孟想说："我教你的'三不报'还记着不记着？"孟想不打磕巴地说："解决不了的事儿不报，砸人饭碗的事儿不报，家庭纠纷不报……"

"还有'俩不得罪'呢？"

"医院和学校不能得罪！"

"知道你还报？交通要道上办早市，这事儿你解决得了吗？偷拍小商小贩，后面跟着城管去抄摊儿，断了人家生计，这不是砸人家饭碗吗？我说你去之前过没过脑子？"

孟想低声说："师傅，这是主编派的活儿……"

刘志利打断孟想的话："下次再有这选题，你就客客气气跟主编说：'我没记者证，真出点什么事，连保险都没给我上，我不去！让正儿八经的记者去。'记住了吗？"

孟想低眉顺眼地苦笑道："我要那么说了，还能在这儿干吗？师傅，我还想转正呢。"

看着孟想一副"人艰不拆"的样儿，刘志利还想再说点什么，只听见主编咳嗽了一声，制片人和值班主任一边说着话一边走进来，偌大的办公室渐渐安静下来。

会一开始，制片人先说一周的选题落实情况、收视数字，然后是值班主任点评。随后，主编开始说新一期的选题。经济、文教、科技都是跑口的首席记者先报题，然后是组长们说题，最后是热线。这一周孟想没值班，没有说的份儿只有听的份儿。往常开这样的会，刘志利听着听着就走了。他跑了卫生口多年，按说早就应该是首席记者了，可他言行出位，经常对组里派的活不屑一顾，和历任制片人、主编关系都不牢靠，现在口里的大事小事早就有年轻记者接手了，少数几个关系铁磁的单位，平常也出不了什么大新闻。刘志利也乐得赋闲，隔三岔五出现一次，给领导个台阶；领导也懒得理他，只要不冒刺儿，爱咋咋地。

可是今天刘志利没走，就那么一直坐着。圆桌边上坐着的主编在他眼里就是个棒槌，自己跑新闻的时候她还不知道在哪儿呢。主编手里拿着一周热线报上来的题，在刘志利听来，不是哪儿的水管爆了，就是谁家下水道堵了。说一个题，派一个，眼看题目都派得差不多了，里屋编辑室的电话又震耳欲聋地响了起来，这就是热线。刚刚开会的时候没响，不是因为那会儿没电话，是里面的人都出来开会了，准是有人把电话筒摘下来了——这都快成接热线的潜规则了，屋里没人的时候，话筒就摘下来，宁可造成占线也不能让电话没人接。估计这会儿是有人以为会快开完了，就把电话给放回去了，这一放，铃声立即开始大作。

有人小跑着进去接了，然后又兴冲冲地跑出来大声汇报。此时，例会已经收尾，领导们都站起身了，领到活儿的记者们早就按捺不住地往外跑了，主编在混乱中大声喊了一句："你说什么？"

接热线的大声喊："洋春妇幼医院后门的垃圾桶边上发现了弃婴！"

主编眼睛都亮了，立刻开始喊："都别动都别动！"她一边喊一边迅速用眼神找人，卫生口的记者们都散了，就剩下了几个热线组的。主编一眼看见了刘志利，眼神在他脸上停留了片刻，可是刘志利轻视不屑的眼神让主编的眼睛迅速离开了，然后就看见了他身边的孟想。主编马上将脸上的表情调整出了微笑，对着孟想说："我刚才忘了，今天孟想伤愈归队！大家鼓掌欢迎！"

办公室里各种姿势的人都凝住了，有正在起身的、正在拿包的、正在迈出左右脚的……听见主编这么说，只好配合着给了些稀稀落落的掌声，让孟想瞬间脸就红了。可还没等他说点儿什么，主编就叫："孟想，来！一星期没开张了，奖励你一个好题！赶紧去！"

刘志利鼻子里往外出凉气，孟想不明所以，只好冲着主编就过去了。刘志利再想叫住他，已经不可能了。坐在旁边的另一个老记者看着刘志利笑，说："怎么着？心疼徒弟？没事！大小伙子，这脏活累活不干，难不成上来就当首席？"

刘志利瞥了他一眼，说："这是什么破活？这热线现在都成什么了？"

老记者一拍刘志利肩膀，说："你再嚷嚷就该你去了！洋春妇幼医院，你们家的口吧。好歹你也是卫生口老记者了，要我说就应该让你去！"

刘志利狠狠地往地上"呸"了一口，说："我管医院里面，医院外面垃圾桶也归我跑？你怎么不去？你不是跑环卫吗？全洋春市垃圾桶都是你们家口儿吧！"

老记者嘿嘿一笑，拿起茶杯走了，边往外走边唱："我正在城楼观山景，耳听得人马乱纷纷……"

孟想不知道外面发生的这段小插曲。主编欢欢喜喜地拉着他进了里屋编辑室，把刚刚的热线记录拿给他，叮嘱他赶紧去。爆料人现在正在垃圾桶边上守着，孟想问："他报警了吗？万一我们去了警察已经把孩子抱走了怎么办？"

主编一笑："你忘了咱们有现金奖励啦？来，拿上这三百块钱，告诉爆料人这是奖金。刚才接线记者已经跟他说不要报警了，你们去了，采访完了再报警！赶紧啊！"

孟想来不及多想，也来不及出来再跟师傅打个招呼，赶紧叫上摄像扛着机器就跑了。电视台距离妇幼保健院并不太远，在洋春这种二线城市，堵车的现象还不十分突出，和孟想搭档的摄像早就练就了在市区里乾坤挪移的车技，没开多长时间就到了。

孟想还真看见医院后门那儿围着几个闲散人。此时正是上午十一点，上班的上班上学的上学，这会儿能在街上溜达的都没什么着急事。连医院的保安都站在门口看着，也不通知医院，也不报警。

孟想带着摄像一下车，人群下意识地就给让开了一条道。说是垃圾桶，其实还挺干净的，是洋春市一个月前新换上的分类垃圾桶，绿色的大塑料桶，还没用得面目全非。垃圾桶旁边有一个纸箱子，里面是一个小襁褓，紫红色的婴儿像个默默蠕动的小动物，闭着眼，微弱地呼吸着。摄像自顾自地拍，孟想赶紧叫医院保安："你去叫医生来啊！这儿有个孩子！"

保安一脸漠然，再叫，他溜达过来说："没主儿的孩子，咋整？"

孟想顾不上生气，赶紧报警。电话打通后，孟想过去看孩子，想抱又不敢；想摸摸他，又怕自己不干净。这时候，摄像拉了一个人过来，喊他："孟想！他就是打热线的！"

孟想赶紧扯过话筒，采访爆料人，什么时间发现的，发现的时候什么样……说得差不多了，警车也到了。孟想刚要转身去采访警察，爆料人突然拉住他："完了？你们不是说……"

孟想猛然回过味来，赶紧把兜里的三百块钱掏出来递到人家手里，那人才满意地站在了一边，继续看热闹。警察过来也没有抱起孩子，而是连纸箱子一起抬起来，前后左右地看。另一个警察还过来帮着翻襁褓。孟想举着话筒问："警察同志，你们这是找什么呢？"

警察头也没抬，说："看看孩子父母有没有留下什么信息。

孩子是哪儿的人，有没有什么病？扔在医院后门，估计是有病，没钱治或者治不好的……"

孟想着急地说："那赶紧送医院检查吧！"

警察摇头："不行，遗弃的孩子只能去民政部门指定的医院，这儿还不行。我们先联系一下往那儿送吧！"

孟想立马说："那我们跟您一块儿行吗？我们是洋春电视台的，我们自己有车！"

一辆警车、一辆电视台的采访车，两个警察、两个记者和一个奄奄一息的婴儿，在周一的中午，连大带小五个饥肠辘辘的人穿行市区，往近郊的一家医院奔驰而去。坐在车上的孟想无意中伸手摸了一下衣兜，这才想起，自己因伤看病的那一沓子单据还没交呢，还不知道什么时间能给报销呢。

五

当记者还得干警察的活儿

回到台里，已经是下午三点多了。孩子留在了医院，公安部门也和民政部门取得了联系。孟想赶回台里，先是跑着上楼，呼哧带喘地把拍摄完的素材带子交给技术——先要把素材上传到网络上，然后根据稿子再编辑合成。主编指示，必须要赶在当天的《洋春新闻》里播出。赶回台是三点多，洋春新闻要赶在《新闻联播》之后播出，那也就是七点半。孟想来不及多想，技术帮忙传素材，自己赶紧找了一台电脑写稿子。

此时的办公室和机房都闹闹哄哄。出去采访了一天的记者都和孟想一样，赶在下午这个点儿上跑回来。晚了、错过了截稿时间，今天的采访内容明天再播出，新闻就成了旧闻，谁还关心？都说面包房里的点心保质期短，放在冰箱里起码还能搁两天；新闻要是过了二十四小时，新鲜的也臭了。

孟想在台里混了两年，已然深谙"新闻是抢出来的"道理。什么中午饭下午茶的，都等到新闻播出了再说吧。办公室里敲击键盘的"噼啪"声，电话铃的"丁零"声，里面屋里主编对记者的训斥声……孟想见怪不怪地掏出耳机，塞进耳朵，写稿干活。

稿子在四十分钟后写完，孟想最后读了一遍觉得没啥毛病了，这才用鼠标点了"交稿"的按钮。电脑的那一端就是里屋的编辑组，此时，值班编辑正在忙乱地审稿。十个记者对两个编辑，一边是赶着写，一边是赶着看。孟想是节目组的新人，还不敢和编辑叫板，通常情况下是编辑让怎么改就怎么改，纵然心里有不同意见也不太敢在嘴上直接表达——惹恼了编辑，稿子直接毙掉，这条就算白干。孟想是临时工，按条数拿钱，毙哪条都像是割自己身上的肉，疼啊！

孟想写稿子用了四十分钟，编辑连删带改又用了二十分钟。稿子改好后，孟想打印出来又是一路百米冲刺跑到配音机房，送给值班的播音员。播音员已经连续配了十几条了，看见孟想来了，下意识地就端起水杯抿了一口。孟想知道配音机房、制作机房都严禁喝水吃东西，万一水洒到机器上，就算报废了。可人家是老播音员，靠着这副充满了磁性的嗓子在电视台吃了半辈子饭，孟想见了人家只能毕恭毕敬喊老师，看见人家喝水也得乐呵着，嘴里还得说着："何老师您辛苦！您先饮个场，我等着……"

等稿子从文字变成了声音文件，孟想终于可以在电脑上编辑合成的时候，留给他的时间已经少得可怜了。孟想又是一个百米冲刺，气喘吁吁地跑到编辑机房，手机的屏保就是一个硕大的时钟，已经五点了。也就是说，孟想必须用四十分钟编好这条新闻再跑去送审，否则，直播的《洋春新闻》就不等他了。

好在机房值班的技术已经把素材上传完了。孟想在节目组是年轻的新人，机房里几个小技术都和他年纪差不多。大家平时在一起吃饭唱歌打打篮球，玩得不错。因为有这层友谊，所以孟想总是能在制作机房里感受到一层温暖。每次遇到急活儿，技术哥们都会帮他。有些老记者虽然混的年头长，可是习惯了吆五喝六，每每想支使值班技术帮着上传素材，对不起，我没空，忙着呢！您自己来吧！

　　离六点的截稿时间还差五分钟，孟想一边擦着汗一边把带子捅进了审看机。主编皱着眉头看了一遍，最后一个镜头刚一落幅，忙着就把带子又倒回原点，退带、交给孟想，只说了一个字："跑！"

　　孟想接过带子撒丫子就跑。干了两年，孟想几乎每天都要在这六层大通道里跑上几个来回。编辑审看在楼道尽东边，直播演播室在尽西边，配音机房在四层，制作机房在五层。孟想一边跑一边想，自己应该带一个计步器，算算每天都跑了多少米，大概用不了一年，也能绕赤道一圈儿了。

　　直播机房门口是武警站岗。这是播出安全的保证。孟想不是正式员工，只有进出电视台大门的临时证件，没有自由进出直播间的正式证件。每天跑到这儿送播出带的时候，孟想心里都有一种不可名状的辛酸。他要在距离武警三米开外的安全地带冲着里面大声喊："送新闻！"或是狠狠地敲几下导播间的玻璃大门，让里面的人能看到他，然后，才会有值班编辑跑出来拿着他的带子送进去。每当这时，孟想都会趴在玻璃大窗上看着，等着自己的带子推送进机器，监看屏幕上准确地露出自己节目的内容才会放心离去。有好几次，孟想都想让站在值班哨上的武警通融，你们天天都能看见我，就放我进去吧！可是，每次孟想调整了表情准备对武警送上微笑的时候，武警的脸上都无一例外的是拒人千里的冰冷，那种冰冷让孟想觉得心虚气短。孟想趴在玻璃门上看里面，趴一会儿就能把玻璃门捂热；可武警们的眼神永远是肃杀的，一点温度都没有。

今天，孟想再次把头贴近玻璃，刚看见编辑把播出带送进去，牛仔裤后口袋里的手机就响了。孟想写稿时把它调成了振动，震得屁股麻酥酥的。

孟想掏出来一看是编辑室的电话，那边传来的是主编的声音："孟想！送到了吗？你赶紧回来，后面还得你跟！"

孟想只得又开始了"环赤道长跑"，进了门，主编开门见山："孩子现在什么情况？"

孟想答："初步检查应该是心脏有点问题，但是具体什么问题得过几天都查完了才知道。"

主编看着孟想，眼神严肃："这事你得继续跟。我刚才告诉编辑，主持人在编后语里会说，我们节目要持续关注这事儿。你马上和医院联系，明天再去，一定要一个诊断结果。还有，一定要查到这孩子的父母是谁！"

孟想的头"嗡"了一声，自己又不是警察，怎么查啊？看见他面露难色，主编口气稍稍缓和了一点，说："你在稿子里不是提到了吗？这孩子是在洋春妇幼医院门口发现的，十有八九是在那家医院生的，生完了发现有病就不要了。你去医院查，肯定能查到……"

孟想忍不住插嘴说："那要不是在那家医院生的呢？"

主编有点不耐烦地说："怎么可能不是？就算是在别的地方生的，也是在那儿查出来有毛病才扔在门口的。孟想你动动脑子，他爹妈能从外省市不远万里地跑到这儿来就为扔个孩子吗？退一万步说，就算跟这家医院没关系，洋春市有多少家医院，有多少家医院有妇产科，又有多少家医院有儿科，能给这么小的孩子看病？你找也找出来了！"

孟想知道自己多说无益，只好接着查下去。可是，去了人家医院又怎么查呢？拿着孩子照片挨个找医生问？自己连个记者证都没有，人家医生能配合吗？

看着孟想双眉紧皱，愣在那里没有离开的意思，主编一拍他肩膀，语重心长地说："你有师傅啊！洋春妇幼医院跟你师傅关系好得很，你问问他怎么办。"

孟想想想也只好这么办了。刚起身要走，忽然正往口袋里放手机的手摸到了一沓子纸张，孟想才反应过来，赶紧掏出来那一沓有些皱巴的诊疗药费单据，赔着笑，递给主编，说："老师，这是我上周在医院看伤……"

主编本来已经拿起电话要布置其他人的任务了，看见孟想这沓子药费，又放下电话，接过来一张一张地看了看，然后说："行，明天我找领导签字。回头跟你这月劳务一起发给你。"

孟想不由自主地"啊"了一下。自己的劳务是要扣税的，八百起扣，百分之二十的税费。这医药费不应该实报实销吗？怎么说自己也是因公受伤吧？

主编不自然地笑了一下，又一拍孟想肩膀，说："小孟啊，你知道咱们单位的财务制度是很严格的。正式员工的医药费要走医保报销，一年一报，也是集中一次发放在工资卡里。那也是要有百分之二十五左右是自费的。你的事领导上周已经知道了，而且批了特事特办，说一定这月就给你报，而且是部门出钱——你没上医保嘛！部门是不能拿现金的，只能以工资的形式发放，具体到你，就是发劳务，明白了吗？孟想，这次领导真的是非常关心你了，不然，走手续也要两个多月呢！这么做，是对你工作的最大认可，你明白吗？"

孟想只好说："我明白了，谢谢老师，谢谢领导。"

走出编辑室，孟想突然听见自己的肚子在叫。想了想，从早上到现在，自己只在家里吃了两根油条，喝了半碗豆浆。看来今天的中午饭和晚饭又要合并同类项了。

可是现在还不能想晚饭的事，听主编的口气，明天自己必须去医院，必须要把这事调查出个子丑寅卯来。没别的办法，只好给师傅打电话求助。现在是六点半，师傅应该已经开始晚间饭局了。

果然，电话通了，可是响了五六声才接，刘志利的声音伴着嘈杂的背景声传过来："孟想，有事吗？没事找我吃饭来吧！"

孟想哪顾得上吃饭，只能先顾着明天的活计。在电话里孟想把今天的采访过程和主编下发的明天的任务一五一十地说了。电话那头的背景声渐渐减弱，孟想猜想，可能是师傅正从喧闹的环境中走出来，找了个安静些的地方听他说话。他说完了，电话那边沉默了几秒，孟想含糊了，问了一句："师傅，您听见了吗？"

刘志利叹了口气，说："孟想，我说不让你去吧……"

孟想有点小委屈，忍不住打断师傅，说："师傅，主编派的活啊。再说，我歇了一个多星期，没工作量啊……"

没工作量就没钱，这道理刘志利再明白不过。他不再说什么，转而问："你折腾一天吃饭了吗？"

孟想说："没有。中午饭都没吃。"

刘志利当即说："你到三阳街找我来！我在'瓦罐家'，吃了饭再说。"

孟想为难地说："师傅，那我明天的事……"

刘志利又撒开了大嗓门："这都几点了？你玩命可以，人家医院管宣传的不下班啊？你先过来，我待会儿就给他们打电话。这点儿人家都在回家路上，你再着急的事也得等人家回家吃完饭我再跟人说吧！这事明摆着是你求人家，求人还不得有点儿眼力见，你以为人家二十四小时都为你伺候着！"

六

老爷子说了，女护工骚扰我

　　王月华挂了孟想的电话，就开始把桌子上扣着的盆盆碗碗往厨房收拾。家里就三口人，老孟是个有什么吃什么的人，不挑剔；孟想爱吃鱼，夏天的时候想喝两口啤酒。王月华今天特地做了两条黄花鱼，知道孟想下班没点儿，老两口六点来钟就先吃完了，特地给儿子留了一条，结果，孟想一个电话，不回家吃饭了。王月华嘟囔着："都放凉了，还不回来吃，早先也不说，搁一宿明天还怎么吃！"

　　孟凡树正给乌龟换水，听见老伴嘟嘟囔囔就回了一句："拿盘子扣上放冰箱里，明早上我吃！"

　　王月华白了他一眼，说："孟想还没吃着呢！"

　　老孟说："那就明儿早上给他吃！好东西还能没人吃。放一宿怕什么，不是有冰箱吗？又坏不了。再说了，剩鱼才好吃哪。"

　　王月华一听这个，放下手里的盘子碗就直奔茶几，下面是一叠报纸。王月华翻出一张给孟凡树念："吃隔夜菜有害健康，亚硝酸盐严重超标可致癌！"

孟凡树呵呵一笑，接过来报纸就擦手。手刚从鱼缸里拿出来，湿的，还腥气。一边擦一边笑话老伴："你就是迷信！人家说什么你都信！你小时候不是天天吃剩饭？那会儿有剩饭吃还不赖呢！有的吃就比没的吃强！啥癌不癌的，要我说就算真致癌，咱们身子骨也能扛了，就跟那感冒疫苗似的，叫什么'抗体'？咱们中国人，尤其是咱这岁数，都是吃过苦的，早练出一堆抗体了。你怕啥？"

王月华刚要反驳谬论，家里电话就响了。老孟本来就离着近，又巴不得有个什么事让王月华闭嘴，就顺手拿起话筒。老孟还没说话，电话那边的声音就跟爆炸似的出来了："王姐在吗？我这是养老院！您家老爷子发脾气正闹呢，我们好多人都劝不住，您家赶紧来个人吧！"

孟凡树和王月华顾不上自己的拌嘴，抓上外衣钥匙就跑出门。洋春的城市都繁华在白天，每每夜色降临，只有食街是热闹的，广场上还有些跳舞的老人，上班上学的都像候鸟一样回到属于自己的窝去了。王月华和老孟来不及再去公交车站等公车，只好狠下心伸手拦出租。本来一个洋春市就没多少车，这个钟点正是交接班的时候，的哥们回家的回家吃饭的吃饭，站了十多分钟，只有一辆遮着车牌子的车停下了，司机探出头问："去哪儿？坐车不？"

孟凡树想都没想就拉着王月华上了车，没等坐稳，就说："第二养老院。"

司机也不打磕巴："三十！"

王月华刚要挣巴着说话，老孟一把按住："得！您快点儿！"

王月华固然心疼那三十块钱，但是一想到养老院那边的老爷子，又觉得顾不上了。

黑车司机业务还算不错，没怎么耽搁就到了地方。老孟提前把三十块钱攥在手里，车一停稳就扔到了副驾驶上，拉开车门就跑。王月华一看，也知道老伴这是急着了，往日里那天塌下来都无所谓的一个慢性子，如今也知道着急冒火了。王月华在后面也一路小跑跟着，三步两步跑进楼道，就看见好多房间的门都开着，连平日里那些不能动的老太太老头都坐在床上往外头看，好儿个护工三五成群地站在楼道里议论。等到了老爷子的房间门口，就听见里面一片嘈杂。王月华认识的几个养老院的主任基本上全来了，乌泱泱堆在门口。王月华忍不住问了一句："这是怎么了？"

张主任正在里面一筹莫展呢，听见王月华的声音，跟见了救星似的赶紧嚷嚷："家属来了，外头的都闪开！"

门口聚集的各路人等纷纷往外面退，老孟两口子这才有路从门外进来。王月华一路上做好了各种思想准备，可是眼前的景象还是让她和老孟结结实实地吓着了。老爷子趴在地上，张主任一边劝一边指挥着四个男护工，看样子是想把他弄回到床上。可是老爷子的双手死死拽住床腿儿，怎么劝都不松手。张主任满头大汗，央求王月华："王姐您赶紧劝劝您家老爷子吧，我这也不敢掰他手啊，再给伤着……"

王月华傻愣愣地不知道该如何是好。老孟倒是稳当，问张主任："我爸他这是怎么弄的？"

张主任赶紧叫护工，王月华这才发现，护工小刘一直站在角落里，脸上平淡如常，仿佛屋里发生的这一切都和她无关。看见张主任叫她，这才走到老孟和王月华跟前，慢悠悠地说："下午给他洗澡，他不肯；就给他擦身子，他说我骚扰他。我擦完了出去倒水，再回来就这样了。弄不动他，叫人来，他又不肯上去。"

王月华越听越堵心，门口已经有围观的护工偷偷在笑了，还有人在私底下嘀咕："这老头子，一把年纪都瘫成这样了，还惦记有人骚扰他！"

还有人笑着说："估计是盼着人家骚扰呢，人家不理他，恼了！"

王月华气得差点一口血喷出来，顾不得场合，直勾勾地转过身去，冲着嘀咕声传来的方向大声嚷："谁没个生老病死？有你们在这乱嚼舌头根子的吗？"

张主任赶紧呵斥门口的围观护工，说："你们都没活干是吗？赶紧回岗！哪屋要是出问题，下个月就走人！"

说完那些人，又回过头对王月华说："王姐！您家老爷子实在是太倔了。先不说刘师傅怎么着，咱们这屋里都是有探头的，我刚让人查了，刘师傅真是什么都没干，就是给他擦身子来着。那大腿根不擦会得褥疮的，这……"

老孟赶紧过来跟张主任说："给您添麻烦了。张主任您甭管了，你们都回去吧，我们两口子来就行了。刘师傅，让您受累了。"

护工居然一句话没说，转身就出去了。张主任半信半疑地问："不用给您留俩人弄他？要不您随时叫我？"

老孟坚决地说不用。把众人送出去，关上门，一屁股坐在老爷子身边，慢悠悠地说："您这是嫌我好长时间没来瞧您是吧？"

这句话一说，王月华都愣了。这是从何说起，不是跟护工怄气吗，怎么成了对儿子了？老孟继续说："我给您赔不是，这些日子来得少。我寻思，月华不是隔一天就来一趟吗？谁让您儿子找了一个能干的媳妇呢！家里家外全照顾了。上月孟想工作的时候让人打了，脑袋上缝了好几针，月华又要来您这儿，我就偷懒在家帮着做做饭、买买菜、浇个花养个鱼什么的。您要是嗔着我不来，就跟月华说，她一准儿告诉我，跟我说我就来呗。您生我气就跟我说，干吗趴地上不起来？您想栽赃人家护工啊？您这屋里有探头，知道什么是探头不？就是摄像机，您在这屋里干了什么，人家保安那儿全都看得见。您怎么爬下来的？摔着没有啊？我不是吓唬您啊，您这下半身本来就动不了，要是再这么折腾几回，连胳膊膀子可都废了。那时节您甭说想爬下床了，连手都动不了。"

王月华很少听见老伴一下子说出这么多在理的话来。平常的日子，要么嘿嘿一笑，要么三言两语打个岔，谁承想还能说得这么在情在理！

眼见老爷子握住床腿的手指头松动了，老孟赶紧就势把他手拽开，跟王月华说："老伴，来，我抬上身你抬腿，慢着啊！"

俩奔六十的老人家，抬着一个八十多的老爷子，呼哧带喘，汗流浃背地总算是给弄上床去了。刚折腾好，就听见老爷子身下传来一声闷响，紧接着一股恶臭弥漫开来。王月华立马说一句："不好！拉了！"

能不拉吗？一个大小伙子趴在凉地板上好几个钟头也扛不住得窜稀，更何况是一八十多老头！王月华知道老爷子身上绑着尿垫子，那也得赶紧换赶紧给洗啊！这会儿护工也不知道去哪了，她赶紧进洗手间拿起盆来接热水，出来指挥老孟把老爷子翻个个儿，给换尿垫子。

翻过身来刚要弄，王月华把老孟推到一边。她知道自己来得勤，护工做这些事的时候她给打过下手，有多恶心她有心理准备。老孟虽说是儿子，可没见过这阵仗，除了小时候给孟想换过裤子，可没干过别的。王月华说："你笨手笨脚的，起开！"

话音刚落，就听见刘师傅说话："还是我来吧，你们俩弄不利落。"

俩人诧异：这人什么时候又进来了？刚才又干什么去了？王月华还以为人家一准儿会辞职不干了呢，受这么大委屈，搁谁受得了啊？

刘师傅脸上还是没啥表情，放下手里的饭盒就过来给老爷子收拾。老头脸侧着趴在床上，也分不清楚是几只手在给自己收拾。老孟站在一边，眼看见刘师傅挺麻利地给擦洗，换新垫子，王月华推他："去！把窗户开开！"

都折腾完了，护工刘师傅独自去洗手间洗了洗手，然后把饭盒递给老孟："他下午没吃饭，这会儿也没饭了，我刚去宿舍给煮了点速冻馄饨。你喂给他吧。我喂他怕不吃。"

说完，人又出去了。老孟和王月华面面相觑，不知道该对人家说点啥，是先道歉还是先感谢。王月华摸着饭盒还热乎着，就给端到了老爷子跟前，一勺一勺地喂给他吃。王月华这边喂着，孟凡树一边说："这样的护工真是难得了。就是您亲儿子我天天在这儿伺候您也不灵，我可没那耐心。我们小时候您怎么说来着：'不吃饭？饿着！饿两顿就吃了。'估计您要再来这么一出，我就得把您说我们的话还给您。哎，老伴儿，你说等咱俩动不了了，咱们有福气能找着这样的护工吗？"

王月华白他一眼，说："你凑合着过吧，就你那点钱还想找护工呢！"

老爷子瘫的是下半身，脑子和五官可是没毛病。既不耽误听也不耽误说，只是这半天，居然一句话都没声响。吃完了热乎乎的馄饨，孟凡树又打水给他擦脸，王月华把他的假牙给摘下来刷了，泡在杯子里。两个人做这一切的时候，都看见了老爷子脸上带着些狡黠的笑意。

七

女汉子变女神

　　刘志利还真有面子，一个电话打过去，妇幼医院还真有人接待了孟想，不仅带着他一起看了监控录像，还管了他一顿中午饭。孟想说了一堆感谢的话，陪着他的是医务处的副处长，嘿嘿一乐，说："你不是刘志利的徒弟吗？他十多年前就跑我们这口，没事，我们多年朋友，他都说了让我帮这忙，我肯定得帮啊！"

　　帮忙是帮忙，那监控录像是黑白的，在楼道里，妇幼医院每天进进出出那么多大人孩子，谁知道是谁的？看了得有大半天，也吃完了人家食堂送的盒饭，孟想这才圈定了几个"嫌疑人"。都是女的，抱着孩子，从医生诊室里出来，在监控录像上看着怀里的襁褓和那天弃婴身上的有些像，这样的人物孟想锁定了三个。按照监控录像上的时间，人家处长又陪着他去找医生，估摸着时间，找医生的处方和医嘱，一个一个地排查这几个人。

　　孟想蹲在人家诊室里，屋子本来就小，里里外外都是孩子家长，孩子一哭就是一片，医嘱又不能拿走，处长陪着他在墙边站着。孟想蹲在地上翻，处长就乐："你们这是当记者还是干公安啊？不是报案了吗？让警察查来啊！"

孟想心说："人家查了也不告诉我们，我们这新闻找谁去啊？"

还别说，还真让孟想查着了。锁定的三个嫌疑人，有两个的孩子都是小毛病，一个幼儿急疹，一个就是有点拉稀，还有一个可是得了先天性心脏病的，是什么先天性二尖瓣狭窄，那天正好是确诊。这和福利院给孩子检查的结果是一致的。

孟想揉了揉已经发麻的大腿，站起来原地蹦了几下，再次感谢人家处长，说就是她了，肯定没错。这上面有家属联系方式，有孩子姓名，总算有线索了。

处长巴不得这事赶紧结束，自己也算解脱了。俩人在拥挤的楼道里相互道别，打算各干各的去了。孟想一脑门子兴奋，抑制不住地想跑回台里，就在冲下楼道的一瞬间和一个姑娘硬邦邦地撞在了一起。孟想个子比人家高，把整个胸脯奉献了；人家个矮，眼睛鼻子嘴巴整个趴在了他身上。

孟想没觉得有多疼，人家姑娘当时就双手捂住鼻子眼睛，酸着鼻音说："你看不看路啊？"

孟想赶紧道对不起，说自己没看见，跑快了……人家姑娘揉了半天眼眶，抬起头说："这是医院，你着什么急啊！你就是再着急也得看着点，来的都是病人，本来就不舒服，你……哎，你不是新闻系的孟想吗？"

孟想看着眼前这个姑娘，翘鼻子、圆眼睛，一米六几的个头，身材有些圆润，扎着一条马尾，也觉得有些眼熟，就是……

姑娘伸出小拳头捶了他肩膀一下，大喇喇地说："毕业刚两年吧，你不认得我啦？咱们一起上了三年大课哪！中文的，夏晓炎。"

孟想一拍脑门，连声说："咳！你呀！哎，你不是短头发吗？怎么这样了？"

夏晓炎低头看了一下自己穿的长裙和半高跟的小船鞋，笑着说："还不许人家换个发型啦？上学的时候住宿舍，有点时间都睡觉了，谁有工夫梳辫子？现在不是工作了嘛，总得像点样子！"

孟想也笑了，俩人也算是故友重逢，一起往楼下走，一边走一边聊。上大学的时候，孟想是新闻系，夏晓炎是中文系，两个班的学生经常一起上公共课。一般这种课都是在阶梯教室里上，人多、拼班、课无聊。头三年，什么"马克思主义科学原理"、"古代汉语"、"现代汉语"，都是这么上的，大家一起混了三年，抬头不见低头见的，都成了半熟脸。可是，那个时候的夏晓炎可不是今天这个样子，孟想记得，那会儿夏晓炎好像是学校田径队的，每天都穿着运动服，好像每天一下课就要去训练的样子。有的时候吧，她来上课就坐在后面犄角旮旯儿，点完名就趴在桌子上，能睡一节课。有几回，孟想来得早，也想坐犄角，偏巧都挨着她，看她睡得香，把自己都带困了。

走在医院的小花园里，夏晓炎笑着对孟想说："还行，毕业两年你没怎么变样。我们班好几个男生都胖了，跟吹了气球似的。你现在在哪高就啊？"

孟想说："什么高就啊！我在电视台，当个小记者。"

夏晓炎一拍孟想肩膀："可以啊！你们新闻系好多人不都想当记者吗！你多好啊，专业对口，工作也好。"

孟想一摸后脑勺，说："还没转正呢，先当临时工凑合干着，还不知道以后怎么样呢。你呢？我记得你那会儿说过也想当记者的，做体育记者是吧？"

夏晓炎咧嘴一笑，嘻嘻哈哈地说："往事不堪回首，上学那会儿的小理想就甭再提了。我啊，现在当老师呢。洋春一中，教语文。"

孟想"嚯"了一声，夸张地说："那可是洋春最好的中学，你厉害啊！"

夏晓炎咯咯笑着，说："什么厉害不厉害的，见了面你都不认识我了能厉害到哪儿去？"

孟想不好意思地说："真不赖我，你这变化也太大了。要是光头发长了也就算了，我觉得……觉得你整个人……"

夏晓炎故作紧张生气状，问："你觉得什么？我整个人怎么了？变老了是不是？"

孟想赶紧说："没有，是变好看了好不好！上学那会儿整个一假小子嘛，怎么现在这么淑女、这么秀气啊！"

夏晓炎双颊微微泛红，马上又嗔道："谁上学时候假小子了？"

孟想笑着说："你啊！跑得快，跳得远，上课睡觉，下课迷瞪，这都是男生特征吧。哎对了，我记得有一次上'马原'课，你还跟我抢答'到'是吧？"

夏晓炎歪头回想了一下，也乐了，说："你还说，那次都赖你！老师点你名，你就喊'到'就是了，你推我干吗？"

孟想回想着当年的场景，忍不住地笑着说："我没有。你那会儿一上课就睡，口水都快流出来了，我一看老师上课点名，就想叫醒你，谁想到刚一推你就被老师点名了，你倒是麻利，一个鲤鱼打挺就站起来，干净利索地替我喊了个'到'！你说，赖我吗？"

夏晓炎不好意思地一挥手，说："算了算了，那会儿我真是瞌睡虫上身，每天都是睡不醒。偏偏还要上课训练，真是累死了。你说那会儿多好，食堂的饭那么难吃，我还能吃好多，关键是还不长肉；现在运动少了，吃得少了，倒把自己养肥了。"

孟想仔细打量了一下夏晓炎，很认真地说："没有啊！我觉得挺好的。你那会儿是太瘦了，夏天在操场上看你们跑步，你胳膊腿上的都是肌肉，那线条赶上博尔特了。当运动员当然是好看了，可是穿裙子不好吧？"

夏晓炎嘟着嘴表示赞同，说："可不是嘛。所以上班以后我就不跑了，哎，也是忙了，跑不动了，可是我们这种人一不运动了，这身上的肉就跟气吹的似的往上涨。这不，我今天就是拿药来了。"

孟想不解："拿什么药？"

夏晓炎解释道："我们另外一个老师给推荐的，这里有个中医大夫不错，可以调整内分泌，我吃了她的药觉得还不错。"

孟想夸张地说："长点肉就调整内分泌？你们女生是不是太紧张了？"

夏晓炎不屑地说："你不懂，这是一综合项目。我现在睡眠不好，脾气也见长，老跟班里的小孩们较劲，还长肉，人家让我吃点药调理一下。至少现在我睡眠还行，自我感觉脾气也好了不少。"

看着夏晓炎小小的洋洋自得，孟想一瓢凉水泼下去："什么啊，我看你脾气还是挺大的。瞧你刚才那么大声跟我嚷嚷，周围人都以为我怎么你了呢！"

夏晓炎右手握成拳头，对着孟想肩膀又是一下子，这回把孟想捶得直咧嘴，一边捶一边说："我怎么脾气不好了？要是搁上学那会儿，我这腿就踹出去了！你还说！"

孟想笑着往后跑，说："你看你看，那会儿是假小子不跟你计较；现在都当老师了，穿着裙子也扮淑女了，怎么还踹人？还说自己脾气好？讲理不讲理啊！"

让他这一说，夏晓炎也笑着不追了，反过来问："你到这儿干吗来了？这可是妇幼保健院，给妇女儿童看病的地方，你哪里不舒服到这儿找大夫？"

孟想这才把自己来的目的一五一十地和夏晓炎说了。夏晓炎不听则已，一听就翻了，当即做出了火冒三丈状，说："这是什么爹妈啊！你没钱给孩子看病可以借啊！再不行，找你们电视台、找报纸，现在不动不动就发动个募捐什么的嘛！再不行，先治着，治完了再跑也行啊，怎么能就把孩子给扔了呢！这是亲妈吗？这是不是人贩子啊？我说孟想，这事你们电视台可得负责到底，必须把这扔孩子的不负责任的爹妈给找出来，让全洋春市人民都看看他们都是什么货色，必须受到全体人民的鄙视……"

孟想听着夏晓炎一口气说了这么多都不带打磕巴的，都愣住了。等她说完，孟想由衷地说："我看出来了，你应该当记者去……不对，最好当警察，疾恶如仇啊，太吓人了。你放心吧，我这半个月就忙活这一个事了，现在孩子他妈的联系方式拿到了，我明天就找去，一定给你……不是，给洋春市民一个交代！"

夏晓炎拍拍孟想肩膀："够意思！这才是无冕之王呢！对了，咱俩留个电话微信，明天告诉我啊！他们要是不认，咱就报警！我就不信了，新社会、红旗下，还有这样的爹妈！"

八

忘了你是聋子

新开张的权客隆张灯结彩，门口六个大喇叭里不停气儿地放着歌："苍茫的天涯是我的爱，绵绵的青山脚下花正开……"大门正对的小广场上绑着四个氢气球，每个飘扬在半空的气球身上还系着一个大条幅，头一个写着"开业三天不打烊"，第二个写着"全市最低价"，第三个写着"购物满百立减十五"，第四个写着"每天十台等离子电视等您带回家"。

有了这几个促销广告，再加上一个多星期前城市晚报上的彩页广告，半个洋春市的老头老太太都奔这儿来了。抢米抢面抢食用油卫生纸，只要觉得比别家便宜，就一股脑地往购物车里装。开业两天了，除了半夜里人来得少些，从早上七点到晚上十一点，这个洋春市最大的超市一直都是熙熙攘攘。孟剑上班两天，愣就是两天没合眼。

孟剑在熟食组上班，每天就是把各种肉肠、小肚、牛肉、火腿切片装盒，用保鲜膜包好过秤，打出价签来贴上放在柜台里。

按理说，他们组里的人可以轮岗，半天切肉打价签半天盯柜台帮着客人称重拿肉什么的。可是孟剑听不见、说不清，就只好一个人闷在柜台后面，一声不吭地重复着一项工作。纵然柜台前面的同事们调笑嬉闹，或是卖场里人声鼎沸，都与他无关。

熟食组的组长和生鲜组的组长正在谈着一场恋爱。两个年轻人相识不过四五天，却已然是如胶似漆的样子。孟剑的组长是管熟食的，小伙子比孟剑大不了几岁，俨然已经是情场上的老人家了，火候分寸拿捏得十分到位。刚看上生鲜组的姑娘的时候，他先是没事找事地过去说说话，然后就是尾随着人家一起去冷库，找机会单独接触；再后来，孟剑每切好一盒鸭胗子，他都抽出来两片，单独包好一盒，塞在工作服下面送过去。开张了几天就送了几天，现在的两个人俨然已是只羡鸳鸯不羡仙了。

孟剑虽然耳朵嘴巴不好使，可是入职教育的时候学得一点也不马虎。明明切好了的熟食，已经上秤称过了，价签都打出来了，就在贴之前被组长抽出几片装在另一个一次性盒子里，孟剑并不高兴。他不知道组长为什么要这么做，开始以为是他嘴馋，后来发现他每一盒都要这么干，而且抽出来的鸭胗也没有塞进他自己的嘴巴。他那盒装得满满的、没贴着任何价签的鸭胗一直在工作服里面藏着，快下班的时候，生鲜组的女孩笑盈盈地过来找他，孟剑看见，那盒鸭胗像变魔术似的，出现在了女孩的面前。

孟剑没说什么，继续低头干自己的活。他心里不高兴，可是又说不出。多年来，他已经习惯了隐忍自己的情绪。他没有在自己情绪波动的时候刻意地照过镜子，不知道自己即使低了头，脸上也写着"不开心"。不过这又有什么关系呢，在他的生活里，除了父母，没人在意过他的表情和感受，至于别人看他的眼光，孟剑也早就习惯了。不管是疑惑、嘲弄、怜悯或是其他，孟剑只要低下头，避开那些脸就可以了。

不过这一次，有人来主动拍他的肩膀了。孟剑把视线从案板上的熟食上移开，看见是自己的组长在笑嘻嘻地看着他，嘴唇一张一合地在抖动，孟剑下意识地把耳朵凑过去，他的听力接近于零，但是，还有一些微弱的感受，如果对方说得足够慢并且声音振聋发聩的话，或许还能听到只言片语。但是，组长显然并没有发出更大的声音，孟剑不知道，组长看他没有什么反应，恍然大悟地拍了一下自己的脑袋，转过身对他的女神说："我忘了丫是聋子！"

女神笑着说："真的？那更好了，有顾客投诉也听不见，有力气就成！求你了啊！"

组长一脸笑容："跟我你客气什么！你的事就是我的事，你等会儿，我就带他过去啊！"

女神说完回眸一笑，继而就飘然而去了。组长脸上带着谄媚的笑容目送女神的背影持续了四五秒钟，然后迅速从兜里掏出纸笔，就着冷柜的边沿，龙飞凤舞地写了几个字，递给孟剑："从现在起，你去生鲜组帮忙。砍排骨。"

孟剑觉得自己没什么可选择的。他看着那张纸条，然后看看组长，组长的眼神里还带着女神扔给他的余温，但是，和孟剑四目相视时，还是有点不耐烦。孟剑很想在纸上问一句"为什么"，可是他没有，他想起自己得到这份工作时妈妈脸上喜极而泣的表情。孟剑清楚地记得妈妈每天早上用手语向他发出的语言：好好干。

孟剑没再说什么，手上还有最后一盒鸭胗子，他低下头麻利地切好、装盒，放在冷柜货架里，然后朝着生鲜组走过去。他没再理组长，他的背影明确表达了他对组长的不喜欢。组长看着他过去，嘟囔了一句："耳朵听不见，脑子也是坨屎。"

孟剑一到生鲜组就被领到一大圈冷柜围着的圈子里。四面冷柜散发出的冷气侵入骨髓，孟剑看见周围的两个小伙子都穿着皮裤，自己的工作服完全不适合这里。正愣着，女神也穿着皮裤过来了，手里拿着一个黑色的大垃圾袋，扔给孟剑，比画着让他打开。孟剑看见里面是一条乌漆麻黑的皮裤，用手碰一下，油腻腻的，还有股恶心的味道。孟剑皱着眉毛，旁边过来一个小伙子，二话不说就帮他拎出来，比画着让孟剑直接伸腿。孟剑看着他，年龄没自己大，眼睛里带着笑意，扯着大皮裤帮他撑着，冲着他做了一个伸腿的姿势。孟剑缩起一条腿想伸进去，可是趔趄了一下，那小伙子急忙抓住他胳膊，示意他可以扶着自己的肩膀。孟剑顺势扶住，和小伙子一起使劲，总算把皮裤穿上了。女神嘟囔一句："够笨的。"然后冲着那小伙子说："六子，他就跟着你了啊！他是哑巴还听不见，你多带着他。去吧，你们俩冷库卸猪去吧。"

六子就拍孟剑，领着他往后面走。冷库在后面，六子和孟剑并排走，一边走，一边把孟剑的手拉过来，在他手心里写了一个"六"，然后又指指自己。孟剑很聪明，笑了，从上衣口袋里取出纸笔，写了"你叫小六"。六子一乐，接过来写"六子"。孟剑也乐了，双手做了一个作揖的动作。这是妈妈教的，说出门在外，同事们都不会手语，要想让别人对自己和善，就对人家笑，还要主动和人家打招呼；打招呼用手语是不行的，就作揖吧，遇到领导，就鞠躬。生气也不打笑脸人，孟剑牢牢记得妈妈的话。

简单打过招呼，六子走在前面，快走几步去推开冷库的门。孟剑被巨大的冷气刺激到了，连连打了几个寒战。六子看见了，嘴里说着："过几天就没事了。"手上也没闲着，拉着孟剑就快步走。冷库里面挂着好几十头生猪，六子推过一辆车，招呼孟剑，示意他帮忙。孟剑立刻明白了，赶紧过来帮着六子一起把一整头生猪从架子上拖下来，放在手推车上。一头、两头……两个人一口气拖下来五头猪，小推车满了，俩人这才往外推。

出了冷库，超市里已经到了高峰时间，生肉柜台前已经是人头攒动。不光是老头老太太，洋春是个不大的城市，好多单位都遵循着中午午休的惯例，无论是机关单位还是企业作坊，中午时间大家出来放风逛街接送孩子再正常不过，没有北上广人们行色匆匆的样子。此时正是中午饭时间，附近机关都下班了，都知道新开张的大超市在打折促销，尤其是生鲜食品，有些卖得比早市还便宜。这种消息无论在哪个城市都会一传十十传百，孟剑之前一直在柜台后面切熟食，外面的声音他听不见，也没工夫抬头四处张望。这会儿可是不一样了，柜台前面乌泱泱的人实在是让孟剑惊讶了一下子。他们两人拨开人群，六子一路上都在喊着："靠边喽！肉来喽！"正等着新鲜肘子排骨的人群一下子就闪出一条道来，俩人推着车进来，里面的俩小伙子已经开练了。

女神也在柜台里面，和早上的造型相比，已经凶悍了很多。穿着白色工作服，戴着塑料口罩，透明的，帮着顾客称肉。看见他们俩，女神直嚷嚷："怎么那么磨蹭？快点！肘子供不上了。"

六子二话不说就把生猪往架子上挂，孟剑也一起使劲。挂好生猪，六子又麻利地开始往下砍肘子。孟剑一下愣在那，不知道自己该干什么。女神过来拽起他胳膊就走，旁边是一个大案子，一堆猪肋排堆成一垛。女神抄起一把刀，冲孟剑大声嚷："你看好！"然后就开始使劲往下剁排骨。女神力气不够，好几下才能剁成一条，孟剑明白了，女神累得直喘，把刀往大案板上一放，孟剑接过来就开始照猫画虎。毕竟是小伙子，干起这些活儿来力道大，孟剑又聪明，很快就掌握了要领。唯一不方便的是，他只要低头剁就看不见顾客递过来的排骨，只能剁完一个交给顾客的时候再接过另一个。女神一边揉着右肩膀，一边喊："要剁排骨的都扔过来，我们这小伙子是哑巴，听不见啊！别说您叫他他不理您啊！"

旁边有人起哄："那就叫你呗！你听得见吧！"

女神媚眼一瞟，说："成！你叫阿姨我就过来！"

围观排队的发起一团哄笑。有俩老太太嘟囔："现在的年轻人，嘴上都没把门的。"

孟剑再次沉浸在自己的世界里，一刀一刀地剁排骨。午饭有人过来替班，十几分钟吃完盒饭，还是剁排骨……晚上十点，孟剑终于可以下班了。女神过来拍了下他肩膀，给了他一个媚媚的笑容，说："成，小哑巴有膀子力气。"孟剑不知道她在说什么，只看了一眼面前的冷柜，成山的排骨已经见底了。六子过来冲着孟剑竖了下大拇指，又指指女神，孟剑这才知道女神是在夸他。他脸色微红，又想起妈妈的嘱咐，毫不犹豫地给女神鞠了个躬。女神没料到孟剑会行这么大的礼，愣了一下，忽然咯咯地笑了。生鲜组里又响起一片起哄声。

九

挣着卖白菜的钱，操着卖白粉的心

　　孟想又开始焦虑了。弃婴妈妈的电话号码是拿到了，可是打过去已然关机。医院的资料里没有别的联系方式，婴儿病历本上也没写住址。怎么办？孟想觉得自己又不是福尔摩斯，怎么着也干不了警察的活儿啊！真不知道美国媒体都是怎么干活的，那些丑闻啊、猛料啊都是怎么挖出来的。孟想自嘲地想，自己要是有那本事，谁还在洋春电视台当临时工，早去帮着找马航飞机去了。

　　主编也不傻，也不是为了难为孟想，也知道这事十有八九找不着。可是，这新闻跟着跟着总要给观众一个交代吧。主编跟孟想商量，想把医院里录下来的监控视频放在新闻里播了，我们找不着，发动全体群众找啊！洋春能有多大？不信挖地三尺找不出来这个黑心的妈！

　　可是，孟想说了，当初去看视频的时候，人家医院就说过，看可以，是刘志利的面子嘛；拿走可不行，要交只能交给公安局。公安局也确实过来看过了、复制了，正在查找中，这个时候就更不能给媒体了。

主编给孟想出主意："你再去一趟那个医院，再去看一眼视频，然后带个偷拍机，把画面录回来……"孟想头都大了，说："老师，这真不行。上次是刘老师给联系的，要是再去，还得找他。人家根本不认识我，再说，那个中控室根本没法偷拍，拍回来不清楚也不能用，您看咱们是不是等公安局出结果再说……"

主编怒道："你以为公安局就这么一个案子？你以为警察都没别的事干，一门心思都替咱们找孩子妈？人家那儿不是大案就是要案，谁有工夫理你？行了行了，我找你师傅吧！"

孟想蔫头耷脑地从编辑室出来，直接进机房剪片子。门口，技术哥正在喝水，看见孟想就一拍他："咋的啦？挨挤对啦？"

孟想摇头，嘴上说："真是拿着卖白菜的钱，操着卖白粉的心。算了，说也没用，干活了。"

技术从仔裤兜里掏出一盒烟，抽出来一根给孟想，说："甭理她！我都听见了，你等着你师傅剋她吧。你办不了，她以为老刘就办得了？真把自己当领导，老刘才懒得管她呢。"

孟想接过烟，和技术站在机房门口吞云吐雾。抽烟这事一上大学就会了，可是因为家里王月华管得紧，始终不敢明目张胆地抽，也就没上瘾。自从当了记者，加班加点是常事，熬机房的时候要想不犯困、脑子清醒，一根烟、一杯咖啡就成了标配。孟想抽着烟，和技术两个小伙子谁也不说话，各自在尼古丁的作用下醒着自己的脑子。孟想的电话响了，是刘志利，孟想刚叫了一声"师傅……"电话那边就传来了雷霆吼："孟想，我告诉你小子，主编再派你去医院查视频什么的狗屁活不许接！听见没？妇幼医院你再也不许去了，谁派都不去，就说那边不接待你了！知道不？什么主编，干过没干过？知道什么是新闻吗？想调人家医院监控录像在新闻里播，为了个狗屎收视率都往下三滥走是吧！懂不懂隐私权？懂不懂法？一不是公安部二不是安全部，还真把自己当特务啊！我再告诉你一遍啊孟想，这活不能再往下跟了。人家公安都开始查了，你再掺和就是干涉司法、影响侦查知道吗？遗弃孩子那是刑事犯罪，她一狗屁主编不懂，我可得给你说清楚……"

孟想听着这一顿连珠炮，脑子里呈现出来的是主编难看的脸色，想起这个，孟想就恶作剧地想笑。孟想说："师傅，你放心吧，这活我已经推了，所以主编才找的您。我正在做最后一期节目，这弃婴的事我今天发完最后一条我也不管了。刚才组长给我派了别的活，我忙活别的去了。"

刘志利放下电话还是止不住地运气，坐在饭桌对面的刘小菊拿着筷子停在了半空，看着弟弟脸色不对，慢声细语地问："咋了？有事？"

刘志利扔下电话给刘小菊夹菜，说："没事。姐，你吃，都是单位里的破事……"

刘小菊慢悠悠地说："单位的事甭往心里去。那村里乡里的事多不多？你啥时候看见乡长，脸上都是一个模样。你就是自小烈性子，不然，早也当个啥官了。你看咱乡的乡长，就跟你同岁，还小你几个月呢……"

刘志利不由得笑了，说："姐，你心大，乡长岁数你也记得。"

刘小菊叹口气，说："咱家就咱姐儿俩，姐不惦记你还能惦记谁？如今你外甥也立起来了，现在在他堂姐夫那个装修队干得也上路了。现在自己挣钱自己花，我再给他攒出点儿媳妇彩礼也就得了……"

刘志利正色说："姐，你说你真是！我说多少年了，接你来洋春住，你那会儿说要伺候公公，我不拦着。我姐夫走得早，你这一边伺候老的一边拉扯小的，多不容易！你没改嫁就算是天大的仁义了……"

刘小菊难得地笑了一下，说："苦日子都过完了，还提那些陈芝麻烂谷子做什么？姐现在过得挺好，你甭操心。"

刘志利提高了声响说："你好啥？你蔫不出溜地跑洋春来当护工，咋不跟我说一声？要不是我给大龙打电话问，你还不言语呢！你来洋春是好事，你弟弟我不是官宦富豪，可给我姐姐租个房子一块儿住还是可以的。你就来享两天福不行吗？你还嫌自己不苦不累？好不容易给大龙他爷爷养老送终了，你还跑到这儿来伺候病人……姐，这让老家人知道，你弟弟我脊梁骨不得让人戳穿了！"

刘小菊一直低着头听着，听到"脊梁骨"这一句，就抬起头给刘志利搛了一块肉，说："戳啥脊梁骨？我打工挣钱又不丢人，凭啥戳你脊梁骨？就得让你养着我，你脸上才有光？我有手有脚的，凭啥让你养着？"

刘志利赔着笑低声说："不是啊，姐！你比我大十一岁，咱爹妈走得早，要不是姐你早早辍学养着我，我哪有上大学的日子？就为了供我上这个学，你嫁得也不如意、过得也不好……"

刘小菊打断弟弟的话，说："供你念书那是不假，谁让我兄弟脑子灵光呢！村长的儿子也考大学去了，可没考上不是？村长家不用借钱，可娃不行；我兄弟行，我就是砸锅卖铁也得供！嫁给谁那是姐的事，姐嫁人那会儿都二十好几了，岁数大了，不经挑了。你姐夫要不是身子骨不硬朗，那也不能娶我。你姐夫一家子都和气，就是婆婆走得早，没个人掌家，老公公又瘫了几年……"

刘志利眼圈翻红，自己眨了几下眼皮，遮掩过去，强忍着说："你伺候屎伺候尿的，他还不是连骂带打？"

刘小菊更正他说："你别老听大龙嘈吧。他瘫在床上，那都是病拿的。他哪还打得了？要是能打啊，倒好了。现在人走了，咱不提这个，一家子好人，就是命都不长久。姐如今就盼着大龙能好……"

刘志利后悔地说："我那会儿就不应该听你的，就应该接大龙来洋春上学，这会儿都上大学了……"

刘小菊又笑一笑，说："姐自己的儿子还能不知道，那就不是个念书的料，野得很，哪像你小时候，一坐下来读书，牛都拉不走。大龙哪行，你接到城里来也是惹祸，回头书念不好，还没学得手艺。你以为姐就是怕麻烦你？要是儿真是那块料，不用你说，姐就是跪在你家门口也得央告你拉外甥一把……真不是那块料啊。现在多好，跟着他堂姐夫干装修，手也巧。前两天他姐夫还说，现在瓦工干得有模有样，人家主顾都夸，说就他铺的瓷砖最平整，横平竖直的心思细。弟啊，你是读过书的秀才，现在工作体面、过得也体面，可不是所有人都得走一条道不是？等大龙有了好手艺，也能过得体面不是？"

一席话说得刘志利哑口无言，半晌，才想起来说："姐，现在说你。你那护工能不能别干了？伺候人一辈子，让弟弟也伺候伺候你。咱爹妈走得早，之前一直是姐拉扯我，现在也让我拉扯拉扯你。"

刘小菊脸上淡淡的，说："成，等姐干不动了，走不动了，你就拉扯我。现在姐还干得动，不用你拉扯。你过好自家日子，跟弟妹好好过，别老拌嘴；都四十好几了，咋就是不生个娃？弟妹要是身子不好，咱村里有偏方，抓几服药吃吃，调理调理。"

刘志利笑着说："姐，是我不想要。要啥孩子啊，跟生个祖宗似的，我现在得吃得喝，要是有了孩子，什么都甭干了，就养他吧。上幼儿园、上小学、上中学、上大学、出国留学……我又不欠他的……"

刘小菊叹口气，说："等你到了姐这岁数就知道了，有个娃，甭管在不在身边、指望不指望得上，心里都踏实、都定得住。要是姐没大龙这孩子，都不知道为啥奔呢，没准哪天不如意就上后山找棵歪脖树去了。"

刘志利听不进这些，从小看着姐姐怎么拉扯自己照顾儿子，早早就立志不要孩子，不给自己找这个麻烦。他扯开话题："姐你要是非得当这个护工我也拦不住，可是一样，咱们不缺那个钱。要是养老院、病人、家属给你找气受，咱扭头就走！咱不受那个……"

刘小菊连说："知道知道。我兄弟在洋春有头有脸，姐也不是个受气的。现在这个老头子八十多了，也是瘫在床上好几年了，跟大龙他爷爷一样，脑子一会儿清楚一会儿糊涂，哄着就行了。养老院的人都挺厚道，村里人好几个都在那干，我们好几个人呢。还有宿舍住，有食堂。姐一边是给大龙存点钱，一边也是怕闲着闷得慌。这个活看着累，其实人家儿媳妇隔一天就来一趟，来了就给老爷子送吃送喝，我一个月归了包堆才上半个多月班，哪找这工作去？老爷子儿子媳妇我都见过，都是好人，挣得也不多，省吃俭用还得供老爷子住养老院。唉，人哪，就是这点事。说是一辈子，其实就是一睁眼一闭眼、吃喝拉撒这点事。什么时候不会自己吃喝拉撒了，那也就得了。福气大的，能早点闭眼少受点罪；没修来福气的，就是干熬着。志利啊，要是姐哪天瘫了傻了不能动了，坚决不许治，听见吗？我跟大龙也说了，给医院扔那钱干吗？不如留着给活人花！听见吗？"

刘志利还想说什么，刘小菊看看饭馆墙上的挂钟，说："我回了。志利啊，那俩菜都没咋动，姐带回去，晚上给宿舍里老乡尝尝。饭馆里的味，自己咋也做不出来。"

十

不知道这算不算爱情

刘小菊刚回到宿舍门口，一个人影就从楼道里闪出来，叫她："小菊！"

刘小菊回头看着他，责怪的话就出来了："你不上班又溜出来？回去主家又得找碴儿扣你钱。"

那人一摸脑袋，低声说："我下午能歇会儿，他们家来人了，我告假出来的。刚去你们主家儿那没瞅见你……"

刘小菊少见地露出不悦之色，说道："说了不叫你去老爷子那儿，老头脾气本来就不好，看见你就起疑，你还去！"

那人不再言语，而是从外套的口袋里掏出一个方盒子，递给刘小菊。刘小菊一边狐疑地问："你弄啥？"一边接过来打开。里面是一个塑料小口袋，再打开，是一条细细的金链子。虽说细，可在宿舍楼道黑漆漆的惨淡光线下，仍然闪出了让人喜欢的亮色。刘小菊脸色一冷，把盒子连同金链子递回来，说道："老马，你整这个做啥？你一个月多少钱？不说寄回去给老婆孩子，你弄这做啥？拿回去给你老婆，我不稀罕……"

叫老马的男人脸色发窘，吭哧了几秒，才说："不是。我嘴笨，那个，我买了两条，老婆的已经托人带回去了……我没乱花钱，每月都给家寄，这是上月主家孙子来，塞给我的红包……老婆在家操持不容易，我有良心；你在洋春和我……"

刘小菊听见楼道里有声响，怕有人突然出来看见他俩，忙说："我和你也没咋，不就是帮衬着给你洗洗衣服做两顿饭吗？你不用这样……"

老马回头看看，声音渐渐弱了，这才低声说道："小菊，你对我好我知道，咱俩的事……我知道对你不公平，你是一个人，过得难；我说是一个人，可老家老婆孩子都有。这么大岁数了，闺女都快生外孙子了，我也说不出离婚的话来。回头哪天我一走，就是一辈子都不得见了。你就让我现在对你好点儿，我心里也好受些……"

刘小菊脸上又恢复了往日的淡然，无悲无喜，说："现在的日子我过得高兴，过一天算一天，往后的日子是啥样谁也不知道。兴许哪天人都一闭眼去了，哪能想到那么多。我不求跟你咋着，你过你的和美日子，现在这样，你情我愿，你也甭觉得对不住我。这要是搁在老家村里，我一个寡妇失业的，拉扯大了孩子，偷人家汉子，放早年间早沉猪笼了。这辈子，我也想明白了，贞节牌坊就不是给我立的。我伺候走了老公、老公公，养活大了我弟、我儿子，我这辈子对谁都不亏欠。你甭老对我这样，回头临死临死让我觉得亏欠你……"

老马不再说什么，而是硬生生地把金链子盒塞回到刘小菊手里，转身就走，边转身边说："前两天带你看的那房子，我租下来了。宿舍里不方便，一个月三百多，比宿舍贵不了几个钱，咱俩住，还便宜呢。你晚上就来吧。"

不容刘小菊再说话，老马已经沿着黑漆漆的楼道走远了。就着门口昏黄的光亮，刘小菊再一次打开盒子，迟疑了一下，把金链子拿出来，戴在了脖子上。只是，深深地藏在了衣领里面，紧紧贴着肉皮儿。

刘小菊进屋收拾停当，就赶忙来到孟老爷子的房间，刚要进屋，又听见孟老爷子在嚷嚷："护工……男盗女娼，没皮没脸，男的女的都不是好东西！"刘小菊迟疑地站住了，进退不是。就听见王月华在里面耐着性子劝："您又是听谁拉扯这些？伺候您这个小刘，跟我岁数差不多，小不了几岁，这么大岁数背井离乡来洋春，人家也不容易，人家也没多要钱，您可不能乱说啊！"

老爷子嘴已经不利索，脑子更是时而明白时而糊涂，可嘴上依然在发力："他们一到晚上就胡搞，别以为我睡着了不知道……"

王月华见老爷子声音越来越高，赶紧阻止："您都睡着了您还知道？您知道什么啊？您是不是又嗔着孟凡树没来看您，您心里不痛快啊？我回去就跟他说，让他一准儿来。您别跟人家撒邪火啊，我们公母俩给您找这么一个妥当护工可不容易。您要是再把这个骂走了，我们可真没人给您换了。现在这护工这贵，我们俩退休金加上您的，都未必够使……"

一句话提醒了老爷子："我那存折哪？"

王月华赶紧给从衣柜里翻出来，说："给您看，这不是吗？"

老爷子已然是看不清楚了，嘴里还是硬着问："我那三万多在不在？"

王月华哄着他，说："在呢在呢！您那存折没人拿，密码就您一个人知道，就是把存折偷走了也取不出来，您放心吧。"

老爷子不再说什么，可能也是喊累了。刘小菊在外面听了半晌，站得脚都发酸了，终于听见里面偃旗息鼓，这才缓缓神走进来，先和王月华打招呼："三点多了，您回家歇着吧，回去还得做饭呢。交给我吧。"

王月华知道刘小菊来去静悄悄，也含糊着老爷子刚才嚷嚷的话是不是人家听见了，就有点心虚地回了个"好……"再一看老爷子，已经闭上眼打上呼噜了。

王月华匆匆离去，屋子里就剩下刘小菊和睡着了的老爷子。看见王月华又给老爷子新带了条床单，纯棉的，摸着手感挺暄腾，就想起上午临走时给老爷子换了一条床单，脏的还没洗。本是可以等着养老院一个星期收一次脏衣物的，可就一条床单，现在又空闲得慌，刘小菊就翻腾出来，拿个盆去了洗衣房。

谁想到心里越乱就越起乱。洗衣房里偏偏就一个人，偏偏就是老马，也在洗主家的内衣。老马伺候的也是个老头，每天靠鼻饲打营养液过着，脑子明白、口不能言、手不能动，老马每天要做的就是料理鼻饲的一干程序，还要换屎尿片、擦洗身子。有时候主家来亲属会挑点毛病，不来的时候，反而轻省。只要保证人还活着，就好。

刘小菊看见老马，想退回去都来不及了。老马也瞧见了她，笑笑说："你咋也洗啊？还是被单子？拿来给我吧。"

刘小菊也不说话，走过来直接就把老马的洗衣盆拎到自己面前的水池里。大男人干这些活总是让人瞧不上，干还不如不干。老马双手都是肥皂沫，刘小菊接过来就挽起袖子开始揉搓，一边揉搓一边数落老马："你那老爷子动也动不了，你用这么多肥皂给他洗小衣服，也不怕烧着他。我那有洗衣液，回头给你带一桶。你洗着也不好，肥皂烧手，回头冬天裂口子……"

刘小菊边说边洗，一撮头发从额头上滑下来，刘小菊刚要甩下头，老马已经过来用手背轻轻地帮她把头发拨上去。刘小菊看看他，一个五十多的男人，脸上的褶子已经全是老相，身材不高，皮肤也是黑的，可是面善，在哪个地方哪个村子都是不会让人多瞧两眼的男人。身子骨还挺壮实，听他说过，干农活的时候也是个好把式。要不是地少了，女儿结婚的结婚，出门打工的打工了，他这会儿也不会出来混世界。老了老了，就留了老婆一个人在家守着地。他说过，老婆也想跟着来的，可他觉得眼下这个活计不能让老婆干，太脏太累，弄不好还受气。

上次孟老爷子在病房里嚷嚷，说刘小菊骚扰他，满养老院的护工都知道，老马当时就站在门外看着。那时节俩人还不认得，老马就是觉得这个女子太委屈，偏又不言语，受完气还和没事人一样，该怎么伺候还怎么伺候老爷子。老马看着刘小菊，当即就打消了让老婆一起来洋春当护工的念头。他本以为刘小菊也会不干了，或者换个主顾，可刘小菊偏偏淡定地继续工作着，连涨钱的要求都没提。这不仅让老马惊诧，养老院的所有护工都说刘小菊"缺心眼"，还有人窃窃私语，说是不是刘小菊真看上了老爷子什么，弄得硬上弓老头还不从……

老马干护工的时间比刘小菊长，也知道在刘小菊之前孟老爷子已经换了好几茬护工。整个养老院最难伺候的主顾给了刘小菊，现在又听见这些闲话，他替这个女人不值。他第一次和刘小菊说话，是在食堂排队打饭，他站在刘小菊身后，他发现这个女人身上没有乱七八糟的味道，干净，从里到外的干净。他低声跟刘小菊说："您那主家儿脾气大吧？"

刘小菊回头看了她一眼，没作声。老马又鼓起勇气说了第二句："他是养老院最难伺候的，您可以跟主家儿多要点儿……"

这回刘小菊回音了："我老公公就是这个病，不是人坏，是病拿的。他们家儿子儿媳妇也是一般人家，要多了不厚道。"

老马顺着问："您老公也干这个吗？"

刘小菊转回身子，背对着老马，说："死了。"

老马不知道该怎么接，本来嘴就笨，吭哧半天，只说了一句："您要是忙不开，就喊一声。我姓马，叫老马就成。"这句话说完就只好不说了。

养老院食堂里给护工提供的饭菜种类不多，固定每个月一人交多少钱，饭菜也就那几样。偏那天做了点回锅肉，给护工们打牙祭。刘小菊在老马前面，食堂里面给打饭的是刘小菊同村的老乡，就是她把刘小菊介绍到这儿当护工的。看见了刘小菊，大勺就松了，比旁人多了好几片冒着油的五花肉，表面上已经是焦黄色，油汪汪的，泛着荤香，里面捎了几片洋葱，红的黄的，还挺好看。老马看见一大勺回锅肉倒进了刘小菊的饭盒，肚子里不禁"咕咕"了两下。一大早就忙活老爷子，早就饿了。

哪承想刘小菊接过饭盒并没走远，等着老马找个角落坐下来正要吃的时候，她也安安静静地走过来，趁人不注意，把饭盒里的几片五花肉夹进了老马的饭盒。老马再抬头看她，她还是没啥表情，只说："素惯了，你们老爷儿们好吃肉，吃了吧，别糟践。"

那一筷子五花肉让老马瞬间就感受到了这个女人的好。这种好是生性里的，不掺杂别的，但是足足可以让老马感动。这种好，还带着点女性特有的细致和柔情，虽然刘小菊做这一切的时候一直是面无表情，但是老马觉得，给了笑模样未必就是真好人，自己这五十年过的，看见的笑面虎多了去了。不如刘小菊，不言不语的来得温暖实在。

现在在水房里，老马依然想着那天在食堂里刘小菊的脸。他为她拨弄头发，来得自然平实，就像在家里老婆占着手他也过去给别过头发一样。可对于刘小菊却不一样，心里实实在在地动了一下。她尽量保持着平实的常态，可是心跳快了，手上的衣服也揉搓快了。她本想制止老马，偏偏又说不出来，由着老马又糙又厚的手掌在她的头发里肆意地抚摸和拨弄。老马的手掌还带着点温水的湿潮，刘小菊觉得，自己的头发中形成了一股暖流，慢慢地、慢慢地，暖流荡漾了全身，让她沉浸其中，不想自拔。

十一

你那正事我不懂

周二下午四点半，一辆劳斯莱斯很霸气地停在洋春一中校门口，来接孩子放学的家长们有开车的、有步行的，大点的孩子们则三五成群，结伴而行。不管是大人还是孩子，出门的时候都无一例外地对劳斯莱斯一望三回头。有的家长还悄悄问孩子："你们学校谁家长这么有钱？"

在洋春，土豪富人也是有的，洋春一中又是全市数一数二的重点校，来就读的孩子除了成绩优异的，自然也少不了贵胄子弟。平时里，宝马奔驰保时捷来来往往的也不少。学校家长和孩子都见怪不怪的。不过，今天这辆劳斯莱斯幻影还是太扎眼了，就算是不认识这车的人，仅仅看它一眼，也顿时替旁边停的宝马三系、奔驰小C难过，完全可以忽略不计了嘛。

夏晓炎和学生前后脚出门，一看见门口这辆尾号"888"的劳斯莱斯，顿时就有点冒火。她二话不说，直接来到后排，拉开车门，一屁股坐进去。车门这边本坐着一个中年男子，一看她拉开了自己这边的车门，赶紧就往相反的方向挪屁股。

夏晓炎坐进来，关上车门冲着中年男子就发作："夏立本你搞什么？不是说好了，不许开着你的破车来我们学校得瑟吗？你怎么回事啊？"

夏立本不急不恼，给了前面司机一个开车的手势，车子缓缓发动。夏晓炎赌气靠在全皮座椅里，目视前方。夏立本赔着笑，小声说："越来越没礼貌！见了也不叫人……"

夏晓炎都不看他，嘴里说："就不叫！"

夏立本正色说："还老师呢。这样子咋教孩子啊？真不是我非要坐这车来，今天公司别的车都出去了，有几辆去了矿上，还有去外地的，没别的车了。不信你问小杜。"

夏晓炎扭过脸，说："那你就别来了。都没车坐了，你还有工夫往我这跑？不老老实实在你那公司里待着，成天琢磨我。老夏同志，你好意思说自己是企业家吗？有没有点正事啊！"

夏立本带着委屈，说："我闺女都不搭理我，我还有什么正事？姑娘啊，爸爸就你这么一个宝，你就是我最大的正事……"

夏晓炎再次打断，很正式地说："你也说，我是宝贝！哪有老爸跟宝贝老拧巴的？爸，你说我又不是败家子，也不是不务正业，我大学也念完了，我就想当个老师，我就觉得在学校这个环境里我高兴。爸，你能懂吗？我不是做生意那块料，你那煤啊矿啊我不懂，也没兴趣，你让我学我也学不明白……你让我怎么说，才能让我踏踏实实当个小老师？我保证，我自己挣多少钱花多少钱，没事不找你要，行不？"

夏立本又开始多少年来一直持续的苦口婆心："不是啊，闺女！你争气我知道，咱们这样的家庭，孩子不祸害、不糟践钱我特高兴。可是炎炎你说，现在公司这么大，你一门心思就想当老师，你让爸爸怎么办？公司以后交给谁？你反正也念完大学了，比老爸强到天上去了，老爸小学毕业就上小煤窑挖煤去了。你爸都能弄懂的事，对你有啥难的？你就是拗不过劲儿来，你干两天试试就知道了，这里头的事不难、好玩，比你教熊孩子容易。好不好？"

夏晓炎态度缓和了些，可还是不同意。看着夏立本脸上又多了一道褶子，硬话又说不出口了。毕竟那是生养自己的父亲，从小把自己护在手心里疼的。夏晓炎换了个态度，嬉皮笑脸地凑过去、挽着夏立本胳膊，谄媚地说："爸，要不，您跟我妈再生一个？试管啥的，生个儿子？您看我一个丫头，您这么大事业，还是传男不传女吧！"

夏立本一听这话，登时扯了一下闺女的耳朵，夏晓炎一咧嘴，还没喊出声，夏立本就提高了声响："你这丫头尽胡说！我跟你妈这么大岁数了还生什么生？我要是想要儿子早要了，还等这会儿？你爸我没念过书，可脑子不顽固，我都不重男轻女你咋能这么想？我跟你说，这公司的事就是你的，因为现在是我的，以后就是你的。整明白没？"

夏晓炎撇嘴："耶耶耶，一着急还弄出东北话来了？爸，你《乡村爱情》看多了吧？我就这么一说，不生就不生呗。要不，你就找个职业经理人，看谁合适让谁当。他是 CEO，你当董事长。你再弄个董事会，互相制衡，良性发展。你要是心疼我和我妈呢，就给我们弄个基金，我们不花钱的时候，找专业人士给做个投资，想花就花，就跟支付宝似的。好不好？"

夏立本脸上露出了笑模样，跟前面的司机说："杜子，我这闺女怎么样？脑子好使不？是不是天生当老总的料？"

小杜目视前方，在反光镜里微笑着给老板一个"力顶"的眼神，还冲这反光镜里的老板狠劲挑了挑大拇指。

夏立本得到呼应，又跟闺女开始磨叨："你脑子这么清楚，还说不合适。闺女啊，你爸我这辈子开矿山倒腾煤，那是赶上了好时候，挣钱是因为你爹我胆子大，敢自己挣钱，也敢让别人挣钱。咱家的身家都是那会儿打下来的。可如今这块儿不好干了，政府的人也一茬一茬换，现在咱老家主管煤矿那个副县长，我看比你大不了几岁。你爸我觉得，以前好多招儿都不好使了、用不了，跟现在这帮小年轻儿也说不上话了。那天我去见副县长，他那秘书说，下回提前约吧，我说那咱就还找个会所吃个饭去呗？人家说，现在敏感，八项规定查得严，去哪儿都不方便，回去加个微信说……啥是微信你爹都不懂，你说还咋聊？"

夏晓炎只好接话："我给你下一个，教你用。"

夏立本还接着说："不光是这个啊！老爸现在真是干不动了，你那老师的差事和咱家的公司比起来，孩儿啊，你说，谁大谁小？"

夏晓炎不接这话，转而问："我妈呢？怎么没来？"

夏立本叹气："你妈她们那个小破厂子正在搞清算，那破企业早就应该黄，瞎鼓捣，马上就破产了。"

夏晓炎问："我妈心情不好吧？"

夏立本说："可说呢！一天到晚忙活，回家比我还晚。我一说'那破厂子干啥劲？'你妈就戗戗，说那是她的事业……啥事业啊，效益好的时候一个月才三千块钱，那叫啥事业？"

夏晓炎严肃地说："夏立本同志，在咱家，不是只有您那矿山公司是事业，我妈愿意在小厂子当技术员，那是她的事业；我愿意当个小老师，那也是我的事业。您成天说，家里就您一个大老粗，您说当年我妈能嫁给您是'下嫁'，人家是老高中生，要不是家里出身不好，也不能看上您；您说闺女上了大学，老夏家三辈儿脸上都有光，祖坟上都长出了新蒿子……那现在我们文化人的心思您能理解不？事业这种事，第一要喜欢；第二还是要喜欢；第三更是要喜欢。我可能是生活太好了，从小不缺钱，让您给惯的，跟您也没大没小，这是我不懂事；可是老爸，我能跟您那些生意伙伴的儿子不一样，您不觉得就是因为我有自己的事业吗？您能理解不？"

车子到地方，缓缓停下，保安已经过来给敬礼开车门。夏晓炎这才注意到，他们面前是全市最大的超市"权客隆"。夏晓炎不解地问："咱来这儿干吗？买东西？"

夏立本不言声，就着保安给打开的车门下了车。门口，五六个人一起迎上来，七嘴八舌地喊："夏总！"

夏立本一改刚才车里和夏晓炎独处的状态和表情，习惯性地双手抻了一下 BOSS 西装的下边沿，清了一下喉咙，站在车的一侧没动。司机小杜带着夏晓炎走到他这一边，夏立本伸胳膊揽过女儿，对前面的一众人淡然地说："今天没事，带女儿过来看看。"口气平淡中带着威严，和刚才车上的"老爸口吻"简直是换了一个人。

一众人立刻心领神会。车停在了广场西侧，正对着员工出入的专用门。两个人跑上去提前打开玻璃门，夏立本领着夏晓炎大步往里走。这是夏晓炎第一次来权客隆，一进门就听见了超分贝的音乐声，不用仔细听也知道是凤凰传奇在卖力气。夏晓炎皱皱眉，说："声音好大……"

还没等夏立本说话，立刻有人抄起腰间的步话机，说："广播室广播室，把音乐关了，听见了吗？回答回答！"

夏晓炎顿时无语。偷看下夏立本，脸上平淡如常。

夏晓炎低声问老爸："你开的？"

夏立本趁人不备，悄悄向女儿挤了一下眼睛。夏晓炎有点着急地压低声音问："你怎么一点儿风都没漏？不挖煤啦？改开超市啦？"

夏立本在女儿耳边低声说："那个矿不适合女孩子干，你不喜欢也对，不安全，还脏。这个你喜欢不？老爸先试试水，干好了再弄个大商场。女孩子还是干商业洋气……"

要不是身边一堆人，夏晓炎真想和老爸嚷嚷，你以为这是过家家啊？看什么顺眼干什么？你自己就擅长挖煤，非要整这些不会干的玩意儿跟着起哄。夏晓炎心说，老爸，你这一辈子到底是怎么挣的钱啊？

来到会议室，恒温，桌上备好了冒着热气的绿茶。又有人抢着过来给夏立本和夏晓炎拉开椅子。夏立本一招手，那几个人就齐刷刷地落座。夏晓炎看着他们，夏立本伸出右手的食指，指一个人介绍一句："这是店长小宋，这是财务总监小李，这是物流总管小赵……"手指到人起立，个顶个毕恭毕敬，笑容都像是一个模子里刻出来的。

夏晓炎坐了十来分钟，就觉得浑身不对劲。夏立本介绍完了，就自然地听起了汇报。开张几天、盈利如何、供货商情况怎样、结款有无问题、顾客反映如何……这两天为了赚人气，一些商品尤其是新鲜蔬菜卖得比早市还便宜，好多人都是奔着蔬菜鸡蛋来的，三天下来人气赚到了，但是就这几样商品来说是赔着钱的。夏立本手一挥，说："计划是赔一个月，赔得起。你们放心，我有心理准备，现金流没问题。你们管的是洋春最大的超市，你们得有那大气魄大心胸，知道不？"

几个人纷纷点头哈腰。夏晓炎如坐针毡，寻机会起身要出去，夏立本忽然问："那个……小许呢？怎么没看见？"

店长赶紧解释："马上就过来。您交代了，在这儿学习，今天去熟食组实习去了……"正说着，一个壮实小伙子踱步进来，看那肩膀身材，一看就是健身房没少泡。穿着修身 T 恤，小臂上都是肌肉。脸上表情有点小骄傲，看得出已经在克制了，眼神还算干净，眼睛挺大，皮肤不黑不白，个子不到一米八。夏晓炎一见就笑了："许世勇，你怎么在这儿？"

许世勇看到夏晓炎也很开心，眼神里划过一丝惊讶，问："晓炎？你变样了，比在学校时候淑女了。我这些日子跟夏叔这学习，我爸让我来的。"

夏晓炎明白了。她和许世勇高中就是同学，大学也是一个学校，许世勇本也是个文学青年，可是被老爸强迫着去念了"企业管理"。大学里俩人不同系，见面机会不多，可是偶尔看见许世勇跟高等数学较劲，夏晓炎就暗自感谢老爸，幸好没逼自己也学啥管理。都是一个县里的矿主，都是身家差不多的土豪，在对待儿女的问题上，差距还是好大哟。所以，就冲老爸对自己念书这个问题上的妥协，夏晓炎就觉得，不能再说老夏是土豪了。

夏立本拉着许世勇对女儿说："你许叔一听说我弄了这个超市，就把世勇送来了，学习学习。世勇这两年忙的那叫啥……"

许世勇接话说："电子商务……"

夏立本抢着说："对对，还是逼 2 逼……"

夏晓炎赶紧拦着："爸，不是逼 2 逼，是 B2B。跟天猫商城、京东似的，对吗？"

许世勇笑说："对，我觉得那才是未来商务的发展模式，传统的零售百货业必须和电子商务模式接轨，不然，传统业态就成了展示店了。"

夏晓炎点头："是，我现在一个月也逛不了一次街，都在淘宝上花钱了。现在还有微商店，越来越方便了。"

夏立本见两人聊得投机，插嘴说："你看看你看看，还是你们年轻人念过书见过世面，一会儿我还要跟他们开个会，你们俩自己吃个饭去吧。世勇，你帮我带晓炎先去店里看看，给她讲讲，我这丫头今天第一次来。"

不由分说，夏立本推着夏晓炎就往外走，夏晓炎不明就里，低声问："你要招他当 CEO 吗？"

夏立本笑着低声回："你帮爸相相呗，我相上了，看丫头你了。"

十二

还真把自己当无冕之王啊

当又一个弃婴选题扔给孟想的时候，他感受到的已经不是兴奋，而是疑惑了。

上一个案子还没结，由于监视录像不清晰，且拍到的女人也只是疑似嫌疑人，公安部门拒绝了电视台公开录像的请求。观众对于弃婴者的愤怒还没完全退去，又一个可怜的孩子被扔在了同样的地方——同样的医院后门，同样的垃圾桶旁边。这个位置，在连续多天的报道中出现过很多次，相信洋春市的民众已经熟悉了这个地方。

如果是上一次拍到弃婴的脸，孟想心里想的还是"头条"的话，这一次，他想的是"为什么"。从孟想决定要当记者的那一天起，他就知道，自己选择了一份唯恐天下不乱的职业。他渴望冒险，渴望刺激，渴望每天都能遇到不一样的人和事，渴望自己有一天成为传奇。他第一次被带到刘志利跟前的时候，刘志利就从他的眼睛里看出了躁动。那眼神里有兴奋、渴望，有跃跃欲试，还有一种冲动。刘志利当时就按着他肩膀让他坐下，跟他说："干这行，切忌毛躁。"

孟想当时的理解就是"装稳重"呗。干了两年，孟想的"稳重"已经不用装了，看见什么都是一副见怪不怪的样子，他有时还会不自觉地把师傅刘志利的口头禅带出来："这有劲吗？"

现在，又一个弃婴选题扔过来，孟想的第一个反应就是："又是弃婴！有劲吗？"然后他就郁闷了，因为，他想不通。

第一个案子他精心做了一个系列，又是追踪又是回访，生生把一个充满了负面信息的社会新闻做出了正能量：市民发现弃婴，第一时间打电话求助，人民警察迅速赶到、连饭都不吃就把孩子送往医院检查，民政部门启动绿色通道第一时间接管孩子，医院配合警方寻找孩子父母，在寻找未果的时候，很多洋春市民自发送来了婴儿衣物、奶粉，还有几个哺乳期的妈妈表达了愿意提供母乳的意愿……这些人世间的美好与真情都被孟想一一记录下来，通过电视新闻的播放，转达给了洋春的每一个市民。这是一幅多么温暖感人的画卷！是一个充满了多少正能量的故事啊！

可是，眼下的又一个弃婴，据说又是身有残疾，生生地把这个美好的结局给破坏掉了。孟想在心底用脏话诅咒那一对抛弃孩子的父母。这和他上一次的心境完全不同。上一次，他甚至感激抛弃孩子的那个年轻母亲，如果不是她的这个举动，孟想何来之后的连续报道？何来领导的表扬？何来主编"你这个报道年底一定考虑报奖"的许诺？

面对同样的选题，他厌倦了也愤怒了。扔孩子也能传染？这种事还能没完没了？再怎么报，还能如何？都是为人父母，怎么那么狠心？

孟想对着选题单发呆，满脑子都在想，如何才能找一个合适的理由推掉这个选题。总不能直接跟主编说"我不知道这个还能怎么报……"吧？刘志利走过来从后面拍了一下他的肩膀，孟想一回头，条件反射地就站起来给他让座，说："师傅……"

刘志利也不客气，直接就坐在孟想刚刚坐过的椅子上，瞟了一眼电脑屏幕上的选题单，又看了看孟想，说："我就知道！"

孟想不解，问："师傅，您说什么？"

刘志利把手里的水杯往键盘旁边重重一放，说："我就知道会出这种事！小子，你想过没有，你大张旗鼓地报道弃婴这事，你想干吗？"

孟想一下子愣了，他被师傅这句"你想干吗"给问住了。孟想想了一下，说："社会新闻啊！公众有知情权，而且，这是违法，应该报道出来让公众鞭挞……"

刘志利粗暴地打断他，说道："鞭挞？鞭挞谁啊？你想过没有，但凡那孩子爹妈有办法，他们会舍得把孩子扔了吗？这种事，百分之九十以上都是爹妈没钱治，要么，就是单亲妈妈找不着爹，遇着了浑蛋男人，管生不管养！你想想啊，一个年轻妈，自己挣得不多，孩子他爹又跑了，遇上孩子刚生下来就查出来一堆毛病，花钱治吧，动不动就十几万，她砸锅卖铁也拿不出；不治吧，看着孩子死。我问你，换了是你，你怎么办？"

孟想无话可说，设身处地地想，确实不知道怎么办。不过，她为什么不求助呢？刘志利仿佛猜到了孟想的想法，接着说："你说，这孩子爹妈要是中产阶级，有文化有工作，就是没钱，他们还能想个辙找找社会组织、爱心机构什么的，再不行，还能找自己单位、身边同事给捐捐款。可你看你报道的那孩子的衣裳，你一看就知道是什么人家的。我都能猜出来这孩子妈一准是个打工妹，保不齐还是未婚生子，你说她一没文化二没社会关系，你让她找谁求助？她也得懂啊！我告诉你孟想，你要是她——这么说吧，我要是她，我也会把孩子放在医院门口，好歹咱政府不能看着孩子饿死病死吧？只要被人看见，一准得报警，警察不能见死不救吧？再加上你们这堆人，看见这事就兴奋，现在整得全洋春市都知道了，民政部门能袖手旁观吗？现在孩子多好，有吃有住，还有人给治病，你还找他妈？他妈肯定在一边偷偷看着呢，这结局就是她想要的！她能出来吗？她这会儿出来，花的这么多钱，她还得上吗？"

孟想挠头，师傅言之有理，至少眼下自己无话可以反驳。

刘志利接着说："你知道，现在洋春城里有多少外来务工者？有多少处在城市最低生活线以下的人？有多少一出生就有残疾的孩子？他们的父母有多少正处在放弃的边缘？你觉得自己报道一条新闻，站在公义的立场，你就是对的，你设身处地地为这些人想过吗？骂他们'虎毒不食子'、'禽兽不如'就是上下嘴唇碰一碰的事，你知道他们的难吗？"

孟想沉默了一会儿，说："师傅，这是我头一回听见您跟我说这么深刻的话……"

刘志利叹口气，说："你们这些孩子，从学校出来就进电视台，当个记者就为了图新鲜。你们自己没吃过苦、没受过累，不知道三教九流的生存环境。你以为全世界就只有你看见的那么大？你以为当记者就得唯恐天下不乱？你也得有悲天悯人的胸怀才行！"

孟想让刘志利一席话说得鼻子都酸了。刘志利在栏目组里当了很多年刺儿头，很少有人能听他如此语重心长地说这样一番话。他又拍了拍孟想的肩膀，说："小子，我愿意带你，是因为你尊重我，我说的话你听。在你之前之后我还见过好多刚毕业的孩子，一个一个眼高手低、心气儿比天高，谁的话都听不进去，一点我们当年谦虚谨慎的劲头都没有。你们这群 80 后 90 后，个性一个个倒是培养出来了，一点夹着尾巴做人的老理儿全不讲了。我说一句，后面有十句等着我，噎得我一愣一愣的，就你小子还行。甭管真的假的，好歹不跟我装孙子，我说话还能听进去，也算是孺子可教。小子，你要是还把我当师傅，我就再说你一句，甭管遇着什么样的选题、什么突发事件，你要报道的时候，必须得先动脑子想想，这是不是极端个案？你为什么要报这事？是为了猎奇还是为了警示？你想让老百姓从你这条新闻里了解点什么？要是单纯地就为了让老百姓看完了就骂街，那你就别报了，你这是煽动不良情绪；要是看完了觉得心里挺舒坦，高兴也好、笑里有泪或者先哭再笑也好，你就报、可劲儿报。"

孟想不解地问："那师傅您说，我这系列报道是导向把握错了吗？我觉得后面几条的正能量挺多的啊！"

刘志利说："后面的正能量正好给了那些和弃婴他妈一样的人共同的提示：我们家孩子也残疾、我也没钱治，干脆也扔医院垃圾桶得了。反正政府养一个也是养、养俩也不多，跟着我受罪没钱看病，交给政府我还安心呢！你说，是不是这个理？"

孟想心里就觉得一阵一阵地堵得慌，换位思考，刘志利说得对。他心悦诚服，问刘志利："师傅，这都是你当记者多年的心得吗？"

刘志利不自然地一笑，说："什么心得！我跟你不一样，打小就是一个苦孩子，我爹妈没得早，我姐把我拉扯大的。在农村，你根本想象不出来，我姐一个大姑娘，为了能养活我、供我上中学、读大学得做多大牺牲……算了，跟你说这些事你听了也是白听，说出来都跟旧社会似的……我就是告诉你，咱们这差事叫'宣传'，宣传就得有效果，这效果还得是正向的，不能你宣传完了，给这社会添乱、给人心添堵。我不是告诉过你吗，那解决得了的事你说，那解决不了的事你就别报了。你们这些小年轻儿，老把自己当无冕之王，真把自己当回事。谁给你那么大权力啊？谁受你监督啊？你以为你是谁啊？"

孟想苦着脸拖着鼠标，说："那这条怎么办？主编又派给我了，我怎么推？主编不敢支使您，可敢跟我嚷嚷，我一个临时的……"

刘志利就听不得孟想说这事，赶紧吆喝他："行行行！你别跟我卖萌啊！正好，卫生局后天开始三下乡，招呼了全市三甲医院的主任医生坐医疗大篷车去山区义诊。我这老胳膊老腿的就别让我跑了，你替我去吧！我跟主编说，就说我让你干这个去！你赶紧报题吧，这题肯定能批……"

十三

女老师剃光头，疯了吧?

夏晓炎出现在学校的时候，校门口值周的孩子都吓傻了。大门口一边三个孩子，都是初二年级的，夏晓炎是初中部的语文老师，也是学校里最年轻的语文老师，孩子们都认得她。

迎着早上第一缕阳光，伴随着校门口车水马龙的乱遭劲儿，夏晓炎顶着一个光秃秃的脑袋，雄赳赳气昂昂地就进学校了。两边的孩子们张大了嘴瞪着她，夏晓炎一点都不意外孩子们的反应，微笑着走进来，还主动和他们打招呼："早上好!"

有一个孩子这才反应过来："夏、夏老师好!"

站在校门里面、每天都要值早班的教导主任也给惊吓住了，看着一顶光头由远至近、从外到内，走近了，才看见，居然是夏晓炎!

教导主任脑子里第一个反应是："坏了! 这孩子得白血病了!"然后，主任迅速调整脸上表情，把惊讶转变成关切，还带着那么一点同情，小跑走上前问："小夏，你这是?"

夏晓炎大大咧咧地回答："主任早！您问我这头发？剃了！"

教导主任："是，我看见了。为什么啊？是身体不舒服吗？"

夏晓炎乐呵呵地说："不是。我跟孩子和他妈打赌来着，我输了，就剃了。"

站在夏晓炎对面的教导主任，在洋春市干了三十年老师，早已桃李满天下，还有几年就要功成身退。他门下，不仅有学生，还教出了好多老师。他脾气好、能沟通、善于捕捉孩子心理，有丰富经验……就是这么一位老老师，听见年轻教师夏晓炎这么一番话，当时就被噎在了太阳底下。

早自习，夏晓炎特正常自然地出现在初二（3）班，她是这个班的副班主任，也是两个班的语文老师。洋春一中有个传统，年轻老师刚工作，要找个老教师当师傅，一老带一新，新老师一般都被安排为某个班的副班主任，以便让他们有足够的时间接触孩子、熟悉工作。

要是按往常的情况，早自习之前的几分钟班里是最乱的。有的孩子刚跑进来，有的要讨论讨论昨天的作业，有的还有不会做的、得赶紧借来别人的抄抄，有的手里的油条还没吃完，有的正在打哈欠……夏晓炎必须要在自习铃声拉响前两分钟走进来，让大家安顿下来，每天这个时候都是她最费嗓子的时候——得喊。

今天，她一进门，班里孩子就傻了，立刻鸦雀无声，只有一个声音悄悄在和同桌说："跟你说了吧，你还不信。刚才我就看见了……"

夏晓炎的表情也带着点小惊讶，看着齐刷刷瞪着自己的孩子，乐着说："呵！今天表现不错，没用我冲你们嚷嚷。提出表扬啊！"她一看表，接着说，"现在是七点三十八，早点没吃完的赶紧咽了；作业没交的赶紧交；那谁……书包掉地上了，不要啦？"

孩子们这才赶紧该干什么干什么，英语课代表缓缓神，也拿出书来走到讲台下面，准备领读。夏晓炎慢慢退到门口，看着课堂上开始了英语晨读，正准备转身，一扭头，看见校长站在教室门口，正用一种无法言说的表情盯着自己，把她吓了一跳。

她三步两步走出来，带上教室的门，"校长"两个字还没叫出口，就听见校长严肃地来了一句："到我办公室来！"

夏晓炎表情轻松，问："现在？"

校长深吸一口气，扭头就走。夏晓炎跟着，楼道里学生们都已经进了各自教室，各班的班主任、副班主任都站在自家班级门口盯着学生们晨读，看见校长带着夏晓炎从楼道里走过去，各个老师都用复杂的眼神看着夏晓炎。夏晓炎也看看他们，用笑容一一打着招呼。

来到校长室，五十出头的老校长捋了一下半秃的脑袋，一脸都是恨铁不成钢的表情，带着痛心疾首的口气冲夏晓炎说："小夏啊小夏！你、你、你这是搞什么？"

夏晓炎狐疑："校长，我怎么了？"

校长眼珠子都快瞪出来了，说："你！你还说怎么了？你这脑袋……不是，你头发怎么了？哪去了？你一个姑娘家，学什么不好？你这个样子，怎么为人师表？怎么教导孩子们？你现在都成了校园一景了，你知道不知道？"

夏晓炎处变不惊地回以微笑，同时用右手摸了摸还带着青头发茬的脑袋，说："您说这个？这是我和我们班学生还有他妈打了个赌……"

校长不听则罢，一听更急眼了："你还打赌！夏晓炎！你、你也是洋春市著名大学毕业的学生，你也号称热爱教师这个工作，你怎么能把社会上这些不三不四的习气带到学校来？你还和学生打赌？还有学生他妈？你想干什么？你不清楚，我告诉你，我就要考虑你是否适合教师这份职业！我从教三十多年，决不允许这种事情发生！"

夏晓炎脸上带着点委屈，低声说道："咱们学校的行为手册没说老师不许剃光头啊……"

校长一拍桌子："狡辩！我那手册上明明写着'教师必须注意仪容仪表，要给学生做出表率！'你说，你这个样子还配为人师吗？"

夏晓炎嘴角下撇，刚要辩解什么，就听见校长办公室的门被敲响了，校长还在气头上，冲着外面吼了一句："谁？进来！"

进来的是初二（3）班的班主任，也是夏晓炎的师傅赵老师，四十多岁一女的，夏晓炎私下里叫她"赵妈"。这不是夏晓炎的发明，是初二（3）班孩子的发明，"赵妈"和"找骂"同音，赵老师是出了名的刀子嘴，对班里学生要求严格、管束也紧，对各项成绩抓得都严，眼睛里不揉沙子，看见谁做得不对，不管是教室还是操场，叫过来就训，久而久之，孩子们就这么叫她。

看见她进来，夏晓炎刚要叫她，赵妈就来了一句："晓炎你真把头发给剃了？"

校长看着赵妈，一愣："什么意思？你事前还知道？"

赵妈一看就是刚上班，外套也没脱，脖子上的真丝围巾还系着，可能是一路小跑过来的，脑门上微微有汗。她有点着急地跟校长说："校长，您听我说啊，小夏这么做也是事出有因……"

校长一挥手："有什么因也不能这么不注意形象、不考虑后果！"

赵妈一改往日对待学生的严厉劲头，连连点头，说："是，您说得对，小夏这么做的确是有些莽撞。但是，这事您要批评就先批评我。第一，她剃头之前和我打招呼了，是我没往心里去，没拦住她；第二，她这么做绝对是为了孩子，我向您保证，她绝不是为了哗众取宠。您想想，小夏来咱们学校两年多了，一直工作都很努力，积极上进，业务很好……"

校长有点不耐烦，一屁股坐在椅子上，说："你不用护着她，知道你们师傅徒弟的情分好，你倒是给我说说，她怎么就是为了孩子……"

赵妈看了一眼夏晓炎，转头对校长说："我们班程佳明的事您也知道，一直是个老大难……"

校长想了一下："程佳明？就是有网瘾那孩子？"

赵妈点头："是。这孩子情况您也知道一些。单亲家庭，父母离异，父亲常年不见，家里就是他和他妈。小学时候一直是个好孩子，成绩也不错，就是上初一以后对电脑游戏上瘾。我对这个东西真是不懂，但是他妈妈来了几次学校，都是一把鼻涕一把泪的，说这孩子整个变了，不听话、不爱念书、不做作业，成绩也是一泻千里……关键是，他妈妈管不了他。我不懂网络游戏，是小夏连着去了他家几次家访，又是找心理医生，又是帮着联系他爸爸，共同制定出来一个办法，就是循序渐进地帮他戒网瘾。但是您也知道，这个事情不是一朝一夕的，心理治疗也是按疗程走的。所以小夏就和程佳明做了一个约定，第一要配合治疗，第二要有信心，完成阶段性的成果。程佳明这个孩子呢，天分不错，根子也不错，就是现在要克服这个心理依赖他没自信。小夏就刺激他，只要连续半个月，他没打那个什么网络游戏，小夏就奖励他；要是他没管住自己，打了游戏，小夏就剃个光头，以表示对自己的惩罚……"

校长一脸不解："为什么？"

夏晓炎接嘴说："因为我的工作做得还不到位，还是没帮好他……”

赵妈接着说：“上星期五，程佳明他妈妈又来了，说孩子已经有了明显进步，只是在周末上了一次网。我说这已经很好了，咱们再继续跟进，装不知道这事。没想到小夏这孩子……她当时就跟我和他妈妈说，她一定要说到做到，要为孩子做一个诚信表率。所以……小夏啊，其实，真的还有别的方式，我觉得程佳明已经很有进步了……”

夏晓炎认真地说：“您说得对。可是心理医生已经跟我说了，这戒网瘾和戒毒一样，就怕心理反复，我就得刺激他一下，这也是给全班孩子做个表率，老师嘛，说到就要做到！校长，您说是吧？”

校长脸上的表情很是复杂，办公室里沉默了得有几分钟，校长才叹一口气：“你们这些年轻人啊！让我说你们什么好？批评你吧，你真是为了学生；表扬你吧，你说，我该怎么表扬？”

夏晓炎特别特别认真地对校长说：“校长，我觉得您就应该表扬我，还得在全校升旗大会上表扬我！当然了，您千万别说为什么啊，您就说‘夏晓炎老师做出了诚信的表率，说到做到’就行了，我相信程佳明会有触动，我们班的学生也不会因为老师剃了光头就觉得我是个坏人吧？”

校长哭笑不得：“你还真是不谦虚啊……”转念又一想，“可是你这样子绝对不行！绝对不能这样天天在校园里晃！你你……”

夏晓炎顺竿爬，说：“这么着校长，我每天都戴帽子上班，行了吧……”

十四

肃然起敬

孟想拿着话筒出现在夏晓炎面前的时候，两个人彼此都愣了一下，然后异口同声地说："怎么是你？"

孟想先叫："我还说，哪个女老师这么没溜，跟学生打赌输了就剃光头，原来是你？"

夏晓炎也嚷嚷："要不是校长非让我接受采访，我才没空理你们。我还说，哪个记者这么闲得蛋疼……"

孟想抗议："好歹也是老师，还是女老师，能不能文明点？"

夏晓炎看看周围，一吐舌头："对不起我说秃噜了，幸好没学生听见。你……没录吧？"

孟想一乐，招呼摄像对好了机位，举着话筒，对夏晓炎说："来，说说吧，这脑袋是怎么回事啊，夏老师？"

夏晓炎反问："你先说，你怎么知道的？"

孟想有点自豪地说："我们新闻热线可是上知天文下知地理，前后五百年……洋春能有多大，什么稀奇古怪的事都有人告诉我们，信息一经采用，那是有报酬的……"

夏晓炎嘟囔："搞有偿新闻……"

孟想抗议："没有！我们这是最大化地发挥群众的力量……嘿，谁采访谁啊！你赶紧跟我说说，这脑袋是怎么一回事？离上次见你还不到一个月，那时候还好好的，这是怎么了？"

夏晓炎只好把事情经过又讲了一遍。孟想越听越感动，话筒举在手里已经十几分钟了，摄像在后面，摄像机架在架子上，可孟想全凭胳膊举着，竟然也没觉得累。

夏晓炎是语文老师，会讲故事，语言节奏也好，别看刚刚私底下和孟想满嘴跑火车，可一开始录像，从她嘴里说出来的话就条理清楚、中心明确了。孟想脸上的表情随着她对整件事情的叙述而波澜起伏，等夏晓炎讲完了整个过程，孟想沉默了。夏晓炎看他还举着话筒，狐疑地问："我说完了，还要问什么？"

孟想闪回，赶紧说："没有，采访就到这了。我是想，你真挺厉害的。"

夏晓炎耸了一下肩膀，恢复了平常大咧咧的状态，说："不就是头发嘛，又不是剃了就不长了。"

孟想说："我不是指头发，我是说，你能这么去对一个学生，就为了一句话……那个学生现在怎么样？有触动吗？"

夏晓炎脸色稍稍严肃了些，说道："除了校长和赵老师，没有第三个人知道我是为了哪一个学生这么做的。所以，我没找过他，我相信，全班全学校只有他一个学生明白我为什么这么做。我等着他，他会来跟我沟通这事的。"

孟想好奇地问："那这几天他看见你什么反应啊？要是一点反应都没有、油盐不进，我劝你下次再也别管这种事了。老师也就是一份工作，你这么玩，接下来不会就是自残了吧？有这个必要吗？不值啊……"

夏晓炎有点着急，非常严肃地反驳孟想："工作是表象，这不仅仅是工作，它也是我的事业呀！你做记者因为你喜欢，我当老师也因为我喜欢，喜欢的东西就值得付出。再说了，就算不是为了事业，做人守信用总没有错吧？"

孟想连连点头："是是是，我……怎么说呢……我一方面是佩服你，觉得你做得对，因为，换位思考，换了是我，我肯定做不到！我会想，你上不上网、念不念书，跟我有半毛钱关系？我只要看住了你在学校里干应该干的事就完了呗！我才懒得管你回家干吗……今天听见你这么说，我真是觉得惭愧……一个小姑娘，虽说是老师吧，可居然这么真诚地对待这份工作，我比起你真是差远了……"

夏晓炎笑嘻嘻地问："那……另一方面呢？"

孟想不好意思地一笑，说："另一方面，不是……不是替你多少有点小心疼吗？你看，上次咱们见面时我还说，看你留了长头发觉得你整个人都变了，变得……真是挺好看的，以前在学校吧，看你就跟看哥们儿似的；上次再见你，就觉得是个漂亮姑娘了，就是……咳，我也不会说，就是让人眼前一亮的那种……今天再看你吧，头发又没了，所以就……替你心疼呗……"

一席话说得夏晓炎甚是可心，眼睛也不由得往地面上、鞋尖上看，一时也不太好意思起来。俩人自顾自地聊着，忘了后面还站着摄像。校园里不让吸烟，摄像也是个大小伙子，干完活烟瘾就来了，看着俩人相谈甚欢，又不好打断。现在看见俩人难得有点小冷场，赶紧见缝插针，说："哎，孟想，怎么样，够了吗？还拍呢？"那意思就是，要不你们俩先聊着，我找个旮旯抽一口烟去。

孟想心思都在夏晓炎这里，听见摄像这么说，就对夏晓炎说："我还想再去你办公室、课堂上拍点素材，拍点你工作场景，最好能带上点学生，讲课、辅导、谈话什么都行……"

　　夏晓炎夸张地张了张嘴，抗议："这么麻烦！早知道这样，我不接受你采访了！"

　　孟想低声赔笑："那不行哦！你想想，我们是联系了校长才找的你，这是任务啊！再说了，宣传你是为了什么啊？还不是为了宣传正能量，是吧？一会儿就好，我拍完了请你吃饭，好不好？"

　　摄像大哥在后面心里说："你倒是让我先来口烟哪……"

　　夏晓炎带着孟想往自己办公室走，摄像无奈地拎着机器、扛着架子在后面跟着。以往俩人出去，孟想还是很有眼力见儿的，总会帮着摄像扛扛三脚架，可眼下，孟想的注意力都在夏晓炎身上，根本就顾不上了。

　　摄像是已婚小伙子，比孟想大几岁，一看就明白了。啥也不说，忍了。

　　三个人，夏晓炎和孟想肩并肩地在前面走，摄像一个人肩扛手提地在后面跟着，依次进了楼道。此时，正是上操时间，办公室里的老师们都跟着各自班级的学生去操场集合了，夏晓炎因为要接待记者，没去上操。她刚一推开办公室的门，就看见程佳明和他妈妈站在她的办公桌前。夏晓炎一愣，喊道："程佳明！你怎么没上操啊？"

　　孟想一激灵，看看里面的孩子，一个标准的半大小子，头发支棱着，不长不短；个子得有一米七往上了，身板套在宽宽大大的蓝色校服里，显得单薄。他一只手缩在袖子里，一只手在袖子外，正在脸上不自觉地挠着什么。再一看脸上，嚯，脑门和鼻翼上都是星星点点的青春痘，脸颊上油光光的。眼睛不大，鼻梁直挺，上嘴唇上都有细细的绒毛了，站在窗边，侧逆光一照，让刚进门的孟想看得还挺清楚。孟想看见他，脑子里下意识地就想起了自己十四五时候的样儿，那会儿也是一脑门青春痘，回家就没话，关上屋门就不出来，用王月华的话说："真有心踹你两脚！"

程佳明抬头看看夏晓炎，眼睛含着眼泪。夏晓炎再一看她办公桌，嚯！一个硕大的苹果电脑台式机摆在上面，几乎占满了整张桌子。夏晓炎不明所以，看着程佳明的妈妈，问："您这是？"

程佳明的妈妈眼圈也是红的，一个劲儿地看着夏晓炎的脑袋。本来夏晓炎已经答应校长，每天戴着帽子上班。可是刚才结束采访，必须要展示她这个光头造型，就把帽子给摘了，这一摘就忘了再戴回去。

程佳明他妈先说："夏老师，我真没想到，您真把头发给……前天佳明回家连饭都没吃，我问他怎么了他也不说，这两天他过得也不踏实，问他他不说，晚上又睡不着……今天，他非让我把他电脑搬您这儿来，还说再也不上网打网游了。我还不知道为什么，刚刚来办公室，还是赵老师告诉我的。夏老师，您让我怎么感谢您？您对我们家佳明真是……真是比我这个当妈的还上心。您为了他、为了我们娘儿俩，您看您这头发……我说什么好啊……"

孟想看着看着猛然想起来自己是干什么的了，赶紧回头找摄像，摄像早就把机器扛在肩膀上开始录了。

夏晓炎已经忘了摄像机的存在，笑着对程佳明说："行啊！是条小汉子！不过，把这么好的电脑放我这，我也没地方搁啊！你真舍得？不会一会儿出去就后悔了吧？再拉着你妈让她给你买可不行……"

程佳明挺直了身板，举起右手，郑重其事地对夏晓炎说："夏老师，我也起个誓，要是我再打网游，我也剃光头。这电脑，我就放在您这儿一辈子都不拿了，送您了！"

夏晓炎一拍他肩膀："够意思！这才是爷儿们应该说的话！你想想，你都十四了，我老爸十四的时候都去矿上跟着干活了，帮着我爷爷养了半个家呢！你们现在日子过得好，可爷儿们的样子还得有是吧？你看看，你胡子都快长出来了，是个男子汉了！那就这么说定了，你这巨无霸电脑先在我这存着，回头我找个柜子给你收好，中考之后你来取，如何？"

程佳明果真很爷儿们地伸出手，夏晓炎特自然地跟他击打了一下巴掌。然后夏晓炎表情恢复常态，说："赶紧！上操去！回头咱班少你一个，值周生给我扣了分我就找你！"

程佳明脸上迅速有了孩子的笑容，转身就跑出去了。摄像在角落里，镜头一直送程佳明出了门。孟想刚要上前和夏晓炎说话，夏晓炎抢先一步走到孟想跟前，严厉地说："我不知道你拍了孩子，跟你说啊，不许播这段！"

摄像一听这话，"噌"就把摄像机从肩膀上拿下来了，说："凭什么啊？"

夏晓炎也不理他，就看着孟想，有点蛮横地说："就是不许！听见没？"

这一刹那，孟想又看见了几年前在学校田径队里风风火火练短跑的那个姑娘。他觉得有点穿越，也有和摄像一样的不解，低声问："为什么啊？多感人啊！"

夏晓炎回头看了一眼正在擦眼角的程佳明的妈妈，低声、有力地说："他还是孩子，还不到十五岁，是未成年人！你们……"她的眼神里也包括摄像，"你们都是新闻工作者，不知道要保护未成年人吗？我们国家可有《未成年人保护法》，刚才那些都涉及这孩子的隐私，你们一拍一报，全市人都知道我们学校这个孩子有网瘾，以后他还怎么生活？现在我们学校、我们班都不知道是他，你们倒给报出来，这让他以后怎么面对？还有他妈妈，以后怎么办？"

几句话，让孟想和摄像面面相觑。夏晓炎当了几年老师，孟想就干了几年记者。夏晓炎说的道理，是公理、是法律，不仅一个老师应该知道，孟想这个记者更应该知道。但是，实际情况是，从来没有人告诉过孟想，他的摄像机不能轻易对准哪些人，他的镜头除了用来曝光爆料还能做些什么……

十五

男大当婚

孟想做完片子回到家里已经快七点了。一进楼道，他就闻见了自家厨房里飘出来的排骨香。孟想跑过来就敲门，明明包里有钥匙，实在懒得翻了。

屋里电视屏幕锁定着《洋春新闻》，在厨房忙活的王月华听见门响就知道是孟想回来了。刚一打开门，孟想进屋就往厨房跑，王月华后面拎着拖鞋叫："这是让狼撵了？换鞋啊，你这孩子！"

孟想笑嘻嘻地进了厨房就掀开锅盖，灶上的大铁锅里咕嘟咕嘟地冒着热气，大半锅腔骨、排骨在八角、花椒、辣椒、桂皮的混合作用下已经文火慢炖了两个多小时，按照王月华的估算，再有二十多分钟就能出锅了。

孟想翻出双筷子，伸手就去夹，被王月华喝止："先洗手去！我给你盛。底下的烂糊，你不会挑……"

孟想谄媚地冲妈一笑，乖乖交出筷子，自己这才从厨房出来回房间换衣服、洗手。等他坐在饭桌旁，跟前的碗里已经盛了好几块腔骨。

孟想一边吃一边问："妈，我爸呢？"

王月华嗔道："这才想起你爹妈来！我还以为我养了个狼儿子，就认得肉呢！"

孟想一边吸溜一边含糊着说："哪能啊！是我妈做的排骨太香了，本来还能把持得住，一进楼道就馋了。妈，你这怎么都是腔骨啊，还有排骨呢？也给盛几块唄！"

王月华说道："排骨就那么几块，等再炖烂点给你爷爷送去呢。你年轻轻的有牙口，就吃腔骨吧！还挑！"

孟想连声说："哦哦，腔骨也好吃……我爸呢？"

王月华说："晚上七点以后那什么客隆超市就打折，你爸买菜去了，你先吃吧，我让他也先吃了点，就当遛弯了。"

孟想嘴里含着腔骨，一边嘬油一边说："你们信息还挺灵通，这都是怎么知道的？"

王月华给儿子盛了一碗饭，说："你婶子告诉我的。孟剑不是在那上班吗！你吃的这腔骨就是小剑拿回来的，说是到晚上就得处理，有的快过期了就给员工分了。小剑拿回来，你婶子就送这儿来了，说给你做点儿吃，再给你爷爷做点儿……回头你给小剑发个短信，谢谢人家孩子，老惦记你。"

孟想连连点头，就着几块腔骨，连着往嘴里扒拉大米饭。见孟想吃着开心，王月华转身从茶几上拿了点东西过来，坐在孟想旁边，乐呵呵地一摊手，说："儿子，你看看，这个姑娘长得怎么样？"

孟想端着碗看了一眼，是张照片，里面是个年轻的、长头发的姑娘，站在公园的桃花树下，手拈着一枝桃花，盈盈地笑着。孟想没有任何感觉，心里就觉得稍稍有点造作，嘴里含含糊糊："还行……干吗？您要给小剑介绍对象？"

王月华拍了一下儿子后脑勺，说："什么小剑！这是给你说的！比你小一岁，税务局的公务员，也是咱们本地人。我瞧着不错，你去见见去？"

孟想嚷嚷："不去不去！谁呀我就见她？都不认识，见了说什么？妈你着什么急啊？我现在，房也没有、车也没有，我找一个女朋友上哪待着去？我不去不去……"

王月华来气："等你什么都有了你不得四十了？又没让你现在就结婚，你不得谈两年啊！你都二十五了，你爸像你这么大我们都结婚两年了。你怎么回事啊？怎么自己的事一点都不着急啊？你是不是有了？你们单位的？我告诉你，那可不行啊！你现在就没时没晌，连个上下班准点都没有，再找一个也是记者，那这家还能要吗？再说你们那的女的我也见过，都急急火火疯疯癫癫的，不行啊！"

孟想反问："您什么时候见过我们单位的女的啊？我又没往家领过……"

王月华说："我怎么没见过？上次你在医院缝针，你们单位不就有俩女的在那儿吗？"

孟想回想了一下，那是主编带着编务。孟想一吐舌头："那个？那是我们领导！谁敢娶她啊！妈，你别老盯着我们那儿的极品看，其实我们那儿也有正常人……"

王月华步步紧逼："就是真在你们单位找了一个是吗？"

孟想赶紧放下饭碗摆手："没有没有！我向天起誓，真的没有，真的没在单位找。我们那女孩儿的心都高着呢，人家看不上我这样的。人家要找也得找个有车有房的，您说是吧……"

王月华有点恼怒，说："所以说啊！现在能找一个踏踏实实跟你过日子，不怕苦不怕累的媳妇多难啊！难得人家这个姑娘没那么多条件，说先看看人，觉得人好再往下说。人家还真没问你有什么，你去见见，还能让你掉两斤肉啊？"

孟想皱着眉，说："那您约的是哪天啊？"

王月华："明天下班，你请人家吃个晚饭吧……"

孟想又把头摇得跟拨浪鼓似的："妈妈妈！明天真不行！我明天晚上约出去了，也是请人吃饭……"

王月华追问："请谁啊？男的女的？干吗的？为什么要请他吃饭啊？"

孟想叹气，说："妈，我都二十多了，您能让我有点隐私吗？我一不犯法二还是不犯法，您放心，我就是吃个饭……"

王月华盯着孟想，连眼皮都不眨一下。孟想告饶："好好好，我告诉您，女的，行了吧？"

王月华眼睛一亮："干吗的？多大岁数？"

孟想只好从实招来："中学老师。我们大学同学，跟我一边大。"

王月华脸上有点喜色："这工作还不错，以后有了孩子，上学方便……"

孟想提高了声音说："妈，您这是哪跟哪啊！我们就是同学，好久没见，今天见了，我就说请她吃个饭。因为人家今天配合我采访来着……"

正说着，屋里一直开着的《洋春新闻》开始播出孟想采访夏晓炎的节目，孟想又拿起一块腔骨啃着，用胳膊肘捅王月华，说："喏，就是她……"

王月华背冲着电视机坐着，听儿子这么说，赶紧转身看，夏晓炎明晃晃的光头就在屏幕上闪着，王月华顿时惊呆了，电视里解说词说了什么、夏晓炎说了什么，完全已经听不进去了。孟想没察觉到王月华的惊恐表情，还说呢："我们同学，她叫……"

王月华回身就一拍桌子："不行！这是什么人哪！姑娘家家的剃个光头，是劳改犯还是刚化疗完哪？就她这模样还当老师？这是什么学校啊？家长没意见啊？这哪能让她进校门啊……"

孟想不乐意了，说："妈，你那么激动干吗？人家是学校推出来的优秀老师。你能不能好好听听我的新闻，看完了你再发言。剃光头怎么了？剃光头就是劳改犯？少林寺里全是坏人？您这都啥逻辑啊？"

王月华固执地说："她是谁也不行！我管她是谁？只要这模样就不行！"

孟想有点生气，说："我就是请人家吃个饭，什么行不行的？不行也行！我都约了人家了，再说了，您就这么看人家不顺眼？人家怎么您了。人家剃这个光头是为了帮助学生戒除网瘾，我今天还看见那孩子和他妈了呢。那孩子给感动得不行不行的，人家他妈差点给我们这同学跪下……一个单亲家庭的孩子，他爸常年不露面，孩子不好好学习，一天到晚打游戏，妈又管不了，幸亏有我们这同学，用这招激这孩子……我跟你说啊，老妈，反正今天我和我们摄像都特受教育，人家校长主任一个劲跟我们夸这个老师。你不许老封建啊，干吗呀，不就剃一光头吗，你瞧你这大惊小怪的……"

王月华听了这几句话，忍了几秒钟，然后说："你们新潮，你有大道理是吧？意思就是我管不了你哈！你请她吃饭行，搞对象不行！"

孟想想都没想，高声反问："怎么不行？"

王月华这个来气啊："你领一个秃瓢回来，从后面看男的女的都分不清楚，你想气死我？你让楼上楼下邻居怎么说？"

孟想说："爱怎么说就怎么说！又没领他们家去……"

王月华更来气了："我告诉你啊，孟想，别说秃瓢，就是板寸都不行！这丫头头发什么时候比你长了，你什么时候再跟我扯这事！为了学生就剃光头，这不是缺心眼吗？她爸她妈也不管管，学校也不管管？这都什么啊？"

孟想呵呵一乐，说："成！妈！我知道了。反正我还没追到人家呢，等我追到了，她头发也长出来了。我呢，明天下班就去跨出第一步，您就等着听我凯旋的消息啊！反正，您那个公务员我肯定没空见了，要不，您介绍别人？"

王月华就瞧不得孟想这嬉皮笑脸的样，喊了一句："滚回屋去！"

娘俩正你一言我一语地斗嘴，就听见门口有人砸门，一边砸一边喊："王姐！开门！你们家老孟脚崴了……"

孟想一个箭步跑出来，打开门，孟凡树被住楼下的张叔架着，一只胳膊搭在人家脖子上，一只手里还拎着装满了萝卜白菜的布口袋。

孟想赶紧把他爸往屋里架，张叔一脑门子汗，帮着抬，王月华脑子都乱了，一个劲问："这是怎么了？"

孟凡树摇着手连说："没大事没大事！就是出来追公交车，地上那地砖啊起来了，崴了一下。没事没事！"

张叔帮着孟想把孟凡树安顿在沙发上，跟王月华说："我就说，手里拿着菜就别追了，等等一会儿还来。老孟就是急性子，他在我前头跑，我看着他崴的脚。我说上医院吧，他非说不用，说回来贴膏药。孟想啊，你还是送你爸去医院拍个片子，回头骨折骨裂的就麻烦了！"

王月华一个劲给人家道谢："真是麻烦您了。说一块儿去个超市，您瞧瞧，还让您跟着着急受累。幸亏有您在身边呢，要不可怎么回来？老孟你怎么不给家里打电话啊？"

张叔说："没事，嫂子，街里街坊的，本来说没事出来遛遛弯，瞧这事闹的。您还是带老孟瞧瞧去，看看骨头有事没事，瞧瞧踏实……"

送走了张叔，王月华给孟凡树挽起裤腿，一看那脚踝又红又粗，用手背碰碰，都发热了，再一看脚面，也跟着肿起来了。这哪是膏药能管的事啊！孟想啥话也不说了，换了衣服就过来，对王月华说："您帮我把我爸架我背上，我背他下楼。您打一车，咱去医院。"

十六

儿子找来了

孟凡树的脚没大事，骨裂，打了石膏，卧床即可。这就苦了王月华，孟想要上班，孟凡树离不开人，老爷子那边还得隔一天去一趟。孟想主动承担："您不就是给我爷爷送饭吗？您头天做出来，我第二天一大早过去，然后我再上班。"

孟想说到做到，头天从医院回来已经快十一点了，第二天一大早不到六点就出门了。他赶上早班车，带着一保温桶排骨，还有王月华连夜蒸出来的大包子，往养老院去。

养老院的人起来得早。孟想赶到门口的时候忍不住还打着哈欠，怀里揣着还热乎的包子，是王月华临出门之前强塞给他的，"吃不下也得吃"！

本来就没睡够，再加上公交车一路摇摇晃晃，孟想迷迷瞪瞪地就走进来。说实话，最近一次来养老院还是在春节的时候，孟想陪着爸妈在养老院里伴着老爷子过了一个年三十。一眨眼大半年都过去了，孟想在进门的时候反思了一下，自己有那么忙？老妈隔一天来一趟，这样的频次对于一个五十多的人来说，的确太累了。想到这儿，孟想挺了挺胸，跟自己说，以后得常来，替换替换老妈。

孟想凭着记忆往里走，觉得恍惚就是这个房间，门虚掩着，里面有声响。孟想含糊着推开门，里面没开灯，洗手间的灯亮着，里面传来哗啦哗啦的流水声，一听就是有人在洗脸。孟想往里面走，床上的老头还没醒，呼噜声挺大，孟想走近前仔细一看，没错，是爷爷。虽然瘦了些，可脸色红润，轮廓没变化。床边的床头柜上放着一个红色的保温杯，这杯子孟想认得，那是他去年在一个发布会上采访的时候对方单位送给媒体的礼品。他一拿回来，老妈王月华就说好，说拿在手里就觉得皮实、不拍摔，然后就拿这儿来了。

孟想认准了人，就赶紧从布袋子里往外端保温桶，里面的排骨还热着。老妈千叮咛万嘱咐，别洒了，送到了地方交代给护工刘大姐，让她给盛出来，早上先给老爷子吃两块；中午再去食堂给热热，再给老爷子吃。保温桶一定要带回来，后天还要送饭用。

孟想放好了保温桶一转身，洗手间里的人也出来了，两人都没防备，忽地一下对视，各自都吓了一跳，两人同时在心里打一问号："男的？谁啊？"

孟想先问："你是干吗的？"

那人说："我是护工。你是谁啊？进错屋了吧？"

孟想回头一指床上的老爷子，床位上贴着老爷子的名字、床号、护理员名字，说："我爷爷我能认错了吗？你是谁啊？护工不是刘大姐吗？"

那人一听这话，脸上紧张的神经顿时松懈了，眉宇间也有了笑模样，有点不好意思地说："是老爷子家孙儿啊！那个，刘师傅昨天不舒服，有点发烧，她怕晚上传染给老爷子，就托付我照看一宿。我姓马，也是护工……"

孟想狐疑地看着他，嘴里嘟囔："怎么换了人也不跟我们说一声……"

老马赶紧解释："本来她说要给你们打个电话，因为你妈隔一天就来一趟，估摸着今天该来了，怕找不见人着急。可是我说就一宿，一会儿刘师傅也该来了，每次你妈来都是八点来钟，不知道今天换你来了，还挺早！"

孟想还要说什么，就听见门口一阵窸窸窣窣的声音，像是塑料袋和衣服、布包蹭着的声音。再一看，一个五十多岁的妇女已经出现在门口，脸色发黄、身形消瘦，穿着干净利落，脸上看不出表情。一看见她，老马赶紧迎上去，对着孟想说："这就是刘师傅。那啥，主家来了，是老爷子家孙儿！"

孟想听着这种特殊称谓有点反感，觉得像在骂人。可再一看那男人的样子又是低眉顺眼的，也知道他没有恶意。这时候刘小菊过来看着孟想打招呼："你是孟想吧？王大姐给我发短信了，说今天你来。我昨夜里发烧，怕传染老爷子，托付马师傅帮我照看了一宿。"

孟想也客气着："没事没事，听您这声音还曀曀的，要不要去医院看看？"

刘小菊摆手："没事了。昨天去医务室开了感冒药了，今天头不疼了。你妈说你还得上班去，说带了排骨，你交给我吧，一会儿我就给老爷子弄着吃了。"

孟想转身把保温桶端过来，刘小菊麻利地放下手里的包包袋袋，从柜橱里拿出饭盒，把保温桶里的排骨一股脑地盛出来，然后就要进洗手间洗保温桶。站在一旁的马师傅就抢过来，说："你刚退烧，别沾凉水了。"

说着，就拿起保温桶进去了。刘小菊也不跟他抢，只说："洗涤灵在池子边上，用那块绿抹布洗，多冲几遍，油大。"

孟想听着这几句话觉得那种感觉又熟悉又别扭。熟悉是因为，这语气口吻听着跟老妈平常嘱咐老爸的声调很像；别扭是因为，这屋里没有两口子啊！

孟想有点尴尬地站在原地等着保温桶，刘小菊也觉察出来了屋子里不一样的气息，只好忙着找活干。只有老爷子，在床上仍旧打着呼噜。

老马洗好了保温桶出来，刘小菊眼睛里看不上男人干的活，哩哩啦啦地带着水，洒了一地。刘小菊走上前去接过桶，嘴里说着："也不张罗着控水，瞧这一地，回头再滑了……"她一边说，一边用一块白色的干手巾擦保温桶，还对孟想说："这是新手巾，干净的。擦干净了你赶紧拿走上班吧，可别耽误了。"

孟想接过来，放在布袋子里；又看见老马转身又拿来了墩布要擦地上的水。刘小菊又一把抢过来，命令似的说："油条都凉了，赶紧吃了忙你的去吧。"孟想这才看见，刘小菊刚刚放在桌上的东西，又是油条又是豆浆，还真是挺丰盛。

孟想和刘小菊道了辛苦，转身就走。他小跑着往外赶，想早点赶上回城的公车。跑到大门口，就看见门口的保安在盘问一个小伙子，看着也就十八九的年纪，头发染了一条黄，穿着一条牛仔裤，上面斑斑点点；上身一件长袖 T 恤，黑底、印花，花里胡哨的也看不清楚是什么花。保安问："你找谁啊？"

小伙子声音也挺冲："找刘小菊，你们这儿的护工。那是我妈。"

保安也是跟他年纪差不多的小伙子，说话也是戗着来："你给她打电话，让她出来接你一趟……"

小伙子："我打了她没接……"

保安说："那你就等会儿再打。我们这有规定，不是老人家属都不能进。"

小伙子立刻不淡定了："我找我妈有事，我又不是坏人！"

保安也回说："你脑门上又没写字，我咋知道？"

眼看就要吵起来，孟想过来息事宁人："你找刘小菊？你是谁啊？"

小伙子梗着脖子："不说了吗，她是我妈！咋着，找妈还要看身份证啊？"

保安说："你说她是你妈，你咋不去宿舍找她？那可以进……"

小伙子声音提高了八度："我去了，我妈不住那了，我这才来找！她还在不在你们这啊？昨儿给她发短信就没回，今儿一早打电话又没接，我……"

孟想安慰他："她在呢在呢。我带你去找她吧，她刚来没一会儿。"

小伙子上下打量了一遍孟想，说："你是不是我妈的主家儿啊？你们家姓王？我听我妈说过。"

孟想也懒得解释，就点点头，说："对。刘大姐照顾我爷爷，我带你去吧，就在410那屋……"

话没说完，小伙子跟保安一瞥眼："你听见了啊！主家都同意了，不用你带，我自己去！"说完，撒丫子就跑进去了。孟想也懒得揪扯这事，转身也就出来了。

那小伙子在楼道里一顿乱闯，终于找见了410房间。门关着，里面有说话声，此时的楼道刚刚开始有人走动，有的老人起来了，有的是护工开始张罗着打早饭了。很多房间的门都已经打开，能看见护工和老人们在里面梳洗、打扫。相比之下，410房间关着的门显得有些别扭。小伙子不管这些，"当"的一下推开门，动静挺大，把坐在里面正在吃饭的两个人吓了一跳。

老马的豆浆刚含在嘴里，手里的油条还有半根；刘小菊正在给老马剥着鸡蛋，看见门口直愣愣的小伙子，先喊了出来："大龙！你咋来了？咋找来的？"

大龙愣怵怵地进来，并不急着回刘小菊的话，而是直眉瞪眼地看着老马，厉声问："你是谁啊？"

老马一时不知所措，刘小菊拉了一下大龙的胳膊："这孩子！越大越没规矩。叫马叔！"

大龙也不叫，而是问刘小菊："咱老乡？"

刘小菊答："不是。同事。昨天妈发烧，托了你马叔过来替我值夜班，照看老爷子，我让人家吃了早饭再走……"然后跟老马说："这是我儿子，大龙。"

老马赶紧咽了豆浆，笑呵呵地说："长得怪高的……吃了没？我吃饱了，得赶紧看我那主家儿去了，你坐，跟你妈说说话……"

说完，老马攥着半根油条仓皇而去。刘小菊手里的鸡蛋剥开了大半个，看着老马出去也不拦，转身对儿子说："你这大早起跑来干啥？给，先把鸡蛋吃了。一会儿我给你去食堂打点馄饨，你不爱喝豆浆就甭喝，谁知道你来了，也不说一声。"

大龙也不洗手，接过鸡蛋就往嘴里塞，塞进去了还不忘埋怨刘小菊："我咋没说？你短信也不回；一大早打你电话也不接；去你宿舍找你说不住了……妈，你搞啥？"

刘小菊慢悠悠地说："昨天我发烧了，手机撂哪了也不知道，估计都没电了，一会儿我找找。宿舍太挤了，我找了个小房，还没来得及跟你说呢。你急火火地找我啥事？"

大龙把手在牛仔裤的前后兜上蹭了蹭，从屁兜里掏出一沓子百元钞票，交到刘小菊手上："上个月我开始涨钱了，这是两千，师傅说让交给你，不许我乱花。"

刘小菊心疼地看了一眼儿子："你留着就得了呗，我还怕你缺钱……"

大龙捡起塑料袋里一根油条塞进嘴里，说："我不缺。师傅对我挺好的，就是看我这脑袋不顺眼……"说完，大龙有点得意地一笑。刘小菊顺着儿子的脑袋看过去，也皱着眉说："可不!好好的，咋弄了这一大黄道子？"

大龙笑："你们不懂，这叫挑染，洋气。"

刘小菊一绷脸："把头发染黄了就能当城里人啦？你这俩钱花的!"

大龙不满地说："师傅也这么说! 你们真土! 得得得，钱你拿好了吧，以后不染了。"

刘小菊恢复了些笑模样，说："攒了钱以后还得娶媳妇哪……"

大龙撇嘴："以后再说吧。我还想着，多挣点钱，咱也能在洋春市里买个小房子。我见天给人家装修，等有了自己的房子，我给你装，保证好好的。咱那村里是不回去了，连个亲戚都没有了，还回去干啥。"

刘小菊说："那房子对咱就是天价，我不做这个梦，给你攒着钱，等你出息了，给你买……"

大龙回过神来，说："那个什么马叔，他干啥的？为啥看见我就跑？"

刘小菊打岔说："就是护工，还能是干啥的。人家咋看见你就跑了？一个大小伙子，进门连人都不叫，愣头愣脑，人家那是懒得理你了。"

大龙也不言语，一口一口咽了油条，然后跟刘小菊说："妈，下次你要是不舒服了就打电话叫我。我现在那工地离着你也近，我晚上来替你班。不就是伺候老头吗？咱不用求别人。还得跟人家说好话、给他买早点……你叫我就行了呗！等回头我当了大工，一天能挣一二百，你就不干了，我养着你……"

刘小菊温柔地看看儿子，说："妈在这干是闲不住，不是缺钱。你舅也说要养我呢，妈不用。你就好好干你的活，虽说是出徒了，可还是临时的，一天没当上大工，一天就捧不牢这饭碗。师傅说两句也听着，咱不是为了学手艺嘛……"

大龙也不反驳，站起来就要走，刘小菊知道他要赶回去干活，就往外送他。刚走到门口，就看见老马又过来探头，看见大龙还在，不好意思地笑笑，冲着刘小菊说："小……刘师傅，今天早上的水果来了，有香蕉，我告诉你一声，赶紧拿去，怕晚了就剩下苹果了。"

刘小菊用眼神回复了他，老马就走了，大龙看不上老马那不磊落的样儿，回过头对刘小菊说："妈，你在这干行，可不能受人欺负。谁要是欺负你你跟我说，我打他满地找牙！"

十七

老爸送来了糖衣炮弹

一下班，夏晓炎就被许世勇约到了一个新小区，距离洋春一中很近，步行十多分钟。

许世勇站在5号楼楼下，夏晓炎打老远就看见他在原地站着，低着头看手机、刷屏。夏晓炎走近了叫他："嘿！人来了，别玩了！"

许世勇抬起头看着她，夏晓炎头上戴着一顶棒球帽，耳朵后面是森森的青头茬儿，一副刚剃完头没多久的样子。许世勇叹了一口气，说："你说说你，这是图什么？"

夏晓炎一撇嘴："你怎么也跟我爸似的。我这是为了工作，什么图什么？算了，不跟你们说了，你们这些世俗的人，对我的理想根本不懂。"

许世勇说："我是不懂。第一不懂为什么你非要当这个老师，看着夏叔忙得四脚朝天也不闻不问；第二我不懂为什么当个老师还要剃成光头；第三我更不懂，为了一个光头竟然就不回家了。你知道夏叔多闹心吗？"

夏晓炎一噘嘴："我还不懂呢！我不就是把头发剪了吗，多大的事啊？我爸他怎么能发那么大的火？我妈拦都拦不住。都跟他说了，我不是不良青年，是为了教育学生，头发过几天就长出来了，怎么就说不通呢！我都这么大的人了，挣工资、有工作，他有啥闹心的？该我闹心才对，一天到晚就想着让我进煤矿，要不就去超市，老许你又不是第一天认识我，从小就怕数学，我连账都算不清楚，让我接班，我也得懂啊！"

许世勇赶紧岔开，说："得得，我不说了。你先跟我上趟楼……"

夏晓炎这才仔细打量了一下这个小区和面前的5号楼，小区里绿草如茵，繁花似锦，楼间距蛮大；面前的楼在小区中间，前后都是绿地，红褐色的楼体显得雅气大方，整个楼建得方方正正，坐北朝南，窗户都是统一安装的米黄色框架，从外面看，一整栋楼都是飘窗。

夏晓炎问："上楼？你在这买房啦？听说这是我们学校的学区房，特贵呢。"

许世勇说："上去再说吧！"

俩人从宽敞的大厅进来坐电梯，一个单元两部电梯，在八层停下，一梯两户，走到801门前，许世勇掏出门禁卡一划，电子锁哗啦啦打开，夏晓炎立刻看见了一处气派、处处用心的三室两厅。

地上是褐色的复古大方砖，门口有一排白色的鞋柜，高度齐腰，触手可及，夏晓炎的手不经意碰了一下，肯定是实木的，做的是欧洲风格，拉手是精致的陶瓷，上面有很好看的彩色花纹；往里面走，玄关的壁纸带着淡淡的米黄色，在充足的光线下显得柔和舒服；大厅接近于白色，天花板上的水晶吊灯华贵而不繁复，客厅里摆放着真皮沙发、实木包皮的茶几，还有液晶电视、展示柜。和客厅对着的是饭厅，一水儿的土豪金色的整体厨房，厨房外面摆放着一套白色的欧式田园风格的餐桌椅……

夏晓炎感慨："你新买的？房子真不错，关键是，装修得也特好……"

许世勇抓过夏晓炎的手，把门禁卡往她手里一塞，说："不是我买的，是你爸我夏叔买的，给你买的！"

夏晓炎顿时愣住了。许世勇见她一副将信将疑的样子，又从随身背的普拉达皮包里拿出一个大信封，里面又掏出来一个大红色的房产证，翻开给夏晓炎看："喏，是不是你名字？"

夏晓炎喃喃自语："什么时候买的？我怎么一点都不知道？"

许世勇拉夏晓炎坐在沙发上，苦口婆心地说："你说你非要当老师，夏叔觉得拗不过你，就开始在你学校周围踅摸房子。咱们都是朔县的家，知道你天天回去也不可能，夏叔夏婶又不舍得让你住宿舍。你是不是上次回家说宿舍里有蚊子来着？挂蚊帐又憋闷？夏婶说给你们宿舍装个空调，那样好挂蚊帐，夏叔又怕你不让，又说要装就不能只装一个，别的宿舍不装人家别的老师看你该不顺眼了；那装了宿舍不装教室又不合适；装了教室是不是老师办公室也得装……后来夏叔说，算了，还是给你买套房算了，这才给你买了这里。又怕你没工夫装修，他想给你装又怕你说他土，就把这难缠的差事托付给我了。怎么样啊，夏小姐，你还满意不？"

夏晓炎不说话，坐在沙发里不禁感动起来，抽抽搭搭。想着前两天回家一看见她这光头造型，老爸的好脾气登时丢到了九霄云外，用从来没使过的大嗓门冲她嚷嚷，任凭自己怎么解释都说不过去，还立马下了死命令：必须辞职，进公司上班！夏晓炎也知道自己是个暴脾气，觉得能压住，可是火气也越来越大，干脆就不压。一老一小在家里对着嚷嚷，夏晓炎她妈拉了这个劝那个，最后，还是夏晓炎从家里跑出来了，一赌气又回到宿舍，有俩礼拜了，都没回家。想起那天，再看看眼下的大房子，夏晓炎心生后悔，估计那天回家，老爸就是想高高兴兴把钥匙交给自己的，没承想让自己给气着了。夏晓炎心里琢磨着，明天一下班就去找老爸，好好认个错，这次说什么都不吵了，老夏说什么自己都不顶嘴了，听着。

想着想着，这眼泪就下来了。许世勇从茶几的纸巾盒里抽出一张纸递给她，夏晓炎接过纸巾委屈地说："我爸真是的，怎么不跟我说呢？"

许世勇叹口气，说："咱俩的爸都是一样，甭管生意做多大，到自己儿女这儿就是换了一个人。那我爸在咱朔县多硬气的一个人，矿上的事都是说一不二，我看他就是跟县长说话也不低头；可我一说想干电子商务，你看把他忙叨的。其实他啥也帮不上，可这为儿为女的心是省不了的。你爸也是，对你真是宠到家了。不管你吧，怕你受委屈；管你吧，你又不听。你说这让他咋办？"

夏晓炎不满意地说："他瞒着我也就算了，你也帮他瞒着我！你以为我不敢跟你急是不？"

许世勇忍不住笑了："你敢你敢！我现在是你爸手底下的马仔，你们俩我谁也不敢得罪。得罪你就是被你骂呗；得罪了他，我那电子商务和快消品对接的试点就别搞了，我还想依托你爸这个权客隆做洋春第一家电子商务平台呢。你说，我怎么办？我陪着你爸看房就看了不下二十处，你们学校方圆五里以内的新房二手房我全看遍了，你爸要是哪天把我辞了，我都能开家房产中介了。还有这装修，你知道我费了多少心思？我给我们家朔县那别墅都没出这么大力……"

夏晓炎恢复了和许世勇说话的常态，说："那是，你们家别墅得你爸说了算。瞧咱们两家那别墅装的，一个比一个土……"

许世勇笑着说："是啊！所以我就不能让那一幕再重演了！"说着他拉起夏晓炎的胳膊，领着她挨个房间参观，"你看这书房怎么样？这种褐色调还喜欢吗？这书柜我从网上给你定的，是意大利的一个品牌，光这书柜从下订单到运进来，用了小三个月。我最早定的就是它，还冒了点风险，这万一铺完地板壁纸，尺寸不对了，那就惨了。"

夏晓炎走上前去，仔细用手摸了一下，原来是木头外面还包了一层皮，太奢侈了！许世勇说："这是牛皮包的胡桃木，你别觉得贵，咱们洋春气候不好，纯实木的保不准哪天就裂了。因为咱们这一年中有几个月特干有几个月又潮湿，木头伸缩性万一不好，那家具就废了。你别看这组书柜花钱多，那是一次性的，我保证你能用一辈子！"

这几句话深得夏晓炎心思，再加上好东西就是好东西，确实好看，夏晓炎抿嘴一笑，算是肯定了许世勇的工作。

"这是洗手间，你看看风格喜欢不？"许世勇边说边打开了洗手间的灯。这是一个带窗户的洗手间，窗户外挂着一个巧克力色的百叶窗，搭配着浅米色的复古小方砖，还有金色的复古龙头、花洒，夏晓炎嘟囔说："还别说，在这儿用金色龙头还不土！"

许世勇说："这百叶窗是荷兰的，这龙头都是德国当代的，这大水池，你看够用了吧，省得你把水溅出来。你爸说你有时候爱在水池里洗衣服……"

夏晓炎接嘴道："是啊，那时候不是练田径老训练吗？洗澡就得洗衣服，天天都洗，我就不爱用洗衣机。"

许世勇说："就为了你这一癖好，我这通找这种大洗手池，后来还是从北京拉回来的，杜拉维特，纯进口，德国货，真的是我能找着的最好的了。"说完，又拉夏晓炎进了卧室，"你看这卧室，这主题墙怎么样？"

夏晓炎摸着凹凸有致的紫色大花，感慨："你还挺敢用颜色的，真好看，手感也好。"

许世勇说："这是范思哲的壁纸，我从北京给你定的；还有那床，你坐上去试试……"

夏晓炎依言试了试，真是舒服，弹性好，人坐上去没声音，身体自然就陷进去了。在讲台上站了一天的夏晓炎顿时躺在上面不想起来了，连声说："真舒服！我要怎么谢谢你啊，这床是我躺过的最舒服的床了。"

许世勇长舒一口气，说："那就好，我也算没白费力气。这床也是从北京拉回来的，芬迪的，和这卧室柜是一套。"

夏晓炎猛地从床上坐起来，嚷嚷："你造了我爸多少钱啊？你真下得去手啊！"

许世勇喊冤："我可是一分钱都没贪污啊！从每块地砖到每个家具，我都是看完了之后照下来给你爸他老人家过了目我才买的，预算也是一早就上报了的。你爸说了，这房子，多买几套没啥，再不买，早晚有一天洋春也得跟北京学，闹不好就要限购；买了就要好好装，反正是给你住又不是出租的。所以，给你住就得让你住得舒坦。你就说，舒坦不？"

夏晓炎又躺了下来，禁不住说："真舒坦啊！"

许世勇说："你看，是吧？我倒不是非要帮你爸花钱，我是觉得，这账看怎么算。你买一件凑合的东西也不便宜，你还不是特别满意，这种东西你用不了多久就想换了它，这其实更浪费；咱们就用好的，现在虽然钱花得多，可耐用啊！就这张床，你就是用它五十年，它也是芬迪。就跟奔驰老爷车似的，你用多少年，它都不丢人，还有复古范儿。所以我觉得，这钱可以花，总比你们女孩子今天一两万买个包、明天三四万又买一个包强吧？"

夏晓炎抗议："你说的那都谁啊！我可不怎么作啊！"

许世勇一直站在卧室门口和夏晓炎说话，或许是站累了，他也走进来，坐在床边。夏晓炎躺在床的左边，许世勇坐在床的右边。夏晓炎没有觉得丝毫的不适，因为两个人实在是太熟悉了，从小到大，这种熟悉的程度在夏晓炎心里已经超越了性别。许世勇说着说着也躺下了，躺在了大床的右边。夏晓炎半闭着眼，沉浸在大床带来的强烈的舒适感当中。许世勇悄悄地看着夏晓炎平放在床上的手，他默默地把手蹭过去，想自然地握住她。就在他刚把手伸过去的瞬间，夏晓炎口袋里的手机响了，许世勇一愣，下意识地就把自己的手停在了原地。夏晓炎对这一系列动作并没有察觉，她睁开眼，掏出手机接电话，愉快而兴奋地说："孟想！你完事啦？在哪见啊？好，我这就过去！"

十八

星空下的表白

孟想对于夏晓炎，已经到了三天不见就思念的程度。

本来想着今天再约她出来吃烤串，可是想破了脑袋，孟想也想不出新的理由了——一周之内两个人已经见了三回。今天再约，说什么啊？孟想一边琢磨一边漫不经心地在网上溜达，溜达溜达就上了洋春本地网。这地方他没事常来，是个找社会类选题的好地方，经常有网友吐槽爆料。孟想在上面闲逛，蓦然就发现了一个点击量很高的帖子，题目叫《你不知道的洋春》。点进去一看，原来是一个资深驴友写的洋春旅游秘籍，点了十几个地方，都是洋春人都知道、去着也不麻烦、可就是容易被忽略的地方。其中一个地方就是距离市区并不远的洋山。洋春的风水不错，依山傍水。山就是洋山，水叫春江，城市名字也就据此而来。洋山大家都知道，那感觉，就像是北京的香山，是个著名的景点没错，可本地人十年也想不起去一趟。平时只有退休的老头老太没事过去爬爬山，锻炼锻炼身体。对于孟想这样的年轻人来说，真是想不起来去那玩。

孟想回想了一下，自己最近一次去还是初中春游呢！

写这帖子的想必也是和孟想差不多大的年轻人，他在帖子里历数了小时候洋山的几大景区，无非是缆车啊、红叶什么的。发帖者说，前不久他陪外地来的朋友故地重游，发现洋山新增加了几处新景点，山下建了露营基地，可以扎帐篷，还能烧烤。现在这个季节，正是不冷不热的时候，而且这几年市政府对于生态保护的工作抓得比较紧，气候也不错，洋春干涸了好几年的小溪又有了水，发帖者建议情侣们去露个营，白天顺着溪流爬爬山，晚上枕着大地看星星。孟想一看这个，立刻来了精神，当即给夏晓炎发短信："周末去露营、烧烤，有兴趣吗？"

孟想这段时间已经熟悉了和夏晓炎的联络方式，主要是短信微信。夏晓炎不知道什么时间就会在上课，打电话不方便。短信发出去了，大约过了一个小时，夏晓炎回信了："好啊好啊！你会腌鸡翅吗？"

孟想当然不会，可王月华会啊！当周五傍晚两个人出现在洋山脚下的露营地的时候，孟想已经搭好了帐篷，租好了烧烤炉。摆在夏晓炎面前的是一个硕大的塑料袋，里面是孟想骗王月华说部门组织烧烤，让王月华溜溜一天穿出来的羊肉串、鸡肉串还有大鸡翅、馒头片……

夏晓炎口水止不住地往肚子里咽，一边埋怨孟想："这么多！你喂猪啊？"一边迫不及待地去烧烤炉那里扒拉炭块，说："咱开始吧！"

俩人对于"烧烤"和"露营"的认知只停留在电影层面，就觉得浪漫有情调，可真烤起来，俩人谁也摆弄不了。光一个把火点着就费老劲了，孟想都快把打火机给打没气了也没点着，还是夏晓炎跑到管理处那里求了一个面善的保安，人家三下两下帮着给点好了。然后，孟想就学着街边常见的烧烤摊贩的样子，把一大把肉串一股脑都放在了烧烤炉上。

保安看着在一边笑，说，你这样可烤不熟，要么不熟，要么就糊了。说完就过来指点他："你得把这些肉串排开了，留点地方进空气，要不一会儿火就不行了，就剩下烟了……"

夏晓炎看着一脑门子汗水加烟灰的孟想，吃吃地笑，说："你行不行啊？棒槌吧！"

孟想有点恼羞成怒的样子，又不好发作，只好在心底一个劲骂自己笨，事前也没在网上学习学习攻略什么的，眼看着在夏晓炎面前丢丑，还不免嘴硬："有本事你来！你教我啊！"

夏晓炎笑得更欢了，回嘴说："我就是没本事啊！我只有吃的本事。你快点啊，我都饿死了，再不熟，我就吃生肉了……"

保安听着他们两人打情骂俏，也觉得好笑，看着孟想实在是笨手笨脚，忍不住干脆上来亲自帮忙。自从有了这个露营基地，这些保安天天都看着三三两两的小年轻儿跑来搭帐篷、烧烤，个个都学会了。

忙活了一个多小时，终于把这些肉串给烤熟了。夏晓炎送了保安一大把，说是谢谢人家。孟想看她大方，说："你还说我准备得多，哪多啊，这些够你吃吗？"

夏晓炎把一个鸡翅塞进嘴里，左手又拿起一串馒头片，含混不清地说："谁知道你这么笨，让我饿了这么久！本来是多的，现在好了，我肯定全吃了。你不够不许跟我抢啊！"

年轻人的好处就是有激情，只要吃饱喝足有地方睡觉，就什么问题都不是问题。来之前，孟想特地跟技术兄弟学习了搭帐篷的本事，这活学得还算扎实，再加上露营地的土地都是特意为搭帐篷铺的，帐篷搭起来倒是不费事。孟想带来的是一顶能住三口人的大帐篷，里面放好了两个睡袋，地上还铺了防潮毯子。吃饱喝足的夏晓炎往帐篷里一坐，打开门帘，抬头看，夜色已来，星斗漫天。夏晓炎忍不住感慨："真美啊！在洋春这么多年，我还是头一次这么专注地看星星呢！"

孟想心说："就冲这句话，我也算没白忙活。"

夏晓炎坐着看、站着看，看着看着就累了，干脆躺在了帐篷里，身体在帐篷里面、头伸出门帘外面，双手抱头做枕。夜空中，深邃的蓝色已经接近于黑，由于就在山脚之下，山上郁郁葱葱的绿树也成了黑绿色，越发衬托夜幕中的星光璀璨。夏晓炎说："我就不知道我们同学怎么那么执着，非要去北京。北京雾霾那么大，哪看得见星星啊？大白天的连人都快认不清了，还是咱们洋春好，有山有水，还有星星，孟想，你说是不是？"

夏晓炎没留神，孟想也已经悄悄地在帐篷里躺下了，也用了和夏晓炎同样的姿势，也在抱着头看星星。听见夏晓炎这么说，孟想回过头，看见近在咫尺的她，虽然夜色已黑，但是两个人的距离是如此之近，不免让孟想心跳加速。他可以清晰地看见夏晓炎的面庞轮廓，看见她俏皮的鼻子、圆润的下巴和长长的睫毛，看见她吹弹可破的素颜皮肤，听见她平静的呼吸，甚至能感觉到她胸腔里一起一伏的心跳。

孟想已经看呆，夏晓炎久久听不见孟想的回音，一扭头，不留神他就在身侧，倒把她自己吓了一跳："你什么时候躺下的？怎么连声都没有？"

孟想这才说："是你只顾看星星好不好，根本就是懒得看我。吃完烧烤就不搭理我了，真是卸磨杀……"那个"驴"字被孟想自己贪污了，实在不雅，哪有自己把自己比作驴的。

夏晓炎又笑："那驴先生，谢谢您的款待啊！实在是我没见过世面，见着好吃的走不动道，见着好看的也走不动道。不过话说回来了，你做的肉串真好吃，什么时候练的这本事啊？"

孟想也笑，说："我的本事还多着呢！你别光顾着看星星，你也看看我，你不觉得我也长得挺好看的吗？"

夏晓炎乐得喘作一团："你还真是自恋啊！你什么座啊？天秤吧你！见过自恋的，没见过你这么自恋的！"

孟想沮丧道："我很难看吗？你觉得谁好看？金秀贤？那样的多娘啊！"

夏晓炎撇嘴："我喜欢强尼戴普，喜欢马特达蒙，人家那样的才叫帅哥。要身材有身材，要气质有气质！"

孟想举着自己的右胳膊，使劲绷住，拉过夏晓炎的手，说："你按按，我这也行！"

夏晓炎不屑地按了几下，说："行什么啊！你忘了我是练过的？就你这样的，哎，算了算了，再说又打击你了。"

两个人就这么鸡一嘴鸭一嘴地互相逗贫，毫不顾忌地彼此相互贬损着。无论是孟想还是夏晓炎，都处在无限的放松状态。每句话说出来都不用担心对方会有什么不良情绪，孟想不怕夏晓炎生气使小性，因为他认识的这个姑娘就是一个心胸宽阔、大大咧咧的女孩；夏晓炎也不怕自己的哪句话就把孟想的自尊心给伤害了，因为她在不自觉中感受到了孟想对自己的纵容和大度。两个人在单位、在家中都不能如此的放松，对待同事、领导和父母，都不得不照顾别人的情绪、自尊，要替别人着想，对于两个工作时间并不长的年轻人来说，他们已经学会了这些规则，并且已经适应了它。让别人开心，难免就要委屈自己。在洋山的夜幕里，在望着满天星斗的帐篷中，两个人都得到了释放，那种尽情纵容自我的释放。

一觉醒来，夏晓炎的脸上被凶猛的蚊子叮了好几个包。孟想的胳膊上也有。这是敞开帘子夜观天象的代价，也是浪漫的痕迹。当太阳高起，孟想留恋不舍地慢吞吞地收拾行囊的时候，当夏晓炎的身影还在他眼前的时候，他忍不住，叫住夏晓炎："下周我们再来好不好？"

夏晓炎胡噜着自己额头的大包，心有余悸，说："啊？我倒是想，可这蚊子也太凶了……"

孟想不甘心，又说："那周一我们再去个别的地方玩？"

夏晓炎给拒绝了："周一不行。我答应我妈要回家吃饭的，好久没回去了，我爸为我这脑袋跟我生好几天气了，我得回去哄他。"

孟想紧逼："那周二？"

夏晓炎想想："周二下午要去教育局开会，观摩，恐怕也不行。"

孟想着急了："周三！要不就中午，不能不行了！"

夏晓炎听着孟想的口气一愣，觉得这个人怎么瞬间就霸道了，然后夏晓炎就呵呵笑了："你干吗？这周咱俩见了得有四回吧？下周还约？你是不是要追我啊？"

这回轮着孟想发蒙了，但是好在只蒙了几秒钟，然后就气势汹汹地说："我就是要追你！怎么着？昨晚上咱俩都睡一个帐篷了，你还不答应？"

夏晓炎心跳一下子就加快了，脸色也绯红了，可嘴上依然硬着，说："有你这么追的吗？睡一个帐篷怎么了？人家登山队的还四五个人一个帐篷呢？这样就得给你当女朋友？你讹人啊？你就不能好好说？"

孟想立刻拉过夏晓炎的手，郑重又动情地说："夏晓炎，你做我女朋友好不好？"

夏晓炎羞涩地低了一下头，又把手抻出来，噘嘴说：“你就不能说得甜蜜点？”

孟想又把她手拽回来，说：“炎炎，我想做你男朋友，以后还想和你结婚，照顾你一生一世……”

夏晓炎脸色更红，抗议大叫：“妈呀，你还是好好说话吧，太肉麻了，真不正常……”

孟想委屈地说：“姑奶奶，你说怎么说？你是老师，你教我！”

夏晓炎想了想，也想不出所以然，手还在人家手里攥着，只好跺脚说道：“哎呀，就这样吧，真是的，这也要人家教……”

孟想把她的手攥得更紧：“那你同意不同意？倒是给个痛快话啊！”

十九

说真的，你俩不合适

　　夏晓炎接受了孟想的表白。确切地说，夏晓炎对于孟想的表白并不觉得突然，只是那个时候、那个地点，她没有心理准备；但是对于孟想的追求，夏晓炎在潜意识中好像已经等待了一段时日。细细想起来，夏晓炎对于孟想的怦然心动应该是在学校里、孟想把话筒对准她进行采访的时候。孟想那天特别认真地对夏晓炎说："你真了不起，我真的挺佩服你的。一个小姑娘，能这么有勇气……"

　　孟想不知道，这是夏晓炎第一次被异性赞美，而且赞美得让夏晓炎心里舒服，还有点小得意。小时候夏晓炎练田径、短跑，上课穿校服、下课训练服，冬练三九、夏练三伏，脸上身上黑得像东南亚人。女孩子，短发、肤色黑、干什么事都风风火火，这几项元素累加在一起基本上就失去了在异性面前的吸引力，没人看，也就更没人赞美她。夏晓炎记得小时候女孩子们玩猴皮筋都不带自己，第一自己没什么时间；第二只要她一上场就打通关了，别人只剩下看着的份儿。皮筋从小伙伴的脚脖子上一直涨到脑袋顶，别人够都够不着了她还能跳马兰花呢，这种霸主实在是曲高和寡。

跟女孩子处得少，夏晓炎身上的骄娇二气就少。豆蔻年华的男孩子基本上第一眼看见的都是长发飘飘、低吟浅唱、肤白貌美的女神，夏晓炎青春期就不是这样的造型，所以一直到大学毕业都没什么男神青睐她。再加上，夏晓炎保密工作做得好，日常生活也很朴素，穿的都是淘宝范儿，偶尔拎两个名牌手袋，别人一问，自己就说："淘宝上买的，东莞货。"也就遮过去了，女孩子嘛，谁还没拿过几个 A 货手包啊。

不白不美不富裕，这样的女孩子谁追啊？就连许世勇跟她相识这么久，也是最近才发现夏晓炎有了女人味，有了让人冲动的愿望。但是这种愿望刚一出来，就被孟想捷足先登了。孟想对于夏晓炎的家世一无所知，自然没有任何顾虑；许世勇想得多、想得远，动作就缓慢了很多。

上班没几天许世勇就造访了夏晓炎的新家，名义上是来看看还缺什么不缺，实则是来打探消息。

夏晓炎手忙脚乱地给他沏茶，却发现连热水还没烧。许世勇看着她在厨房忙活，站在门口征求她意见，说："要不，再给你找个阿姨或者小时工什么的？每天给你做做饭、收拾收拾屋子。早上来晚上走的那种，这样你中午还能回家吃饭。"

夏晓炎烧上水推着许世勇出去，说："不要不要！我自己就挺好的。别老想着让人伺候我，这又是我爸的主意吧？"

许世勇说："不是。今天就是我想起来过来看看，怕你缺东西。"

夏晓炎回答得也痛快："我什么都不缺，你就放心吧。你看我这儿，不是挺干净的吗？"

许世勇看看厨房，套夏晓炎的话问："你是不怎么在家做饭吧？晚上有人管你饭吗？"

夏晓炎也挺实诚："前几天倒是经常出去吃，这几天得控制了，再吃该长肉了。"

许世勇问："你自己啊？吃什么啊？"

夏晓炎说："一个人吃什么啊？跟同学吃的……"

许世勇有点迫不及待地问："是孟想吗？"

夏晓炎面颊稍稍一红，这个羞赧的小表情被许世勇迅速捕捉到了，他不动声色地看着她，等着她回答。本来以为夏晓炎还会有些遮掩，没想到她脸红归脸红，回答得倒痛快："是啊。咱们学校新闻系的，你也认识吧？"

许世勇平静地说："认识。上大学时一块儿打过几场篮球。其貌不扬的一个人……"

夏晓炎不乐意了，说："还行吧。反正五官端正，还过得去。"

许世勇知道夏晓炎自小不喜欢绕圈子，就直接问："晓炎，你是不是跟他谈恋爱了？"

夏晓炎的脸"唰"的一下就红了，刚才是浅浅的绯红，现在已经红透了，跟熟了的苹果似的。不仅红，还热，夏晓炎自己感觉到了，忙不迭地用手背摩挲自己的脸，说："啊呀！你们一个一个怎么都这么直接……刚开始啦，还不知道怎样呢……"

许世勇认真地问她："夏总知道了吗？"

夏晓炎不好意思地说："人家开始刚几天啊，你怎么这么着急，要稳定了再和家里说吧？"

许世勇点点头，试探地说："我只是在想，如果夏总知道，会是什么态度？"

夏晓炎不解地说："那还能什么态度？孟想人好，喜欢我，有正当工作——他是电视台记者，这就得了呗。剩下的，只要我喜欢，我爸还没跟我说过'不'字呢。"

许世勇紧跟着问了一句："你去过他们家吗？"

夏晓炎对于许世勇的莫名其妙有点来气，不耐烦地说："都说了刚开始，还没到那个份儿上。人家父母都退休了，就住在老城区，我没事上人家去干吗？"

许世勇再问："那他知道你家里的情况吗？"

夏晓炎迷茫地说："我说了啊！我们家三口人，我爸我妈还有我。我爸我妈平时住在朔县，我在洋春城里当老师。这还不够吗？"

许世勇说："晓炎，如果你们就是激情四射、豆蔻年华，你告诉他这么多就足可以了；如果你们还想有未来，你没说就草率了些。"

夏晓炎不服气："怎么草率了？非要报上祖宗八辈儿吗？"

许世勇说："那倒不必。不过，你总要告诉他，夏总是开矿山的老总，洋春最大的连锁超市是他开的；你还应该告诉他平时你过的是什么样的生活；你还应该带他看看你现在住的房子，告诉他，这里是你的独立产权……"

夏晓炎很反感："炫富吗？"

许世勇说："不是炫富，是告诉他你的正常生活水准。我一直不觉得我爸、夏总他们是什么大富大贵之人，他们距离李嘉诚还有几个朝代的距离；可是，他们也不是等闲之辈，如果洋春市也搞一个福布斯富豪榜的话，不谦虚地说，他们的财富都应该在前二十之列吧。你的性格刚硬我知道，你从小就打定主意要自力更生我也知道，但是你的真实生活就是如此。你就应该住好房子、开好车，别人吃烤串的时候你应该吃的是五星级酒店。上周末你和孟想是不是出去玩了？我听夏总说你没回家……"

夏晓炎觉得自己光明正大，就毫无顾忌地说："我们去洋山露营了……"

许世勇说："孟想的能力只能带你去洋山露营，他不可能想象你的假期应该是怎么过的……"

夏晓炎反问："那我应该怎么过？"

许世勇说："我听夏总说过，以前上大学的时候，每年寒暑假，你都会陪你妈妈出去吧。欧洲、澳洲、美国、东南亚……这是你的正常生活吧。你们不带夏总，说他土，可就是这么一个老土的爹在帮你们埋单啊。孟想，我相信他有能力让你开心，但只限于现在，还是在他完全不了解你的前提下，他能用他的方式带你玩，让你感受他的生活；你也会觉得新鲜刺激。可是时间一长，你总不能将自己的家庭情况瞒他一辈子吧。你想过他的想法吗？你确定他有强大的自信能融入你的家庭？驾驭你的财富？接受你父母的馈赠？就算他肯，那个时候，你会舒服吗？"

夏晓炎心一横，倔强地说："我可以跟他一起过你认为的穷日子……"

许世勇笑了，是他听了夏晓炎的话觉得真心好笑："晓炎，你看看这里。你也觉得这样的房子你住得才舒服是吧。你现在在学校里工作、生活得能如此洒脱，是不是因为你并不缺钱？尽管夏总老是跟你说，不开心就不干，这句话你又总觉得反感，但是，这句话是不是你最坚强的后盾？你知道，自己不会为了五斗米折腰，因为你家里满仓满谷，你不在乎挣的这点钱。以后过日子，你如果还想有这样的好心态，你就要维持现在的生活水平才行。如果你真的想过另一种生活，不是不可以，你试过一个月只靠你的工资生活的日子吗？当你和菜市场的菜贩子都要斤斤计较的时候，你觉得，以孟想目前的实力，他还能让你开心、无忧地生活吗？"

夏晓炎不服气："别人都是这么过来的，我为什么就不行？

你为什么就这么小看我？"

许世勇笑着说："正是没有小看你，我才劝你要想好。别人都能过，是因为别人不是身家十几个亿的家族的独生女，别人从生下来就过的是普通的日子；你不一样。从穷往富过，容易；反过来很难。你上去了，就不好下来，会有落差的。"

夏晓炎蔫蔫地说："我听明白了，你就是觉得我们俩不合适，觉得我太草率了呗……"

许世勇平心静气地说："就事论事，我觉得，谈恋爱的目的是为了组建家庭。你我都不是浮浪子弟，我们的父辈的确有钱，但是都是一筐一筐挖出来的钱，他们根上都是农民，一辈子离不开'朴实'两个字。我爸从我上大学就教育我，搞对象就是为了结婚，不然就是耍流氓。我们家不许我耍流氓。你也一样。如果是冲着婚姻去，你和孟想就不合适。他驾驭不了你，以后他知道了你的家庭、你的经济环境，他就会知难而退。晓炎，门当户对很重要！"

夏晓炎赌气说："这么说，就咱俩最合适了？"

许世勇认真地点点头："对，我认为咱俩合适。"

夏晓炎真生气了，她觉得眼前这个相识了二十年的人不仅一夜之间从文学青年变成了道学先生，还居然面对面地嘲弄她。她火冒三丈地说："那你喜欢我什么啊？就觉得咱两家家庭财富差不多？"

许世勇一耸肩，说："你的优点我会用以后的日子一点一点去发现、寻找，日子还那么长。但是'合适'是最难得的，是用时间找不来的。"

二十

不速之客

老马刚一进食堂，就听见后面有人叫他，回头，是保安队长，站在食堂门口冲他喊："老马，你家里的找来了。"

食堂里有三三两两的护工在吃饭，听见这一嗓子，都抬头看老马，有老乡过来拍拍他，用意味深长的口气说："来啦，好事！赶紧瞧瞧去，傻站着干啥？"

老马这才意识到，自己根本就没往外迈腿，听见这句话就愣在了原地。拍他的老乡又在他耳朵边说："要不，一会儿我跟刘小菊说一声？"

老马和刘小菊，两个人虽然低调，但是在养老院这个屁大点的地方，他们的事在护工之间已经不是秘密。这也是这些多年在外的护工们的潜规则，一个人在外面挣钱养家，另一个不在身边，日子久了，看着眼前有合适的人就凑在一起搭伙过日子了。没相好的就住宿舍，有相好的就租个平房，谁也不会想着跟家里的离了跟眼前这个，都知道是露水夫妻不长久，说不定哪天家里有事抬屁股就走了。走的时候顶多也就说一声，没走的那个也不稀奇，顶多问一句："还回来不？"说死了回来的，房子就多租两个月，不回来的，就退了房子再住回宿舍去；或者，还有别的后备力量等着充实，这个走了，再去约会下一个。护工们人来人走，也许回去割个麦子就再也不来了，也许回去伺候闺女生孩子，等孩子一下地，人又跑回来了。

老马听见自己家里的来了，头一个反应就是最近哪个老乡返家，多嘴说了些什么，家里老婆不放心，不打招呼就跑了来——因为打了招呼就来不了了，老马断然不能让她来。

然后老马就开始想，家里都是过日子的东西，尽是刘小菊的痕迹，自家妇人眼尖心细，只要进了屋，没有发现不了的；一旦发现，就是一场战争。老马家的性子暴烈，在村里是出了名的不好惹，隔三岔五就要跟邻居干一仗。老马出来打工，一方面是为了挣钱，一方面也是躲清静。

老马心里越想越慌，就央求他的老乡："您帮我跟刘师傅说一句呗……"

正说着，刘小菊正好进了食堂，门口的保安队长也正好等得不耐烦，扯着嗓子喊："老马，你家里的来了，你咋还不出来？"

听了这一句，老马只好立刻往外走，手里还拿着空饭盒；刘小菊也听见了，看着老马从自己身边走过去，两个人相互之间连一个眼神都没有。看着老马出去，刘小菊也出去了。食堂里三五成群扎堆吃饭的护工们立刻开始交头接耳。又过了一会儿，老马带着他老婆又进来了。两个人经过的地方无不引人皱眉。坐了一天一宿的火车，人身上的味好不了。护工们正在吃饭，对自己当年的味道也已经忘却，如今闻着刺鼻的酸臭，自然避之不及。

老马看见自家媳妇，先问："你咋来了？咋连个信都不给？"

128-

媳妇道："家里收麦子你也不回……"

老马道："不是给你寄钱了吗？不是让你找麦客吗？"

媳妇道："找了，收得快，收完了我就来。家里也没啥事了……"

老马："恁快就收完了？"

媳妇："你咋不记事？跟你说了乡里征地，咱家快一半地都没了，咋还能不快？说是给补助款，到现在也没影儿！前些日子我找村长、乡里评理，那新上的村长可心坏，说我是上访。找他算个屁上访？三天两头拉上乡里找我麻烦，待不住，就找你来了。等过了这风儿再回吧！"

老马还能说啥，只好问："你吃饭了没？"

媳妇道："你傻啊！刚下火车，两眼一抹黑，吃啥？"

老马顺从地说："那你先吃饭。吃完我带你去宿舍，我还得回主家儿那干活呢……"

媳妇道："上月马三儿回来收麦子，说你租了房住。咋？还住宿舍？"

马三儿是老马同村的老乡，按辈分还是他远房的侄儿，按礼儿该叫他一声"叔"。老马一边暗地里骂他多嘴，一边又庆幸他只说了租房，没有把刘小菊这人也供出去。看媳妇的情形，应该是不知道的，不然脸上早就满是杀气了。

老马含糊着说："原本想着自己出来住，做点饭啥的能自在点。后来又觉得挑费多了，不值，还不如多寄回家点钱。正要去退了房，想着下个月就不租了……"

媳妇说道："你不租了我住哪？就这点钱哪儿省不出来？"

老马诧异道："你不就住几天吗？我给你在宿舍找个地方……"

媳妇用脚一踢地上的行李，连铺盖卷带洗脸盆，还有鼓鼓囊囊的蛇皮袋，冲着老马说："啥几天？我先不走了。马三儿说你们这缺人，你给我说说，我也找个活儿，咱俩一块儿每月多挣点。"

老马心里一惊，声音高了好几度："你说啥？你不走了？"

这一嗓子，招来食堂里好几个脑袋纷纷往他们这边转，脸上带着各种表情打量着他们两口子。老马又压低了声音问："闺女呢？你走了二闺女咋办？"

媳妇一皱眉："你还说那死妮子！上个月非嚷嚷着要去打工，拦不住，跟着村里仨丫头一起走了。说是去广东了……麦子都没管收！"

老马埋怨道："你咋都不跟我商量一声呢？二妮子打小就不安分，你咋不拦着她呢？"

媳妇嚷嚷道："我拦得住吗？你拦得住你去寻了她回来！打小就是个野性子，你当爹的跑远了啥都不管你敢说我？"

老马立刻气短："好好好，咱不说这事。那地呢？地咋办？"

媳妇道："全村人的地加起来也没剩几亩，我扔给大妮子和她男人了。他俩种吧！"

老马家俩闺女，大闺女嫁给了本村人，大女婿平时在家里种种地，去年买了辆蹦子车在县城里拉黑活；二闺女刚十八，在家闲了大半年，县城里帮人卖过衣服、超市里卖过牛奶，还是待不住，一猛子去了广东。

到这时候老马真是无话可说了。媳妇已经把家里的事情都打点好了，这是一门心思来投奔老马过日子的。老马还能说什么？好好看看眼前的媳妇，脸色发黄，脸颊粗糙，头发蓬松着，胡乱在脑后扎了一下，扎头发的粗发带应该是闺女扔了不要的，已经露出了里面的橡胶皮筋。老马也拿不准媳妇真是想自己了还是在村里听马三儿说了些什么，心里免不了打鼓。可是既然来了，又是这么不管不顾地来了，老马只好先让她安顿下来。可一想到房子里面到处都是刘小菊的气息，老马就肝颤，只好稳着媳妇说："你先在食堂里吃个饭。我那边都跟房东说了要退房，怕是人家都找了下家了。我赶紧过去把房子留下，你先吃，一会儿我回来，咱把行李搬进去……"

不等媳妇再说什么，老马就伸手按着她肩膀，媳妇就一屁股坐在了椅子上。老马将饭盆交给身边一个老乡，拜托人家给媳妇打个饭，转身便跑出去。周围的人心照不宣，有老乡过来和老马家的打招呼，帮忙的人就带着她去排队买饭。

老马一溜烟跑回出租屋，一脑门子汗噼里啪啦地往下掉。毕竟是快五十的人了，站在门口想掏钥匙，可却只剩下了大口喘气的份儿！老马在门口站定，门却从里面往外打开了，刘小菊利利落落地站在门口，右手上一个大布袋子，左手里捏着一把钥匙。看见老马，刘小菊面色如常，一点都不意外，轻声说："回来了？"老马心里一紧，这句话，在他们搭伙过日子的每一天里，刘小菊都会说，这几乎是老马每天回到这里听到的第一句话。一句"回来了"就是一句带着隐性含义的台词，意思是："回家了？我都等你很久了……"

老马眼睛发涩，不敢直视刘小菊的目光，只有低着头回应："啊……"

刘小菊打开门，站在门口，望着里面对老马说："我收拾了下屋子，给你钥匙。"说着，便把钥匙递过来。老马低着头，看着刘小菊递过来的那把钥匙，知道从这一刻起，两个人的关系就被打回了原形。从此，便又是"马师傅"和"刘师傅"了。

见老马迟疑不接钥匙，刘小菊便将钥匙放在了窗台上，然后从老马身边迈过门槛，拿着布袋子，走了。

二十一

神秘任务，非你莫属

孟想一大早就接到通知，主任接见，很急。

自从到台里上班，孟想一共也没和主任说过十句话。平常派活、发稿、审片，都是主编和制片人的事，主任只是在直播时出现。他坐在有武警把守的直播间里，孟想只有在跑着送带子的时候能隔着玻璃门看见主任的后脑勺。而每次看见的，都是一个半谢顶的脑袋和一个不算细的脖子，它们固定在椅子背上，基本不动。

今天，后脑勺转了过来，孟想看见了一张还算和善的脸。五官基本端正，就是嘴唇有点厚，两腮的肉有些多，有点向下耷拉的意思。孟想仔细回想自己上一次看见主任正脸的时候，基本上已经想不起来了，只有一点孟想可以肯定，相比上一次，主任此时此刻肯定是胖了。

坐在面前的主任虽然面带笑容，可是他坐在宽大的办公桌后面。这间办公室，孟想几乎没来过，对于里面的布局陈设全都是陌生的。孟想忍不住用余光瞟着周围，主任背靠着宽大的落地窗坐着，整个房间被早上的阳光堆满了，孟想看着主任的脸都有了逆光的效果。办公桌左手边是两个玻璃门书柜，里面毫无例外地塞满了书，右手边就是门了。门旁边放着两株绿植，一棵是绿萝，一棵孟想叫不出名字，可能是"发财树"之类的。主任坐在办公桌后面不徐不疾地饮着茶，一边吹着茶杯一边笑着说："等会儿你们制片人啊，她马上来。"

孟想一边从坐着的沙发里探起身子，嘴里说着："没事，我不着急……"一边想借机会调整一下坐姿。其实沙发本身并没有什么不舒服，让他感觉到不自在的是位置。沙发太低了，孟想坐在里面，使劲地挺直身体，视平线也将将够得上对面的办公桌。主任坐在办公桌后面，屁股下面又是一张全皮的高大的靠背转椅。孟想看主任的视线和主任看他的视线，相差了几十厘米。孟想绷得腰背都发酸了，还是觉得被压制在了一个特殊的气场里，主任表现得越随意，自己就越紧张。

好不容易制片人来了，后面还跟着主编。两个女性的出现并没有让室内的尴尬气氛缓和一些，反而让屋里更加弥漫了些许紧张的味道。两个人，制片人穿着黑色长裤，灰色衬衫，直发垂肩，早上看见她时，外面还有一件银灰色短外套，想必是挂在自己办公室了，脚上是一双半高跟凉鞋。她先走进来，左腋下夹着那个黑色牛皮本，她经常用的，左手攥着一支黑色签字笔，右手端着保温杯。这套家什孟想常见，确切地说，是每天开选题会的时候都能见。她后面紧跟着的不是主编，而是两把带轮子的工作转椅。主编在制片人身后推着两把椅子，两只手一手一把，一个椅子上有本子和笔。孟想下意识地站起来帮着主编接过了一把椅子。主编脸上依然是浓妆艳抹，短发齐耳，耳朵上扎着一对夸张的大耳环，银色的圆圈，看着有两个一元硬币大。主编穿着粉色紧身小衫，下面是黑色包臀短裙，脚上一双高跟鞋足有六七厘米高。孟想伸手接过一把椅子，主编舒了一口气。这两把转椅的脚轮都不太好使了，在厚重的化纤地毯上滑行一点儿都不顺畅，主编两手两把椅子，推得气喘，动作也不协调，像是手忙脚乱地在划船。高跟鞋又高，她还得弓着身子前行，孟想心说，制片人咋就不能帮一把呢？

孟想把椅子接过来，下意识地就递给了制片人。制片人刚刚站定，正在满脸堆笑地和主任说："会刚开完。您等久了吧？"一边说着，一边接过孟想的椅子。制片人坐在办公桌的左手，主编喘定了气，叫了一声："主任好！"就坐在了右手、门旁边。她刚坐下，制片人看了她一眼，她又赶紧起来，跟想起来什么似的，连忙把办公室的门关上了。门一关，让孟想更紧张了。

主任看了看办公桌前这三个人，对制片人说："丁儿，人齐了，你说吧。"

制片人笑着回头看主任："那我先说，一会儿您补充总结。"说完，便回过头，脸上的笑容瞬间褪去，又换成往日常见的严肃状："孟想，咱们部门策划了一个重大选题，经过部门和栏目组研究，决定派你去。怎么样，有没有信心完成任务？"

孟想顿时愣住了。作为一个临时工，他在台里这两年多，从来都是"机动记者"，跑的口也不稳定，什么大事、重要报道、系列报道、估摸着能获奖的重大选题，一直都轮不上他。人家有专门跑口的记者，大事要事有人盯；即使是突发事件，老记者的鼻子都灵得很，别看平时吊儿郎当，一旦闻到了可能获奖的味道，立刻就有人往前冲。孟想已经适应了这种半边缘化的日子，一直在心底给自己实施自我催眠，年轻人，干点苦活累活不要紧，早晚有出头的那天，哪个大腕儿演员不是从龙套跑起的，周星驰还是"宋兵乙"呢！

可是现在，居然有一份偌大的馅饼就这么毫无征兆地砸下来了！还重大选题！孟想刚要挺起腰板拍胸脯，可潜意识里又觉得哪里有些不对。他还是不相信自己能遇到这么大的好事。他偷瞄了一下主编，相比主任和制片人，他显然和主编更熟悉一些。他本想着能从主编的嘴里或者脸上探听到什么，可是主编就像没看见他，在他眼神递过来的一刹那，主编眼神一撇，改看自己的高跟鞋去了。

孟想讪讪地收回目光，只好改看着制片人，怯怯地问："丁老师，我能问问是什么任务吗？"

丁姓制片人一脸严肃，直截了当地说："你先说是否答应。如果答应，我们会把具体任务告诉你；如果不想干，我就没必要跟你说了。任务重大，播出之前必须保密。"

几句话，说得言简意赅、掷地有声，那神情让孟想后脖子感觉到了阵阵凉风。他觉得自己没得选择，如果说不去、没有信心或者能力不足，他知道，用不了三天，他这个临时工就要彻底离开了。"好吧，感谢领导器重，我去。"孟想说出这句话，觉得自己后槽牙都咬碎了。

听见孟想这句话，主任一直端着的茶杯终于放下了。在孟想纠结考虑的时候，他一直端着杯子，根本没喝一口。制片人回头看了一下主任，主任点点头。制片人从本子里拿出一张对折的A4纸，上面有字。制片人把纸递给孟想，孟想接过来一看，上书四个大字："保密协议"。

孟想顾不上屋子里凝重的气氛，顾不上主任、制片人、主编齐刷刷的注视，他强忍着怦怦作响的心跳，一字一句地认真看。

大概过了几分钟，孟想抬起头，看着主任，问："主任，为什么是我？"

主任愣了一下，制片人刚要接话，主任微笑着打断了她，对孟想说："因为你有干劲！有想法！孟想，这两年，我一直都在观察你。你的主编、制片人都给了你很高的评价，我也一直在关注你的报道。虽然你不是正式员工，但是我一直把你当正式记者看待。你也看到了，现在咱们部门的很多记者都有了惰性，这是他们常年跑口、写小稿造成的。现在新闻业的风气很不好，广告盈利下滑，员工福利待遇不高，这的确是事实，但是，从业人员缺少血性，缺少社会责任感、职业归属感这也是不争的事实。孟想啊，你不一样！你从一来到台里就表现出了新闻理想，我觉得，这个任务非你莫属。我也相信，你们主编、制片人不会看错你，我不会看错你，台领导更加不会看错你！我知道，你干得这么出色，工作关系却迟迟不能转正，这是体制问题，不是我们不关心你，不是我们眼睛里没有你。这个你要理解。所以，我才把这么重要的任务交给你。孟想啊，这次任务你如果完成得好，报道能够产生影响力，造成社会舆论，你想想，你不是也给了自己一个机会吗？那个时候，再讨论你的进台问题，我也能硬气地去帮你争取，你也算给自己加分哪！"

真正让孟想动心的就是最后这几句话。在孟想心里，新闻理想是有的，但是它敌不过琐碎生活带来的实际问题；职业责任感也是有的，但是它的价值远远比不上房价。孟想知道自己的工作状态，知道自己拼过命也偷过懒。他希望自己做一名出色的记者，但是也清醒地知道，记者不是能当一辈子的。他看着周围的所谓"前辈"们，在当记者的几年里，拼命积累，积累财富、积累社会关系，当完成原始积累之后，就在步入中年的瞬间蓦然转身。从商、从政，甚至去学校教书……每每看到他们，孟想就在思考，自己选的这条路到底是对是错，自己的未来又在哪里？

但是现实的残酷都不允许孟想迟疑和思考。摆在他眼前最重要的事情就是转正，他必须把自己的"临时出入证"换成永久工作证，否则，一切都是泡沫。孟想知道自己不是小孩子，豪言壮语已经很难再打动自己。如果说，接过这个任务是因为今天气氛的迫不得已，那么最终能让他平心静气的就是主任最后这几句模棱两可的"许诺"。

从办公室出来，制片人和主编站在门口，拉着孟想继续窃窃私语。主编先说："丁老师，是不是这段时间就让孟想下去，别的活都不要干了？"

制片人点头，说："这样，你马上做一个预算，写个方案，从这个月开始，孟想的每月稿费按照组里平均收入核算。孟想你赶紧把手头工作做完，然后就下去。具体怎么下去，自己想办法。但是月底之前必须下去，拍摄设备我给你最好的，这两天尽快熟悉机器设备……还有，这件事你是签署了保密协议的，一定不许走漏风声。对家里人也不许说，知道吗？"

孟想回答："嗯……"

二十二

烫伤时间引发了连锁反应

　　孟想回到家，家里却没人。这不正常啊，今天不是去养老院的日子；就算要去，通常也是只去一个人，另一个要留在家里买菜做饭打扫的。这么冷清的屋子孟想还真是不习惯。心里又有事，放下包回屋打一会儿游戏就坐不住了。想给夏晓炎打电话，看看表，正是上课的点儿；再看看表，又觉得就算是买菜，老两口也该回来了。孟想坐不住，给王月华打电话，响了半天没人接；又给孟凡树打，响了得有八九声，接了。电话那头乱糟糟的，就听孟凡树在电话里喊："孟想？啊！我和你妈在养老院呢……你爷爷烫着了！"孟想吓一跳，赶紧说："烫哪儿了？我这就过去……"又听电话那边传来王月华又急又气的声音："你叫他来能干吗？让他自己吃饭……"孟想顾不得电话里乱七八糟的声响，一边夹着手机一边跑到客厅门口，换鞋、拿包，带上门就跑出来。

　　养老院里正乱作一团。按照院方张主任的说法，是她带着人中午按例巡房时发现苗头不对的。当时，刘小菊并不在房间里，屋里只有孟老爷子一个。张主任走在楼道里听见老爷子嗷嗷叫，据说那声音低沉沙哑又惊恐，听上去十分瘆人。张主任赶紧带着护士跑进来，一看，老爷子床头柜上的热水瓶打碎在地，老爷子左手、手腕、半边脸上全是通红，还冒着热气。甭问，一定是热开水给烫着了！张主任赶紧叫人，跟着巡房的护士赶紧用冷水泡了毛巾给降温，然后又打了120。这边给急救中心打电话，那边赶紧又给孟凡树王月华两口子打电话。两口子本来一看见养老院的电话就紧张，再一听见是这事，顿时吓得不轻，顾不上通知孟想，打着车就来了。

俩人进养老院的时候，120的急救医生已经给老爷子做了简单处理，不幸中的万幸是眼睛没烫着。热水瓶朝着老爷子一倒，老头下意识地用手去挡，洒出来的热水溅在了脸颊上，在那一瞬间，老头闭上了眼睛。眼皮上溅着了，半边脸上也有，手腕、小臂都不能幸免，就是把眼睛保住了。不然，这将近一百度的沸水要是进了眼睛，老爷子必瞎无疑。

王月华和孟凡树看见老爷子时已经给包扎好了。脸上包着纱布，胳膊和手全裹严实了。老爷子一看见儿子，嘴上包着纱布，说不出道不明，可眼泪就下来了。孟凡树登时心就揪紧了，毕竟父子连心，就算老爷子平时脾气暴躁不招人疼，你们也不能这么对付他啊！再说泥人还有土性呢，一贯好脾气的孟凡树顿时雷霆震怒，指着张主任就爆发了："我们花了钱让老头儿住在这儿，你们就这么对他？你给我说清楚，老头儿是怎么烫的？我花钱雇的护工呢？你把热水瓶放在他枕头边上是什么意思？"

王月华好几年没看见孟凡树这么气急败坏了，又怕把他气出个好歹来，只好一边拉着孟凡树一边跟张主任理论："你们倒是说说，老爷子到底是怎么烫的？你们要是不说清楚，我们就报警！"

作为第一现场的见证人，张主任知道自己怎么再赔笑脸都没用了，只好一个劲儿说："王姐，您听我说，我进来的时候老爷子已经烫着了。我估计是老爷子想喝水，自己找暖壶，没拿住……"

孟凡树不干了，嚷嚷："本来我们家老爷子脑子就不清楚，得过脑梗；现在嘴又包严实了，就听你一张嘴是吧！"

张主任也是百口莫辩，脸上全是"冤枉"，拉着跟她来的护士说："真的真的！不信你们问我们护士，我们俩一起巡房，听见老爷子叫才跑进来的，当时屋里就老爷子一个人……"

一句话提醒了孟凡树，环顾四周找刘小菊："护工呢？你大中午的不陪着老爷子你干吗去了？是不是你给烫的，然后你跑了？"

王月华这才注意到，从他们一进门，刘小菊就始终在角落里站着，脸上冷若冰霜。120的医生护士在这忙活，旁人也插不下去手，可是张主任和养老院自己的医生一直就围在老爷子床边，只有刘小菊，远远地站着。看见孟凡树和王月华来，都没上前打个招呼；当然了，他们俩进来时一门心思直奔着老爷子的床过来，眼睛里都冒着火，也看不见别人了。

听见孟凡树找刘小菊，张主任跟看见救命稻草似的赶紧回头，从角落里把刘小菊推上前来，口气生硬地问："刘师傅，刚才一直没顾上，我也想问你呢，中午那段时间你干吗去了？怎么不在房间？"

刘小菊脸色淡然，缓缓地说："我伺候老爷子吃了饭，出去洗碗了……"

此时的房间门口已经是围了乌泱泱一堆人，有身体条件尚可、出来遛弯的老人，也有护工、工作人员。听见刘小菊这么说，人群里顿时起了一片窃窃私语。虽说大家是七嘴八舌，可王月华当时就听明白了。她的疑问和人群发出的疑问是一样的，她看着刘小菊，问："屋里就有洗手间，每次都在屋里洗碗，你出去上哪洗？"

刘小菊讷讷："水房……"

人群里又是一片声响。这回王月华没听太明白，但是她明确地捕捉到了一个信息，人群里有人说："啧啧，是不是在老马那儿洗……"声音低沉而嘈杂。王月华拿不准自己是不是听得准确，况且，她并不知道老马是何许人，她只能抓住一点使劲问："屋里有洗手间你不用，出去水房那么远，把老爷子一个人扔房间里，还把暖水壶放得那么近……刘师傅，我们家待你不薄，是老爷子冲撞你了，还是你不想干了，还是想涨钱，你给个痛快话！有什么事咱们都能商量，你不能这么对付我们家老爷子吧？"

张主任看见王月华两口子的矛头从自己身上转移到了刘小菊身上，这才舒了口气，又打起精神来劝和："王大姐，我们回去再调查调查，刘师傅也干了不是一天两天了，她也不是那心术不正、使坏的人。可能就是一时走开了，老爷子这事就出了。您想，您和刘师傅一直处得都挺好，刘师傅对老爷子也一直挺上心的，您也没听见老爷子说她不好是吧？我们天天巡房，也问过老爷子，都没说过什么，应该就是个意外……"

正说着，孟想从外面挤进来了，一眼看见爷爷这样，也吓坏了。烫得什么样不知道，包成这样可真是挺吓人的。再看见孟凡树王月华俩人气得满脸通红，孟凡树的手还直抖，孟想赶紧拉着他爸妈，说："到底严重不严重，要不要住院啊？"

一句话提醒了俩人，事已至此，再掰扯刘小菊为什么不在房间已经没意义了，眼下最重要的还是老爷子，烫成这样，找120急救就行吗？要不要住院啊？

120的医生还没走。方才房间里吵闹成一团，医生护士居然就一直处变不惊地给老爷子处理伤口。听见孟想这么问，医生摘了口罩说："老人岁数太大，又有脑梗病史，我不建议动他。你们来一个家属，跟我去医院取药，我教你们怎么护理，每天换药吧。还行，烫得不算太严重，要是深度烫伤就麻烦了。现在还不用非得住院……"

听见大夫这么说，孟凡树有点发慌："都烫成这样了，我们怎么换药啊？这纱布一打开不得疼啊？"

大夫说："所以我教你啊！"

王月华推开老伴："您还是教我吧……"

正说着，刘小菊突然开口了："还是我来吧……"

孟凡树两眼冒火："你给我收拾东西走人！我们老两口子就是什么都不干了，在这打地铺也不用你了！"王月华也说："张主任，我必须投诉她！辞了她不算，我们还得索赔！你说怎么办吧？"

张主任想拉架都不好开口，她知道，一句话说不好，就不是刘小菊赔了，她养老院也要负连带责任啊。正乱着，就听见人群外头有人喊："张主任，您别别别！不赖刘师傅，赖我！是我找刘师傅出来的，我水房里洗着衣服，我那边老爷子叫，我求刘师傅给帮个忙，谁想弄成这样了。您老两位，这事不赖刘师傅，赖我……"

孟想定睛一看，走出来的人半谢顶，中年男子，穿得还算干净，脸上一脸诚惶诚恐。孟想想起来了，这就是自己送排骨那天坐在这屋里和刘小菊说话的那个男人。

刘小菊看了他一眼，对王月华说："不赖旁人，就是怨我。我看着老爷子睡着了出去了，谁想他又醒了，可能是叫水，我不在，想自己倒，就烫着了。我把老爷子伺候好了我就走。工钱这月我也不要了，医药费多少，我赔……"

那男人挤进来一个劲儿给孟凡树作揖，脸上的惶恐更深了，说：

"真是怨我，您老俩消消气。是我求刘师傅替我来着，您老俩有气冲我来吧。多少钱，我……我出点行不？"

话音刚落，人群里又冲进来一个头发蓬乱的女人，脸上有凶色，黑膛脸，个子跟男人齐头，头发在脑后扎着一个乱糟糟的髻。她冲进来就拽着男人的胳膊凶男人："你这个熊蛋子，你吃屎吃糊涂了！啥事都有你！这是你主家儿啊？不是你装什么大个儿的！有你什么事？你往前蹿的什么？她烫了人你管得着？你还赔钱？你赔个蛋啊？"

这女人这么一闹，男人面色挂不住，红一阵黄一阵的，人群里窃窃私语的声响更大了，还有人忍不住吃吃地笑。张主任头都大了，拉着那女人说："老马家的，你就别添乱了。老马，这里又有你什么事？你找刘师傅干吗啊？"

老马讷讷："我水房里洗着衣服，想借刘师傅领洁净。刚拿了领洁净，我主家儿又喊我，手湿的，过不去，刘师傅就过去帮我照看……谁都没承想成这样了。张主任，这家大哥大姐，真不是刘师傅有意的，她对您家老爷子怎么样，我们都瞧在眼里，您辞了她，再想找这么一个好人可找不见了。整个我们养老院，都没人了……"

这话说得不招人爱听，可又是实话。整个养老院，就孟家老爷子最难伺候，刘小菊若是不干了，估计一时半刻不会有人接手。这边还乱着，医生已经发话了："我到底教谁啊？"

刘小菊不等孟凡树和王月华有什么反应，已经走上前来，看着医生说："您就教我吧！别把老爷子弄疼了……"

孟凡树一时接不上话来，王月华骨子里也是刀子嘴豆腐心，孟想拽着俩人找地方坐下，张主任朝着外头围着的人喊："都散了散了。老人们回去歇着，护工们你们都没事做啊？回头家属投诉我一定扣钱，我说到做到！"外头人顿时散了。

屋里只剩下孟凡树一家子，张主任、刘小菊和老马两口子。张主任轰老马："你还待着干吗？带着你老婆赶紧回去干活去！"

老马扭捏着犹豫着，老马家的一把薅起他胳膊，嘴里嘟嘟囔囔地给拽出去了。

二十三

开始卧底

夏晓炎有两个星期没见到孟想。两个人只是抽空通了通电话、发发微信。孟想没有时刻更新朋友圈的习惯，夏晓炎就知道他家里出了点事，爷爷在养老院里烫伤了，家里三个人要三班倒地过去陪床。等老爷子伤好得差不多了，孟凡树和王月华的火气也消了，再加上刘小菊一直尽心尽力，俩人也没再说辞退她的话。老爷子找医生看烫伤，虽说没住院，中间到底也折腾着去了几次医院。养老院自知理亏，每次都出专车、派护士跟着，医药费，养老院给出了一部分，当初入住养老院的时候必须要上保险，保险公司又给报销了一部分。刘小菊说，剩下的她出。可关键时刻王月华又心软了，跟孟凡树合计，合计来合计去就算了。刘小菊心里不忍，就说开了，连续两个月不要工钱。人家都做到这份儿了，孟凡树就先说："算了吧！咱俩那天火气也大，伤人的话也说了，就甭计较了……"

等这些事都忙活完了，孟想有空闲有心情想约夏晓炎的时候，夏晓炎告诉孟想，自己要被派到北京培训三个月。

孟想心里不舒服，可又没有理由拦着。夏晓炎挺兴奋，跟孟想说："以前去北京就是去玩，玩也就是那几个地方。故宫长城颐和园的，怪没意思的。这回是去北师大，三个月哎！能去好多地方呢！"

孟想当然替她高兴，可是嘴上说："那你有工夫想我不？"

夏晓炎嗔怪他："瞧你那点出息！就仨月，一晃就过来了，又不是三年。再说了，现在又是微信又是视频，我晚上打给你不得了！"

孟想细问："培训什么啊？"

夏晓炎说："青春期心理学。北师大是最权威的。我们学校想让我先去取取经，回来之后搞个试点，把青春期心理学和日常教学结合起来。呵呵，我估计我们校长是从我这脑袋上得到的启发。"

孟想爱怜地看看夏晓炎的脑袋，头发已经慢慢长出来了，就是还很短，软软地藏在棒球帽里。他拍拍夏晓炎的头，说："那你吃住都在哪啊？"

夏晓炎欢快地说："学校啊！就住在北师大，这次是一个培训班，在学校的招待所，住在学校里面，上课方便。咱们毕业以后我就没去过大学，天天教别人，这回自己又做回学生啦。真好！"

孟想想把自己近期的工作，以及刚接手的神秘任务跟夏晓炎说说，可是又纠结那张自己签署的保密协议。不说吧，憋在心里着实难受；说吧，又怕夏晓炎有口无心哪天真给暴露出去。

夏晓炎一心沉浸在要出远门的兴奋里，没注意到孟想脸上复杂的表情。她畅想着去北京的日子，跟孟想商量："咱们每天晚上约个时间，上网视频聊天好不好？"

孟想想了一下，犹豫着说："晓炎，我们单位也派了我一个任务，可能……可能近期也不在洋春，具体去哪、什么时候走我还在等通知。"

夏晓炎笑着说："好啊！咱俩要忙一起忙，这节奏多和谐！那等你定了你告诉我，反正我带着电脑和网卡，随时都能连线。你不许借机胡作非为啊！"

看着夏晓炎嘟着嘴的萌样子，孟想心里暖暖的，他揽过夏晓炎的肩膀，在她耳边悄声说："你就对我这么没信心？我还怕你和哪个男同学跑了呢！"

两个人在洋春的夜幕中依依惜别。因为夏晓炎和洋春市其他中学的几个老师一起去，孟想不方便去高铁站送行。夏晓炎也不喜欢这种形式化的东西。孟想只知道，第二天早上，夏晓炎就离开自己去了北京。

送走夏晓炎，孟想知道自己是时候该去完成那项任务了。这几天，他的脑子无时无刻不在想着这件事。组里给了他最小的偷拍机，可以藏在口袋里的那种。他学着用了一下，感觉不方便，干脆又在手机上装了几款拍摄软件。他尝试着用手机拍摄，虽说画面质感差一些，可是用着方便，拿在手里也不会让人生疑。他还学会了把视频从手机中导在电脑里，进行简单的剪辑。等这一切都就绪了，他给孟剑发短信，约他出来吃饭。孟剑看见短信特别高兴，兴高采烈地就来了。俩人一见面，孟剑就给了孟想一个大大的拥抱，孟想看见表弟消瘦了，可是也结实了，也笑着拍他的肩膀。孟想指着餐饮街，一字一句地问孟剑："想——吃——什——么？"孟剑指了指马路对面的必胜客，又从裤兜里掏出了钱包。孟想顿时明白了，孟剑是想请自己吃比萨饼。孟想笑着拉起孟剑的手就过马路，他一边走一边把孟剑的钱包塞进他的口袋，面对面地大声说："我请你！"

两个人坐在必胜客里，孟想知道孟剑可以读唇语，可是自己要想表达清楚，需要特别用力、夸张地说话才行。必胜客里很安静，孟想想了一下，掏出手机，冲孟剑比画。孟剑明白了，两个人用短信安安静静地开始聊天。

孟想先问："弟弟，你工作怎么样？累不累？"

孟剑回："不累。习惯了。挺好的。这月我还涨钱了呢！"

孟想笑一下，接着在手机上打字："弟弟，你具体干什么工作啊？"

孟剑回："在生鲜组。每天把猪肉从冷库里搬出来，分成各个部分，卖给顾客。"

孟想问："你管搬肉啊？"

孟剑回："先搬，再切，剁肘子、剁排骨。"

孟想又问："那熟食你管不管？"

孟剑回："本来我是熟食组的。可是生鲜组缺人，女孩干不了，没力气，就把我调到生鲜组了。哥你想买熟食吗？"

孟想思忖了一下，考虑了一会儿该怎么和孟剑说。孟剑见他发，就瞅着他笑，在短信上问他："哥，你一个大记者干吗问猪肉的事？"

孟想回他："不是，我想去你们熟食组打工，你能给介绍吗？"

孟剑一愣，接着在短信上一口气打了五六个"哈哈笑"的笑脸图像。他打着手势问孟想："为什么啊？"

孟想也笑了一下，在短信上说："我要拍一个人物纪录片，这个人是做熟食的，我想先去体验一下生活……"

孟剑脸上一副恍然大悟的样子，既而用右手拍了一下自己的额头，马上低头在短信上问："是拍成《舌尖上的中国》那样吗？"

孟想就坡下驴："是的是的。"

孟剑脸上露出了灿烂阳光的笑容，在短信上说："我特别喜欢看！网上说音乐也好，可惜我听不见。看电视上那些好吃的真让人眼馋啊！可是没有咱们洋春的美食呢！哥，你一定要拍一个《舌尖上的洋春》啊！"

孟想心里苦笑，手指还得在手机上忙活："好，我努力！你能帮我介绍去打工吗？我就干一两个月就行，你千万别说我是记者，回头人家肯定不要我。你就说我是你同学，找个工作。我把健康证都开出来了。"

孟剑没再打字，而是抬起头一拍自己的胸脯，然后伸出了右手的大拇指。孟想知道，孟剑的意思是说："没问题！"

孟剑说到做到。两个人见面后的第三天，孟想就等来了孟剑的短信。在权客隆超市的后门，孟剑把孟想带到了熟食组组长的面前。经过大半年的摸爬滚打，孟剑已经和超市里的同事混熟了。尽管大家各有想法，在遇到问题和困难时也各怀心思，可是，善良的人还是大多数；在普通人的身上，流淌的也大多是善良的血液。大家都或多或少地照顾着孟剑。组长在饭后时不时地塞给他一个苹果，宿舍里兄弟们喝啤酒也惦记着给孟剑留一罐。孟剑在这里找到了人与人之间最质朴的关系，他很享受，很开心。

熟食组组长此时已经是生鲜组组长正式的男朋友了。是他把孟剑调去生鲜组给女朋友帮忙的，孟剑去了帮了不少忙，也间接地帮着他追到了女朋友。他欠孟剑一个人情。孟剑说自己有个堂兄也想来超市工作，熟食组组长当时就答应了。他并没有那么大的权力，但是，他可以引荐和试工。他答应了孟剑，去找人力总监说说，反正自己组里也缺人。再说，干不好的话，三个月之内可以随时辞退，试工期的工资少得可怜，怎么算，超市都不吃亏，人力总监没有不答应的道理。真要是不答应，再想吃不要钱的鸡爪子、酱牛肉可就没戏了。

孟想很顺利地进入到了权客隆超市，很顺利地穿上了那件白围裙、戴上了白口罩。试工期三个月，三个月之内没有三险一金，每个月一千八，管吃管住。孟想不知道自己未来这三个月该怎么过。身上的白围裙肯定不是第一次穿，刚一上身，孟想就嗅到了一股腥气的味道。很难说那是一种什么味道，它夹杂着鱼腥、肉腥和油渍的味道，仔细地闻下去，还有一股血腥味。幸好口罩是一次性的，是新开包的，但是也带着淡淡的塑料的味道。孟想顾不上这些，紧紧地用口罩包裹着鼻子嘴巴，强压着内心对超市柜台里各种混合味道的恶心劲儿，心说，干完这几个月，自己再也不会买超市的东西吃了。

不管内心有多煎熬，该做的活计一样也不能落。上班第一天，孟剑很贴心地过来手把手地教孟想。其实很简单，就是把柜台里的小肚、牛肉、鸭胗拿出来切成一片一片地码放在食盒里，上秤称，贴价签……孟想在家里从来不进厨房，偶尔进一次，顶多也就是洗个碗。如今，这双敲打键盘的手要拿起菜刀，一刀一刀地切下去，着实不容易。

孟剑连着来了三个早晨，有一天还应该他休息。那他也来了，先是给孟想做示范，然后又手把手地教，直到孟想学会了整个流程，手攥着菜刀也不发抖了，孟剑才打着哈欠离去。

二十四

不用你可怜我

　　孟家老爷子一天天见好。幸好不是夏天，伤口还比较容易护理。刘小菊也的确很尽心，心里怀着内疚，手上的活计就更麻利。这几天，她连宿舍都没回，每晚在老爷子房间打地铺，精心给换药、喂水，人又黑瘦了不少。

　　眼瞅着老爷子元气恢复得差不多了，王月华不落忍，就让刘小菊趁自己在的时候回去洗个澡、歇会儿。刘小菊开始还推辞，后来架不住脏衣服越来越多，自己就答应了，回宿舍去洗衣服。

　　刘小菊抱着一大盆衣服、床单来到宿舍公共水房，没洗几件，老马就磨磨唧唧地跟进来了。刘小菊一眼看见他，没理，低头继续洗。老马瞧瞧左右没人，走近了，拿出一个手绢包来，塞进刘小菊的上衣口袋。那手绢刘小菊认得，是自己的。深蓝的格子，角上还绣着一朵菊花。这样的手绢城里人看不上，觉得怯，可刘小菊稀罕那朵菊花，就买了好几方。可能是从老马那里搬家时落下了一块，如今在老马手里保护得好好的。看见用它包着东西，刘小菊湿着手，一脸狐疑，问老马："你干啥？"

老马低声说："听说了，你许给主家儿俩月不要工钱，这俩月你咋过？这是我存下的，你先用着……"

刘小菊双手迅速在大腿裤子上蹭了蹭，蹭干后的右手伸进衣兜，又把那手绢包拿出来，毫不犹豫地塞回老马手里。老马对刘小菊这个动作显然是有准备的，刘小菊塞回来，他握紧了拳头；刘小菊想把手绢包塞进他衣兜，他侧转了身。刘小菊往回塞，他就往一边躲，几个回合下来，刘小菊生气了，一手把手绢包扔在洗衣池的平台上，手绢包散了，里面露出了红色的百元大钞。

刘小菊用少有的激动语气对老马说："你这是弄啥？你弄啥？你瞧我可怜是不是？我用你可怜？"

老马慌忙解释："没有！那……你主家儿烫着了，是赖我嘛。要不是我拦着你在楼道说话，你不就回去了吗？哪能有现在的事？小菊啊，你让我尽尽心好不好？我知道我家里的来了，你不爱搭理我了，没啥。不搭理就不搭理，可你这样我心里过不去……"

刘小菊脸上愠色依然，眼睛瞟着水池里的衣服，也不正眼看老马，听见他这么说，刘小菊才瞥了他一眼，说道："你有啥过不去？我是你啥人？你跟我说话我也愿意说，我回去晚了那就是我的错。老爷子八十多了受这么大罪，那可不就是赖我？人家主家儿厚道，没朝我再要钱；养老院对我也算好，也没罚我钱，我心里知足得很。我好着呢。不就是俩月工钱吗？我有吃有住饿不死，我儿子大了能顶事了，月月还能给我钱。我说句缺钱，我那儿就能来；我说句不干了，有儿养老。我没家没业，我要你的钱干啥？我凭啥要你的钱？你是我啥人？"

老马还从没听过刘小菊一口气说那么多话。之前的刘小菊惜字如金，什么事能做就绝不说。老马一直以为刘小菊是一个嘴上很柔软的人，不像自家老婆，一张嘴就是撒刀子，言语犀利、伤人不绝。老马当初喜欢上刘小菊，也就是喜欢那份不张扬、低眉顺眼的稳重劲，喜欢她不争不抢的样子，让人尤其是男人心里能透出那么一股爱怜来。眼下听见刘小菊这么说，这才知道眼前的刘小菊也是个有气性、有口齿的女人。虽然俩人做了几个月的露水夫妻，可自己对她的了解显然是太少太少了。

可是老马并不反感刘小菊的反唇相讥，刘小菊的话虽不中听，可言语里透着一股子让人敬重的劲头。一个打苦日子里过来的女人，不求天不求地，不委身没跑路，伺候走了老公伺候走了公公，拉扯大了儿子，她有权利说硬话。可是，老马心里不能接受的是她语气里的那份疏远。不管怎么说，两个人在一个屋檐下生活了一段日子，在一张床上睡了几个月。老话说"一日夫妻百日恩"，就算是露水夫妻也是缘分前定。眼下这个时候正是艰难的时候，别人的钱拿来叫施舍，他老马拿来的就是爱意、是情分哪！

想到这儿，老马忍不住说刘小菊："我不是可怜你来了，就算没有我拦着你说话这茬子事，就算都是你一个人的毛病，今儿我来了也是因为我稀罕你，也是咱俩之前的缘分。旁人的钱你定是不能要，我的你也不要？你这不是跟我生分吗？你琢磨着，这要是我出了这档子事，你能干瞅着不管？"

几句话，刘小菊眼圈竟然渐渐泛红了。俩人愣了许久，不知是谁，先叹了口气，让安静的水房里顿时弥漫出了一股哀怨的味道。刘小菊红着眼圈瞅着老马，说："我知道你心疼我，可是眼下不比从前。咱们俩都清楚，你们家的来了，咱俩就啥都不是了。说好了，谁也不亏欠谁，你这么着，只能让你媳妇起疑心。咱俩做下的事，横竖都是对不住她的。我家里头没人，我没对不住谁。你可不行吧？你送钱也好，送句话也好，都是说你心里还没放下，你让我咋办？跟你拖泥带水地耗着？你媳妇那双眼睛我又不是没见，盯人都瘆得慌。你在她跟前能藏得住鬼？我才不信！我劝你从现在起就放下吧，你不亏欠我什么，你不用老觉得对不住我。咱俩的事，你情我愿，哪一个不乐意都不能进一个屋门。我守寡这么多年，难得有个男人能疼惜我，帮我洗洗衣服，给我捶捶腰板，我已经知足了。从一开始，你就是旁人的男人，能和我不清不楚地过了几个月，我还求什么？我不是早和你说过，这要是搁早年间，搁在我们村里，我早就沉猪笼了，还能这么着和你说话儿？老马，你攒几个钱不容易，赶紧回吧，甭老惦记我。等下半年我家大龙挣得多了，我兴许也就不干了。等瞧不见我了，那会儿你也就安心了。"

　　老马还能说什么，噙着泪，哆嗦着又把钱揣回来，转身走了。看见他的背影出去，脚步声由近到远，直到听不见，刘小菊的情绪才爆发出来。她狠劲儿地搓着衣服，搓到双手手掌发红发热，搓到两手生疼，搓到盆里的泡沫溢出来，她才忍不住，把憋了好久的眼泪扑簌簌地流出来。光是流出来还不行，她觉得自己的喉咙像是被什么堵住了，必须要哭喊出来才行。水房里空无一人，刘小菊还是要拼命忍着，可是声音从胸腔里发出来，犹如破了闸的洪水，根本推挡不回去。她只好用双手捂住脸，捂住嘴巴和眼睛。双手上全是洗衣粉融化后的泡沫，泡沫抹进眼睛，眼睛被渍得生疼，刺激得眼泪更多更猛地往外流；泡沫进了嘴巴，嘴里全是苦涩辛酸的味道。

　　一个清冷的午后，刘小菊独自一人在洗衣房里，对着一盆衣服和泡沫，红着眼睛、苦着舌头，就那么悲戚着。没人看见，她也不想让人看见。时间一分一秒地过去，刘小菊的悲伤不能维持太久。她流着泪也还记得王月华该回城里了，她是时候该回去伺候老爷子了。她再次把满是泡沫的手在身上蹭了蹭，打开水龙头，用冷水洗眼睛，洗脸，然后，把已经快揉烂的衣服一件一件拿出来投洗干净。做完这一切，她双手扶在头上，拢了一把头发。这个动作让她再次想起了老马，也是在这个洗衣房，也是一个午后，老马在她身边，轻轻地帮她拢过头发。刘小菊下意识地咬咬牙，在心里对自己说："过去了，这个男人，已经过去了。"

当刘小菊恢复了往日的心情重新走进养老院楼道的时候，她觉得自己再一次从世外回到了人间。刚才那个悲戚的瞬间很痛苦，但是，是属于她自己的，是完全释放的。现在，她又成了"刘师傅"，又回归到了众人面前。

她走在楼道里，这个时间正是老人们午睡醒来的时候。楼道从安静转为喧闹，应该传出来的是开门声、轮椅滑动声、电视声等等。当然，也会有南腔北调的说话声。在这些声音中，一个刺耳的声音传过来，正在出门的轮椅和脚步纷纷停下，他们和正行走在楼道里的刘小菊一起循声望去，那声音是从最里面的房间里传来的，是很清楚的争吵声。一个声音低沉，像是个老太太，一个刺耳，大家都听出来了，是老马家的。

吵着吵着，就把张主任吵来了。看见张主任带着人急急火火地跑进房间，刘小菊连一点好奇心都没有。她径直回到了孟老爷子的房间，门口，王月华也支棱着耳朵听着，眼睛也在往里望。看见刘小菊回来，王月华好奇地问："那边那个也是你们老乡吗？听着可够厉害的。"

刘小菊放下衣服，说："不是。新来的。"

王月华眼睛还没回来，继续说："我听出来了，老太太睡醒了找不着金耳环，问护工，护工就急了。这脾气，啧啧……"

刘小菊也不搭言，而是熟练地走到老爷子跟前，倒水、摇床、扶着老爷子喝水、吃药，还用手背测量了一下老爷子额头的温度——伤口好了，可是也提防着别发炎发烧。

那边还在吵着，似乎张主任的出现并没有缓和到什么，反而让屋里的气氛更紧张了。老太太的声音也提高了，哆哆嗦嗦地在辩白："我找不着耳坠子了，那是我姑娘给买的，睡觉前还在呢，我就搁床头柜上了。没了不许我问问她吗？"

老马家的声音气势雄壮："你问谁？我又没看见！我辛辛苦苦伺候你，你把我当贼啊？"

张主任的声音也搅和进来："老马家的，人家奶奶就是问你一句，又没说是你拿的，你干吗吃心啊？咱们这屋里都有探头，没看见就没看见，你嚷嚷什么？"

就听见一阵乱响，像是什么东西给摔地上了，再传来就是老马家的骂声："你们养老院是干啥的？我们两口子给你们打工，你们就这么不是东西？有人欺负到我们头上了，你个主任连个屁都不放，就会说我们！"

好像张主任也急了，声音气息都乱了，语速也快了，听不太清楚到底说了什么。正乱着，老马的声音出现了。虽说比往日提高了些，可在一堆女人里，他还是低矮了三分。刘小菊想不听都不行，那声音一句一句地传进耳朵里："张主任，我我我给您赔不是。我们家的不懂礼数您别生气。那啥，李奶奶，您那耳坠子放哪了，我帮您找找、找找。我们家里的脾气不好，可手脚您放心，干净的干净的！她不是那样的人……"

王月华忍不住，已经跑到门口去张望了。刘小菊强忍住对那个声音的牵挂，默默地做着自己该做的事。只听得那屋里更乱了，好像老马想息事宁人，已经在问那耳坠子多少钱了。可老马家的不干，又和老马也吵了起来……

又过了二十多分钟，王月华摇着头回来了，冲刘小菊说："那是两口子啊？那男的看着还厚道，好像那天在这屋也有他哈！那媳妇！可真够厉害的。那天好像也在，今天看着更凶。"

刘小菊当然知道王月华说的"那天"是哪一天。老马那天挺身而出为自己辩解，已经招惹媳妇不高兴了。今天，老马家的让全养老院的人领教了自己的厉害。

王月华说："张主任给气坏了，说要开除她呢。她还挺厉害，一屁股坐在地上又哭又闹呢！你们农村里厉害的都这样？"

刘小菊含混着："我也不认得她……"王月华也不好再问，刘小菊也是农村来的，再说，就伤人了。王月华收拾了一下东西，跟刘小菊约好下次探视时间，一步三回头地往外走。正乱着，就听见老马家的发疯似的问："你说！你这钱是哪来的？还有这帕子！谁的？你个挨千刀的，你不说向着你老婆骂别人，还揽着要赔！我说你大方呢，敢情你藏了赃钱？"

二十五

咱不干了

刘志利带着大龙，破天荒地来一次养老院看望刘小菊，一进门就赶上了老马家的正在和刘小菊撕扯。

老马家的头发蓬乱，抓着刘小菊前胸的衣领子不撒手，嘴里叫骂得不清不楚。周围的护工就那么看着，不劝不管，脸上的表情有漠然也有幸灾乐祸。倒是养老院里的老人们看不过，拄着拐的、坐着轮椅的，近不了身，可嘴里一直在劝着架。

大龙小伙子反应快，看见自己妈被一个凶悍女人逼在墙角，又上手又上嘴的，一个箭步就冲上去，一把就把老马家手腕子拧在自己手里，同时往外用力一推，老马家的正骂得欢，不提防一个壮小伙能冲出来，扭住了手还往外推。老马家的退了两步，才站住了，直愣愣地瞅着大龙，嚷嚷："你个小崽子，从哪里来的？"

刘志利也冲进来，先问刘小菊："姐，你怎么样？没事吧？这女人谁啊？大龙，你报警！"

听见刘志利叫"姐"，又听见刘志利说"报警"，老马家的顿时一屁股坐在了地上，冲着已经围了一圈的看热闹的人连哭带喊：
"大家伙给评评理！他们家人还要报警！这个娘儿们勾引我家汉子，
该我报警啊……"

大龙一听这话，气得脸都白了，上去就把老马家的从地上薅
着脖领子给拽起来，指着老马家的鼻子吼："你给我说清楚！谁
勾引你家男人？让你男人出来！不然我揍死你！"

刘小菊挣开刘志利拦着自己的胳膊，赶紧又跑过来拉开自己
儿子，先说大龙："不许胡说。"又跟老马家的说："我……没
有……不信，你去问你家老马……"

老马家的一把挣开大龙的手，一步一步走到刘小菊跟前，直
勾勾地瞪着刘小菊的眼睛，眼神犀利，像是要杀人。忽然，她嘴
角一撇，露出一丝冷笑，右手从裤袋里掏出一块手绢，撒开了扔
在刘小菊的脸上，叫道："我家男人跟我过了二十多年，身上从
来就没这玩意儿。你敢说这东西不是你的？"

刘志利气闷胸膛，一把拽开老马家的，把手绢从刘小菊脸上
拿下来扔在地上，吼道："一块破手绢，哪写着是我姐姐的？你
有病啊？看不住自己男人就欺负老实人是不是？你家男人跟谁跑
了你去问他，你含血喷人有什么证据？"

虽然一下子冒出两个壮汉，老马家的气势可一点都没输。当
年在村里干架，比这阵势邪乎的老马家的都见过，老马不在家，
她一个女人手执铁镐跟村里多少男人都干过架。上到乡干部，下
到村里的混混，见着她没有不怵头的。老马家的就一条干架秘籍：
敢豁命！老马是个蔫蛋，说话没人声、做事怕得罪人，一辈子让
人骑在脖子上拉屎。老马家的可不干。她这辈子，最憋屈的就是
没生出个儿子来。若是有个儿子，老马家的定将他打造成乡村一
霸。可天不遂人愿，偏偏连着生了俩都是闺女。可闺女也不差，

个个性格刚烈，都随了妈。一个嫁了人，找的爷儿们也跟老马似的，蔫不出溜不言不语，老婆说啥是啥。二闺女眼高心大，嘴皮子比老马家的还尖厉，老马出门打工以后，跟老马家的吵了大半年，一门心思去广东打工见世面去了。

老马家的三个女人，在干架上有传承，尤其是在面对男人的时候，从来就没怵过。如今听见刘志利这么说，她居然又从鼻子里笑了一下，弯腰从地上捡起来这块手绢，找到角上那朵菊花，举在刘志利眼前，大声说道："这养老院里一共没几个女的，就你姐姐叫'菊'。你欺负我们乡下人不认得这是菊花？"

刘志利气得哭笑不得，顿时觉得跟泼妇说话全然就是放屁。他嚷道："绣个菊花就是刘小菊的？这破手绢上还都是蓝格子呢！你怎么不找名字里叫'格'的、叫'蓝'的？我说你这人是不是有病？你们养老院的领导呢？我现在就去民政局投诉，不开除你我跟你姓！"

刘小菊拦住眼前两个至亲的男人，说道："好了好了。你们也别说了。先出去吧……"说着，就要带两个人往外走。

老马家的一个箭步冲过来，一把拦住刘小菊的去路，嚷道："不行！你别以为我就这么一块手绢！我问你，那天你把主家烫伤了，你干什么去了？你是不是找我男人去了？你别以为你在水房里勾引我男人我不知道。你出去偷汉子，烫伤了主顾，回头还耍狐媚子让我男人帮你赔钱！你就是个臭不要脸的死婊子……"

这话一出口，刘志利气得已经要打人了。可他还没出手，大龙已经怒不可遏地飞踹了老马家的一脚。老马家的没防备，直接被踹倒在地上，登时双手捂着大龙踹她的地方，"哎哟哎哟"在地上打起滚来。刘小菊慌了，赶紧过来拉开大龙，一边急眼地数落儿子："你干什么啊？你咋能打女人哪？"一边半跪在地上想扶起老马家的来，嘴里还说着："马嫂，你哪疼啊？让我瞧瞧……"

老马家的对刘小菊送上来的双手又掐又拽，闭着眼睛哭喊道："可了不得了！婊子偷了我家汉子，还打死人哪……"

正是乱作一团的时候，张主任来了。这回，身边还跟着院长——张主任的姨，一个四十多岁的女人。

一看见老马家的在地上撒泼打滚，张主任先是皱紧眉头，厉声说道："又是你！上次要不是你们家老马求了养老院，我们就开除你了。这刚过几天啊？你怎么一天都不能安生呢！得罪客户、不好好照顾老人，现在又跑刘师傅这闹，你想干吗啊？你们家老马呢？你们两口子都别干了，真不够给我们添乱的！"

院长问张主任："上次也是她？老马家那个？"

张主任没好气："就是她。整个一泼妇！三天两头找人吵架滋事，一星期我们接了五六个投诉全是投诉她的。每次都挑中午闹，老人们都没办法休息。家属投诉好几回了。"

院长也不问了，直接对地上的老马家的说："你起来吧。再不起来，我就让保安报警，说你寻衅滋事。你有委屈，找警察说去。把你们家老马也叫来，按照合同，结账走人！"

一听见这话，老马家的一个打挺就从地上站起来，一把拉过刘小菊，冲着张主任和院长说："开除我们？你们城里还有没有王法？"一指刘小菊，"她在你们养老院打工，不好好干活，一天到晚勾引我家汉子！要不是我从家里赶了来，我还不知道呢！你们这是养老院吗？你们这就是窑子，你们是伺候老头老太太还是给人拉皮条？你们还要开除我？这样的婊子你们不开除，你们开除我？"

大龙又忍不住了，又蹿上来。刘志利生怕大龙手脚没轻没重，真把老马家的打坏了可就更不好了，赶紧过来拦住外甥，指着老马家的鼻子说："我警告你！你现在说的每一句话都得负责！我是刘小菊的弟弟,他是刘小菊的儿子,我们有权利报警告你诽谤!"

老马家的冲着刘志利使劲地"呸"了一口,唾沫星子溅得到处都是。她面向四周,冲着周围的观众们求援助:"刚才可是大家伙都看见了,她刘小菊的儿子打了我!你报警啊!哎哟!可疼死我了……"说着,老马家的说躺就躺下了。真是副好身板,躺在冰冷的地上也不怕凉!

院长也不管,而是冲着周围看热闹的护工们说:"都散了吧!回去上班去!要不我扣钱啊!"然后低声对张主任说:"把她男人找来!"

老马干吗去了?老马的主家儿家属来了,让老马换换班歇会儿,顺便出去帮主家买半斤萨其马。主家突然馋了这口,老马也想借机会出去逛逛——自从老马家的来了,老马就没从养老院出去过。

这边老马家的一闹,早有人给老马打了电话。老马那边拎着一斤萨其马,紧赶慢赶地跑回来。等他出现在事故现场的时候,手里的萨其马还没放下呢。

看见张主任、院长和刘小菊一家三人,老马顾不得打招呼。大龙他是知道的,见过一面,刘志利他不认得,也顾不上问谁是谁了。老马一手拎着萨其马,一手就去搋老马家的,嘴里半埋怨半担心地说:"你这是干什么?又是谁惹着你了?赶紧起来!"

老马家的对眼前的汉子没有丝毫的怜惜和畏惧,让自家男人看见自己这副样子,她居然连一点不安和羞臊都没有。她用力推开男人,指着刘小菊说:"你们两个奸夫淫妇,别以为我不知道!今天咱们就挑开了,你说,她怎么勾引你的?你这条破手绢,是不是她的?你上次还要给她钱,你以为你瞒得了我?我告诉你老马!你媳妇让人欺负了你管不管?我来问这个婊子,还让她儿子给打了!你现在就给我报警!我就不信了,这洋春城,比我们乡下还不如？还找不着个说理的地方了？"

刘小菊面如死灰，欲哭无泪。老马偷瞟了一眼刘小菊，知道自己心怀鬼胎、底气不足，只好使劲拉自己的女人："你都说些什么啊？人家刘师傅是好人，你别冤枉人家！我给钱，是因为上次我找人家帮忙，人家主家儿才烫着了，我心里头过不去，想意思意思。你不让给就不给，人家刘师傅也不要。你这么骂人家，人家儿子能不气吗？"

老马家一听这话，顿时放声大哭，以头抢地："这日子没法过了！男人向着婊子，不要老婆，由着外人欺负我啊！"

院长冷冷地看了一会儿，对老马说："你们两口子给我们养老院造成了不可挽回的损失。你们俩明天起不用来了。刘师傅，你跟我到办公室来一趟。张主任，叫保安，把他们送出去吧！"

刘志利问："找我姐有什么事？"

院长看着刘志利，说："不管怎么说，刘师傅也是当事人。我们院方要尽管理职责，我必须要问清楚。"然后对地上的老马家的说："你放心，我要是调查清楚，你们家老马真和刘小菊有什么，我也开除她，绝不通融。明天，老马过来结工资吧。"

院长刚要往外走，刘小菊突然说："院长，张主任，你们也别调查了。我这个岁数，丢不起这个人了。我干完今天也不干了。工资，我不要了。"

刘志利先说："就是！咱不干了！靠力气吃饭咱们理直气壮，不在这受这冤枉气！姐，咱走！我早就说了，接你去城里享福，房子都给你置办好了，咱这就走！"

大龙也说："妈！我舅连房子都收拾完了，咱俩都住得下。咱走！我养着您！"两个男人，不约而同地都把"房子"两个字念得重重的，听得老马心里直滴血。

二十六

弟的肩膀厚实了，能靠了

刘志利给刘小菊置下的这套房子还真不错。二手房不假，面积也不太大，六十平方米。可是户型方正、南北通透，刘小菊、大龙两人住绰绰有余。小区在市里，交通方便，出了小区门，走不上十五分钟，菜市场、银行、社区医院都有。坐在客厅的沙发里，大龙兴高采烈地问刘小菊："妈，你看这房子好不好？我舅说，先让咱们住着，等我手艺练出来了，让我装修呢！"

刘小菊环顾四周，看着房子里虽然没怎么装修，四白落地、简单的方砖，可是干净整洁，电器家具都有，厨房厕所也还算干净。她脸上没有大龙和刘志利期待的喜色。两个人都以为她还沉浸在刚才的不开心里，刘志利刚要开解，刘小菊先说："弟，这房子是买是租的？"

刘志利答："我买下了，姐。"

刘小菊又问："你媳妇知道不？同意不？"

刘志利含糊着说："我上个月看房子时候跟她提来着……这

两天还没顾上说呢……"

刘小菊说："那就是不知道了。弟啊，买房置地这么大的事，哪能不跟家里的商量？你们俩没孩子，这日子过得本来就怕生分，你还这么着，这不是叫她起疑心吗？"

大龙嘟囔："妈，你别说我舅了，他这不是想让你享福吗？"

刘小菊回过头来又说儿子："福不是这么享的。我又不是没地方住，你又不是没地方住，咱俩有钱挣有的吃有的喝，谁也没睡马路上去。你舅的钱也不是大风刮来的，你还有舅妈呢，各人过各人的日子，你舅妈被蒙在鼓里你说她能往好处想吗？"

大龙不高兴，说道："要是没这房子，妈你今天咋办？受了一肚子气，你又不叫打又不叫骂。你自己说不干了，不干了住哪？要不是我舅拉着我去找你过来看房子，你这委屈还要受多少？我舅是好意，这房子，我可以不住，妈你咋办？大不了，你现在就给我舅我舅妈写个字，这房钱算是我跟我舅借的，我挣了工钱还行不？你就先住下行不？"

大龙一番话说得入情入理，刘志利也劝："姐，我老婆不是不讲理的人，我回去好好说，她能同意。再说，这是我白给你的吗？姐，我这辈子欠你多少？别说一套房子，就是拿我一辈子还，也未必还得清。要不是你拉扯我，干那么多活、受那么大委屈、借那么多钱供我上学，今天我刘志利能在洋春市有一片瓦吗？你说这房子你住不踏实，那我这辈子过的每一天不都不踏实吗？"

刘小菊看看弟弟，又看看大龙，叹口气说："我就是这个命了，就是没有你、没有大龙，我的日子也强不到哪去……"

刘志利打断她："怎么会？要是不供我念书，姐你可以嫁个好人家，咱爸妈走得早，要不是我拖累你，多少小伙子都能寻上你！可这十里八村的，一听说你嫁人还得带个半大小子的弟弟要养活，不但要养活，还要让人家出你弟弟的学费，供到大学毕业……你吓跑了多少人家？生生把你耽误成老姑娘！我不是说我姐夫不好，大龙他爸是个厚道人，一家子都对我不薄，自己日子过得不富裕，还乐呵着接济我。给我学费、零花钱，我姐夫连个磕巴都不打。我都快毕业了才知道，我姐夫是带着病娶的你。一家子，又要给姐夫治病、又要供我念书，好不容易熬到我毕业了，我姐夫又走了。里里外外，你跟我姐夫一共也没过几年。姐夫走了，你还得供养公公、带大大龙……你这一辈子辛苦熬着，不都是我给连累的？早知道有今天，那会儿我说啥都不上大学，早早回村里帮你干活养家，就不会让你受这么大累！"

刘小菊淡然一笑，嗔怪弟弟："胡说！爹妈走得早，供你上学那就是我的事。我弟有出息，我就得供！我这么想，大龙他爸也这么想。他走得早，那是老天爷不帮衬他，他是个好人，我跟他过得也舒心；伺候公公，那也是我的事。人家一家子待我待你都不薄，大龙他爸走了以后，公公对我都像是亲闺女。我给他养老送终那是我心甘情愿，不关旁人的事，你也甭往自己身上瞎按。我只说现在这房子，你这么让我住着，我就是不自在，住不了两天，我拿起脚就走，你想拦也拦不住。"

大龙叫道："妈，你这是干啥？你走了，你让舅心里咋想？"

刘志利打小就知道刘小菊犟脾气，不是这份倔强，刘小菊也不能把刘志利供上大学；不是这份倔强，她也走不到今天。刘志利想了想，说："这么着吧，姐，这房子我是交了钱、交了税，还没正式过户。约好的是下礼拜。我本来想着用你的名字或者直接就过户给大龙，既然你这么说，我就还用自己名字买。你和大龙住着。这行了吧？"

没想到刘小菊还是犯拧："你这房子买了要是租出去，也得租个几千吧？给我们住，这不是白瞎吗？"

刘志利真是没辙了，说："姐，这种老房子，租不出多少钱，还不够给租户造的呢！这么着吧，你们先住着，等大龙挣的钱攒够了首付，能买房搬走再说。"

刘小菊说："那就给你点房钱……"

大龙见他妈这么坚持，毫不转圜，也说："那，舅，你说个数，我看我能整出来不？"

刘志利哭笑不得又妥协一步，说道："房钱再说。等你们搬走的时候，大龙，你把这房子重新给我装修一下行不？装一下也得不少钱，就算成你们房钱了行不？"

大龙回头看着他妈，刘小菊没再言语。刘志利知道她默许了，赶紧跟大龙说："大龙，去，看见刚才那菜市场没？我早上不是跟你说了吗？去，买点瘦肉、韭菜、鸡蛋、虾仁，再买点米面油，一会儿让你妈给咱俩包饺子，我都俩仨月没吃饺子了，快去！"

大龙高高兴兴下楼了。屋里只剩下刘小菊和刘志利。刘小菊看着刘志利，说："弟，有话你就问吧。姐不会藏着掖着。"

刘志利叹口气，把自己坐的椅子朝着刘小菊的方向拉了拉，说："姐，今天那女的，到底是谁啊？"

刘小菊坦坦然然："是老马的媳妇。新来的护工。"

刘志利又问："老马又是谁啊？"

刘小菊说："你不是瞧见了，就是后来跑进来那个谢了顶的男的。"

刘志利含含糊糊地问："那她，她干吗那么说你啊？你跟老马……他是咱老乡？"

刘小菊平静地说："他跟我相好。"

刘志利惊骇了一下子，但是又觉得自己仿佛做了这个心理准备，就问："姐，你咋……你打算咋办啊？"

刘小菊依然平静地说："这事都过去了。上个月就过去了。以后谁也不认识谁，他干他的，我干我的。他是老护工了，估计养老院不能舍得他走。院长对他凶，那也是做给他媳妇瞧的。只要我走了，他们俩就不闹腾了。"

刘志利不干了，说："凭什么啊！他有老婆还跟你眉来眼去，你是单身啊，姐！你跟谁相好都不犯法，你跟他的时候知道他有老婆吗？他是不是骗你来着？他都跟你这儿做什么了？姐你等着，我不把他弄个半残，我就不在洋春混了！"

刘小菊看着刘志利，足足盯了三五秒，盯得刘志利直含糊，一个劲问："姐，你怎么了？有委屈跟弟说！谁欺负你有我呢！"

刘小菊眼睛一垂，说道："姐供你念了四年大学，是让你成才成家的，不是让你当二流子的！你弄谁去？我跟他，你情我愿。他没骗我什么，你姐姐我有啥可值得人骗的？我一早就知道他有老婆，我不图他什么，就是孤身在外，有个人知冷知热的，我心里暖和。他也没想跟我咋着，他也知道迟早得回家去。我们就是搭了几个月伙，当了几个月露水夫妻。弟啊，姐不是黄花闺女，姐这辈子也立不上贞节牌坊。姐一辈子刚强，可心里还是苦得慌。咱不是怕穷，也不是怕累，就是想着身边要是能有个知冷知热的男人该多好。姐命硬，没有这个福气，老马在姐身边陪着我过了几个月的暖心日子，我知足！如今人家媳妇来了，姐知道自己没脸，干了对不住人家的事。我在洋春倒是有人疼了，留在家里那个守着活寡，还得养老养小。那样的日子，姐过过，所以说，姐心里也过意不去。闹成这样，不赖别人，就赖你姐姐我自己。所以，就是没你这房子，姐也不能再在养老院干了。姐不怕报应，也不怕哪天一闭眼你姐夫在那边怪我；但是姐知道对不住老马家的，对不起活人的滋味更难受。"

刘志利不再说什么。男人到了他这个岁数，还有什么看不明白、想不清楚的？就算眼前这个不是刘小菊、不是自己的亲姐姐，做了这样的事，也是一把辛酸泪，不是简单地骂一句"小三"就能一概而论的。刘志利不再说什么，而是过来揽住姐姐的肩膀，吸着鼻子、动情地说："姐，以后的日子你有我、有大龙！你要是能遇上个可心的人，你就往前走。弟弟绝对支持你。你心里有了委屈，可不能憋着，你就跟我说。你对不起谁都不要紧，你是我亲姐，跟妈一样的姐，有啥事都有我呢！"

刘小菊终于忍不住，靠在兄弟的肩膀上慢慢抽噎起来。兄弟已经不是多年前那个营养不良、面黄肌瘦、眼睛里只有书本的男孩子了。风雨沧桑，男孩子成了男人，肩膀宽了，胸膛厚了，可以依靠了。只是，这份依靠，对于刘小菊来说，来得有点晚。

姐弟二人相拥而泣，没注意身后的大龙。十八九的孩子，血气方刚地站在门口，不知道什么时候回来的，脸上的表情凝重而凛冽。

二十七

成功打入内部

　　孟想拿出自己当记者的劲头来，没两天就跟超市熟食组的人都混熟了。孟想生来嘴甜，碰见姑娘就喊一声"美女"，看见小伙子就叫一声"老弟"，岁数瞧着稍微比自己大一点的就恭恭敬敬叫"师傅"，遇着个组长部长啥的，直接叫"领导"。俩礼拜下来，大半个超市的人都知道熟食组里新来了个"小孟"。

　　"小孟"手脚勤快，每天往食品盒里摆牛肉，就那么一会儿就干得差不多了。摆多了也没用。孟想都摸着规律了，周末多摆点，平常工作日的消耗大概是有个量的，摆多了，卖不出去。

　　闲下来之后，孟想就开始想方设法进入操作间。这年头卧底不好干，一个拿笔杆子的人当超市的勤杂工，孟想每天只想着这日子怎么才能尽快结束。可怎么才能结束？就是要赶紧完成台里交办的任务。孟想心急如焚，可是这头绪要一点一点找。自己刚进超市那两天，制片人一天一个电话问自己，找到线索没有？发现了什么没有？打开突破口了没有？哪里那么容易啊！孟想此次卧底进入超市,就是因为一条据说是电话举报的线索:"权客隆超市制作售卖的熟肉制品不卫生!有顾客发现了变质肉食,找到超市后超市还不承认!"那天,主任、制片人、主编围着孟想深明大义,其实就是想让孟想打入敌人内部,拍摄到真实画面,给超市一个迎头痛击!主任说了,中央电视台每年一个315晚会,那能让多少黑心企业闻风丧胆?咱们洋春电视台虽然没有全国的影响力,但是,也要在明年的"315"上做出名堂,要让全洋春,甚至全省的老百姓都对咱们市级电视台刮目相看!要让全省的企业都认识到洋春电视台的影响力!

孟想想不到那么多。对他来说,这就是一个"活儿",是一个领导交办、不得不完成的任务。但是,如果这个线索是真的,孟想觉得自己作为一个媒体人,当然有义务揭露真相,让洋春的老百姓知情。但是如果信息有误怎么办?他当时就问主任,主任端着茶杯笑笑:"所以才要让你去调查嘛!"

孟想知道自己别无选择。作为一个没有任何靠山背景的临时工,想进步、想转正,干大活、获奖似乎是唯一的途径。孟想当时只和主任谈了一个条件:"如果信息有误,我就回来汇报。我不能造假。"主任亲切地拍着他肩膀说:"当然!我也是老新闻,我们要讲业界良心!真实,是我们的底线,决不能僭越!小孟你放心,你踏踏实实去拍摄,拍到什么就是什么!没有人逼你造假。如果权客隆在你的镜头里是清白的,那这是一件大好事啊!那是洋春老百姓的福音。但是如果有问题,你就是救世主。现在食品安全这么敏感,如果还有企业顶风作案,你想想,咱们老百姓,这里面也包括你的父母家人,要受多大的危害?"

孟想觉得领导说得在情在理。于公于私,自己都没什么可犹豫的,干吧!孟想干了一个多星期,就可以顺利出入操作间了。

第一天混进去的时候，孟想的手心、后背全都湿了，心跳每分钟到了一百下。他戴着大口罩，跟一个认识了没两天、在操作间里做酱牛肉的小伙子有说有笑地往里走，生怕被别人发现了揪出去。

其实，都是超市的员工，根本没人管。孟想是自己吓唬自己。里面的员工也没什么人抬头看他们，大家都在忙着干自己的活。孟想看见灶台上是各种蒸锅煮锅，砧板上堆着成堆的生猪蹄子、牛肉块、肘子，同时，还有整只整只的鸡。每个锅都没有想象中的大，毕竟这里不是饭馆的后厨；可是操作间里还是弥漫着各种生肉熟肉混淆在一起的腥气味。孟想把右手伸进围裙下面的裤兜，那里面装着手机，手机有摄像头。孟想一边走在操作间里观察，一边暗自摩挲着兜里的手机。他慢慢地溜达，身边跟着他一起进来的同事笑话他："馋啦？让你在这儿待一个星期，保证出去能当和尚！白给你吃肉，你都不吃了。"

孟想也笑，说："那你呢？现在还吃得下吗？"

那小伙子笑着说："刚来的时候，哪天都得趁主管看不见的时候偷两口吃。我酱的牛肉，撕一嘴扔嘴里，能怎么着？再说了，我不吃别人也吃。别人都吃就我不吃，还以为我是奸细呢，回头主管知道了，那准是我告的啊！你说是吧？所以，没人不吃！可吃不了两天就腻了，见天儿闻的是一个味，谁还吃得进去？我现在每天中午，就是一碗炸酱面，最好没肉，再闻着都恶心！"

孟想说："那你还在这干？多难受啊！"

小伙子无可奈何地说："那咋办？来了就是这个活儿，我倒是想上你那去呢！切肉也比炖肉强啊！可主管不答应啊！人家说了，想去？行！有人跟你换你就去！要是没人换，你就在这待着，少一天都不行……"

孟想赶紧说："那我跟你换！反正我切肉也切烦了。在这儿

172-

学学炖肉也挺好，回家还能给我妈做饭。省得我妈老说我笨。"

小伙子看着孟想，不大相信地说："你说真的哪？你真想来？哎，你没事吧？别说咱们哥们儿不仗义，这活可真不好干……"说着，瞅瞅四下没人注意，悄悄对孟想说，"有时候送来的生肉不新鲜了，你也得做。你不做，你说给扔了可不行，那主管就得跟你急！你说你做吧，回头卖出去顾客找回来，还得处罚你，说是你疏忽……"

孟想低声问："啊？那不新鲜的肉多吗？"

小伙子想了想，说："也不是经常有。可是我赶上过两回啊，有一回好像是冷库出了点问题，那批鸡肉冻得不瓷实，天又热，浮头的就化了。等我拿到手里，嗬！都臭了。我这边报了主管，你猜人家怎么说？'多搁点花椒大料料酒，多加葱姜辣椒，做熟了什么味都没了！'你说我说啥？做呗！反正我不吃，爱谁吃谁吃。"

孟想再想问什么，小伙子的主管已经走过来，冲着小伙子嚷："一根烟抽多长时间？还不赶紧干活？还聊！"

小伙子赶紧走了。孟想也赶紧从操作间里走出来。边走，还边环顾四周。不知道小伙子说的是否属实，就今天在现场用肉眼看到的结果，这些生肉好像都没什么问题。孟想不是专业检验检疫人员，他就是一个普通人。普通人在市场上要想检查食物的好坏，无非就是"望闻问切"了：先看看颜色外观是不是对劲；然后闻闻有没有异味或是香气；再问问卖货的人，这东西新鲜吗？人家自然说新鲜，问也是求个心理安慰；最后再动手摸一下、掐一下、按一下。新鲜的食物有新鲜的手感，肉啊菜啊都有弹性。有经验的人一看一闻一摸就知道了。孟想临来之前，特地跟着王月华上早市买了几回菜肉，现上轿现扎耳朵眼儿地学了几手。但是在这个庞大的操作间，在一堆咕嘟着肉汤、冒着热气的煮锅跟前，眼睛看的食物，无论是生的还是熟的，都被包裹在似乎是带着颜色的水蒸气里，根本看不清本来面目。味道就更别提了，各种调料味、肉腥味混合在一起，早就没有了食物本来的味道。唯一能分辨的，就是近距离地看、闻和触摸。孟想必须进到操作间。在外面的柜台的确也能接触到熟食，但是，就如刚才那个小伙子所说，即使是变质的食物，经过这么多道工序的烹饪，就如同给郭美美化了浓妆还做了PS，那原有的本性早就被遮盖了。即使是天天切、日日切这些熟肉，孟想也没发现什么不妥。他相信，如果真有不妥，他也看不出来。

从操作间出来，孟想就去找主管，说想去厨房帮忙，调岗也可以。主管很诧异，平时孟想时不时就给他敬根烟，关系处得不错，对于孟想这个要求，他实在很诧异。他跟孟想说："上那干吗去啊？里面味儿着呢！回头熏俩月再出来，饭都吃不下去。你别老听那臭小子说里面怎么好，做什么都能尝鲜偷着吃两口也没人管，我保证你进去了闻着都恶心！"

孟想嘿嘿一笑，跟主管说："我妈让我学学做饭，这不正好吗？我要是真干不下去了，不是还有您呢吗？回头您再给我换出来。"

主管正色说："进去容易出来可难！你别看你这么一个切肉装盒的活儿，你只要一走就有人顶上！回头一个萝卜一个坑，想出来我可帮不了你。你还是想想吧！这可不是饭馆，都想着去后厨学手艺当厨子。咱这是超市，他们那活不如你这个自在！"

孟想又乐，说道："没事，主管！我学几手没准哪天真自己开个小铺卖肉当厨子呢！现在这活虽好，那不是您照顾我吗？您说我这么大一人，一点手艺都没有，老指着您照顾我，这多不合适啊。您说是不？吃点苦、受点累，这没啥。我一个二十多岁汉子，现在不吃苦什么时候吃啊？"

主管把烟一掐，说："行。算你有志气！我这就去跟他们说说，明天上里面上班去吧！"

二十八

菩萨派来了救兵

夏晓炎怀揣的浪漫又美丽的梦想，在北京没几天就成了肥皂泡，"噗"的一下，破了。

其实也没啥，上学进修嘛，很简单，再做回学生就是了。可是自己在精装修的三室两厅里住了一段日子，再住回集体宿舍，夏晓炎真是不适应了。学校给她们提供的是研究生宿舍，三个人一间，床很硬，房间里没有空调。来的这个季节北京正热，屋里统一置办了电扇。一宿一宿地吹吧，声音"嗡嗡"的，吵得人睡不着觉；不吹吧，实在是热。北京的蚊子也会欺负人，见人就咬，任凭你涂了多少花露水都不管用，只能委身躲藏在蚊帐里。本来就热，再加上蚊帐不透气，床板又硬，住得怎么能舒服？

住了不出三天，夏晓炎就心生微词。可再看看同住的别的学校的那两位老师，人家啥怨言都没有，不仅没有，每天还很开心。夏晓炎就在心里埋怨自己："成由节俭败由奢啊！要是一直在学校宿舍里住着，没有那套高端舒服的公寓，估计自己现在也能适应，也没问题！"可说啥都没用啊，怎么着也得忍过这三个月。夏晓炎一直觉得自己从小就不娇气，什么困难啊、吃苦啊，都不是问题。可眼下这又热又吵的宿舍真是让她对自己有了新的认识。敢情人要是享了福就不好再回去吃苦了。

夏晓炎一不爽自然就要跟孟想说。电话打得多了，孟想也说不出太多安慰的话来，只好一门心思劝夏晓炎忍耐，横竖就三个月，忍忍就过去了。再说，咱是去进修的，又不是去度假的，学到真东西是第一位，其他的困难就忍忍吧！夏晓炎本想从孟想嘴里听点关心怜惜，没承想听来的全是鼓励。夏晓炎心里不开心，可细细琢磨，男朋友说得又没错。她不知道，孟想此时的工作环境比她更恶劣，每天在生肉熟肉各种浓汤调料里熬着，闻着肉味就恶心不说，回到家还是一身腥膻。王月华和孟凡树每天都要审问儿子："你这是上哪了？拍什么去了？这几天电视里都没你新闻啊？你干吗去了……"

孟想只能囫囵着糊弄老两口，说是在做一个专题报道，每天都要去肉联厂，专题要一个多月之后才能做出来。夏晓炎的老爸可不容易糊弄，电话里直接就问闺女，吃得怎么样住得怎么样？夏晓炎刚一说"宿舍"俩字，老夏就嚷嚷："那好几个人住一屋，能舒服吗？我说闺女你也是，今天就出去，找个最近的宾馆、酒店，就仨月，你爸出得起钱。"夏晓炎刚说了一句："我们同来的老师都住宿舍，我可不想搞特殊……"老夏就在那边急了："啥叫特殊？你们学校派你干啥来了？是不是学习来了？你住不好吃不好的，能学好？你上大学的时候咋练的跑步你不记得啦？要不是每礼拜你妈过去给你送汤送饭，你能那么壮实？我跟你说姑娘，咱花自己家钱，给公家学本事，咱理直气壮，上哪都能说理。"夏晓炎又说："我们学校正响应中央号召要节俭呢……"老夏又嚷嚷了：

"那是让当官的节俭，又没让你节俭！八项规定不管花自己家钱。这孩子！"

夏晓炎知道老夏疼自己，还真抽了个中午去学校里面的招待所看了看。说实话，条件也就那么回事，而且人还多，每天都跟走马灯似的。那是给学生服务的地方，经常会有探亲的家长三五成群地从外地赶来住在这里，夏晓炎走进楼道里看了看，觉得人来人往像是到了王府井。房价也不便宜，住得也不舒服。只有一个好处，屋里面有空调。

夏晓炎咬咬牙，决定听孟想的，把这三个月挺过去就完了。正想着，手机响，是许世勇打来的，一上来就开门见山："夏总说你住的是大学宿舍？几个人一间啊？"

夏晓炎说："三个。还行。"

许世勇话里有话，说："那看怎么比。跟咱们上大学时候比，是还行，那会儿咱们宿舍都是六个人一间。可要是跟你现在比，你怎么住啊？晚上睡得着觉吗？回头这屋里再有个熬夜的、谈恋爱的、睡觉咬牙的……"

夏晓炎嚷道："哎呀，你真烦！能不能说点好听的？"

许世勇在电话那边一笑，说："行啊，有好听的。我在你们学校正门呢，你出来一趟吧。出来就看见我了！"

夏晓炎一听这话心里不知为何忽然荡漾了一下，半信半疑，一边抬起脚往大门走，一边说道："真的假的？你可别骗我啊！"

许世勇的电话里传来了一阵声响，说道："我骗你干吗？出来吧，我从车里出来了，就站在门口。学校太大，我不往里开了，你一出来就看见我了。"

夏晓炎挂了电话，三步两步、连走带跑就来到大门口，果然，许世勇的黑色保时捷就停在门口。许世勇戴着墨镜，上身穿着米白色 POLO 衫，下边是牛仔裤，脚上是一双休闲鞋。看见夏晓炎疾步出来，许世勇把副驾驶的车门一打开，说："来吧，上车。"

夏晓炎注意到了学校门口保安的神情，不大自在地坐上车，说道："你干吗来了？不会就是为了开着你这车到大学门口炫来了吧？"

许世勇神情轻松地说："我有那么低级吗？你以为我是郭美美啊？我在你面前有什么可炫的？我一个给你爸打工的马仔！"

夏晓炎不解："那你干吗来了？"

许世勇一边开动保时捷一边说："我也学习来了！就许你来？北京是全国人民的首都，高校专家那么多，我不能来？"

夏晓炎还是不信："你？你学什么？"

许世勇说："长江商学院啊！费半天劲报上的，几十万学费，我不得认真学啊？"

夏晓炎想了想，说："是如雷贯耳啊！是不是你们这些准富豪什么的都爱上这个班？我听说王石那女朋友就是在这儿泡上他的！哎！你可以一边上课一边把这事也办了。嘿！你一个单身王老五，英俊多金，还不得好多女的追你啊？哎，你们班有女明星吗？"

许世勇呵呵一笑，说："得了！首都的美女都眼高着呢，我才不干这事！你给我一个女明星，我还真够不上她。平时养着，开销那么多，演个电影电视还得看她和别的男的搂搂抱抱、脱衣服滚床单，我那是有钱没处花了。谁喜欢谁养，反正我不当这个冤大头。"

夏晓炎开心地笑，说："哎，那主持人也不错啊。看着都挺端庄的！"

许世勇略带夸张地说："那就更算了吧。这都指不定给谁预备的。我这点家当，入不了人家眼。"

夏晓炎嘟嘴："那你真是上学来了？"

许世勇说："嘿！我可不是真上学来了吗！我要做电子商务，考察了一个新的商业业态，别说在洋春了，就是连北京上海都少见。我老摸着石头过河也不行啊，那得学习啊！我们这个班，头三个月跟你一样，在北京上课，然后再去哈佛旁听。交这么多钱，总得物有所值吧。"

夏晓炎问："那你住哪？"

许世勇右手把着方向盘，左手从遮阳板上拿出一张金色房卡，说："君悦酒店。还行吧？"

夏晓炎一噘嘴："你今天就是来气我的。知道了。"

许世勇也不理，径直开着车就奔了王府井，三拐两拐就进了东方新天地的地下停车场。停好车，夏晓炎说："干吗？请我吃饭还是逛街？我下午还有课哪！"

许世勇也不说话，拉着夏晓炎径直就上电梯，电梯间上写着"君悦酒店"，两个人在十五层停下来，走到一个房间门口，许世勇拿房卡进门。这六星级的酒店自然好，夏晓炎对这里也并不陌生。以前来北京玩，基本上十次有九次都住这里。老夏心疼闺女媳妇，娘儿俩出去玩，多数他不在身边，要么是矿上太忙走不开，要么是两个女人逛街嫌他碍事。可越是这样老夏越得做好后勤保障，他并不怎么知道君悦酒店，就是问过人家一次，北京哪家酒店最好？那次人家偏巧说的就是君悦，从此后就老给媳妇闺女订君悦。对于夏晓炎和她妈来说，这地方是不错，出门就逛街，能吃能玩还能看电影，挺好。

许世勇一开门，夏晓炎就说："跟我显摆你宿舍啊？我又不是没住过。"

许世勇说："是啊！知道你对这酒店熟悉，住得习惯，所以给你订的是这儿啊！"

夏晓炎一时没反应过来，说："什么？你给我订了这里？什么意思？"

许世勇说："没什么意思！你二十好几了，还跟外人挤宿舍！你们那宿舍我找你之前就参观过了。好嘛！还研究生宿舍，男的女的都能进去，不安全也没隐私。还不如咱们上大学时候呢，好歹我进不去女生楼吧。屋子那么小，没空调没电视，无线网有吗？还挂着蚊帐。你爸不是让你找房子吗？怎么不听啊？"

夏晓炎抗议："我找了！学校里只有招待所，条件也不怎么样，还贵。一共就三个月，我没那么娇气，忍一下就过来了。"

许世勇说："你也说，就三个月。就三个月还不让自己住得舒服点？你爸又不是供不起。"

夏晓炎不高兴了，说："你又忽悠我爸给我花钱！我有没有那么得瑟啊！"

许世勇说："不是你爸花，这是我请你的。三个月，我请得起。我们学员在这里订房有友情价，你踏踏实实住着吧。"

夏晓炎说："那干吗？无功不受禄，干吗白住你的？"

许世勇央求道："哎哟，大小姐！你就住吧！你爸，夏总他老人家一听说我也来北京进修，立马就把你托付给我了。我都答应夏总了，一定把你照顾好。我那房间就在你隔壁，你有事可以随时召唤，我听你派遣！只要不影响我上课，你提什么要求都行！你别瞪我！我干这些事是有条件的。夏总答应我的电子商务项目在他的权客隆里做实验……"

夏晓炎高声道："啊！说了半天，还是无利不起早！你忽悠我爸什么了？"

许世勇认真耐心地解释："不是忽悠。我研究了半年现在的超市模式，这种大而全的商业业态在现代的信息社会里已经露出弊端了。如果死守着这一种模式，肯定会走进死胡同。未来，小而精、有特点、与现代物流相结合的社区店一定是大趋势。我本来想从我爸那里争取一部分资金，试验一下新的模式。但是后来和夏总聊了之后，他特别感兴趣，想让我在洋春试一下。我觉得呢，这种模式比较新，在洋春试验未必接地气，就想先在北京试试。一方面，我报上了这个长江商学院；另一方面，我借着这个机会在北京找找朋友，看能不能做成。如果可以，我就回洋春跟你爸的权客隆合作，试一把。你爸特高兴，说他提供支持，让我呢也在北京把你照顾好。"

夏晓炎不再质疑了。大酒店和学生宿舍，这种取舍不难做。可是，还有一个问题，夏晓炎说："这里好是好，可离师大太远了，我怎么上课啊？每天都有课。北京打车多不好打啊！"

许世勇拿出两把车钥匙，说："都给你备好了。你想开哪辆？我这次是开车来的，这边又跟朋友公司借了一辆。他那辆是奥迪，我这辆是保时捷。开哪个？"

夏晓炎嘟囔："我可是二把刀，路又不熟，再给人家蹭了……"

许世勇直接就把自己保时捷的钥匙塞在她手里，说："那就开我的吧。只要不撞人，慢点开就行了。"夏晓炎接过车钥匙，仰头看了看许世勇，情不自禁地问了一句："你是菩萨派来的救兵吗？"

二十九

老爷子以为回家了

刘小菊说辞职就辞职了，可苦了王月华两口子。老爷子的暴脾气在养老院里出了名儿，又是个生活不能自理的，哪个护工都不招揽他这个主顾。想找个新来的护工先对付着吧，可巧正是天热的时候，没有农民工进城。王月华急得跟热锅上的蚂蚁似的。自己已经每天都去了，可是晚上实在不能住在那里。回来也是睡不好觉，惦记着那边，总是提心吊胆。养老院虽说是加强了对老爷子的重点巡视，可始终身边没一个妥当人。孟凡树也是没办法，想来想去，跟王月华商量："要不，咱们把老爷子接回来住，自己伺候得了。"

王月华愁眉不展，连着几天跑来跑去本就已经筋疲力尽，晚上又睡不好，情绪自然也差。她指着自家五十多平方米的老式两居室，反问孟凡树："接回来？你让老爷子住哪？住客厅还是跟孟想挤一间屋？还是跟咱俩挤？晚上喝水接尿、吃喝拉撒都在一张床上，你动不动就血压高、这疼那疼。孟想一天到晚上班，这几天累得人回来都不说话，这两年了，连个节假日都没有。你们俩晚上我谁都指不上，不光指不上，还得我伺候你们。伺候完你们俩，我再伺候老爷子，回头我走在老爷子前面也就得了，留你们仨光棍过吧！"

王月华说的是气话，可是句句在理。并非王月华不孝顺，一个快六十的儿媳妇伺候着八十多的老公公，每天变着花样做好吃的往养老院里送，一干衣食用度全都靠自己省吃俭用地打理，从来没叫过苦、要过钱！做到这样子也是没得挑了。不是王月华不想管，是有心无力，管不动了。

孟凡树当然知道老伴的难处。这么多年了，要不是老伴冲在前面替他尽孝，自己早成了没脚蟹，还能过这么舒服的日子？

王月华知道说什么都无益。她抓起电话打给养老院，在电话里跟张主任强硬地表态："你们说辞退人就辞退人，我事前一点消息都不知道。我没办法！是，你是不要钱了，让她那半个月白干，可是这叫什么事啊？先是把我们家老爷子给烫了，这伤口刚好，人又没打一声招呼就走了。你扣了她钱有什么用？我现在问您，我们家老爷子怎么办？现在谁照顾？之前那个护工辞职，那是直接跟我辞的，现在这个我都不知道啊！是你们给辞的呀！你说你让我怎么办？我家里老的老小的小，老伴身体不行，儿子一天到晚上班，我就是没条件伺候老爷子，我信任你们才选了你们养老院，你们怎么说撂挑子就撂挑子……"

王月华一口气地说起来没完，电话那边的张主任始终都找不着插话的气口。王月华越说越气，自己的脾气、情绪也上来了，愤怒夹杂着委屈，无奈里连带着无助，这么多年的委屈一股脑地涌上来，尤其是这些日子，吃的苦受的累全都跟过电影似的在眼前晃。张主任如何反应不知道，王月华自己的眼泪生生地被自己说下来了。

看着王月华抱着电话抽抽搭搭、嗓音哽咽，孟凡树赶紧过来接电话，对老伴小声说："算了算了，你跟他们嚷嚷也没用，咱们再想办法……"

王月华也不挂电话，又对孟凡树嚷嚷："有什么办法？你有什么办法？你去给我变一个护工出来？变一个跟刘师傅那么好使的！"

两口子，还有电话那边的张主任，都在说着自己的委屈。张主任在电话那头没完没了地重复一句话："真不是我们辞退的她，是她自己要走的！我们也拦不住，她连保证金都没要。人家在洋春市里有亲戚，还挺体面的，听说是她弟弟，人家直接就给接走了……王大姐，刘小菊她跟我们这儿的老马搞上了，被老马媳妇发现了，她不走也不成了。我们也被动啊！我们也受损失啊！"

王月华才不会对这些花边新闻感兴趣。她既委屈又满怀愤怒，开始还跟机关枪似的说啊说啊，没过一会儿，就剩下哽咽，说不下去了。孟凡树见状，赶紧抢过电话，都顾不上跟电话那头的张主任说个结束语，就"哐当"一下子挂断了电话。电话那边的张主任还在激动的辩解中，听见电话挂断、"嘟嘟嘟"响起来，嘴还保持着说话的口型，愣是没反应过来。

王月华被孟凡树扶着坐在沙发上，情绪还是萎靡着，嘤嘤地哭诉："刚过了几年顺溜日子，怎么就不叫我省心呢……"

孟凡树没有了往日的嬉笑模样，不知道如何劝慰，只好用手掌心摩挲着老伴的后背，叹气说道："跟着我，让你受苦了……说了归齐还是我老孟没本事，要是能挣个大钱，咱们也买大屋、用保姆，就不受这份委屈了……"

老两口都沉浸在自爱自怜里，不经意王月华的手机响了。俩人谁都懒得理，都觉得响几声没人接就不响了，可手机很执着，响起来没完没了。偏巧王月华的手机铃声是凤凰传奇唱的《荷塘月色》，那条鱼都游累了，王月华还是没有起身。还是孟凡树坐不住，嘟囔着："我接啊，没准是孟想……"

手机在门口的鞋柜上，孟凡树眼睛已花，如果不戴老花镜，很难看出来电显示上的名字。他也没看，直接就接听了，里面传来了一个中年女人的声音："王月华大姐在吗？"孟凡树回头看看沙发里正在抹眼泪的老伴，就说："您是谁啊？跟我说吧！"

那边迟疑了一下，说："您是孟师傅吗？我是刘小菊。"

孟凡树没有精神准备，脱口而出："刘小菊？刘师傅？"

一听到这个名字，王月华立刻从沙发里跳将起来，抹了一把腮边的泪水，直接就过来抢电话："刘小菊！你……你坑死我们了……"话没说完，王月华又上气不接下气了。

老孟赶紧扶住王月华，电话那边的声音依然不急不缓："王大姐，我知道这次我做得不对，走得太急了。我就是问问您，老爷子那边，养老院安排别的护工了吗？"

王月华委屈地说："哪有啊！你走……没人拦着，可总得说一声啊！这些日子，我们对你怎么样？你哪能这么干？现在养老院也没人，我这边可是急死了，你可坑死我了！"

刘小菊在电话那边平静地表达着歉意："对不住，王大姐。我走得急，也没得空跟您解释。我现在安顿好了，我是想，要不您把老爷子接家去？我上门给您照顾？我不多要钱。以前在养老院给多少，现在还给多少。"

王月华愣了一下，在脑子里迅速地考虑了一下刘小菊的这个提议。可是，眼前巴掌大的地方实在局促。老爷子，再加上刘小菊，还有自己家的三口人，五个成年人男男女女地都挤在这个五十平方米里，根本转不开身，怎么住啊？

王月华叹气说："我谢谢你了刘师傅。我们家要是有地方能住这么多人，我何苦还把我公公送养老院去？谁不知道家里最好啊！你没看过我们家，就这么两小间房，儿子那么大了，还得跟我们老两口挤着……"

刘小菊沉吟了一下，说："那来我这儿您放心吗？我现在住市里头，您每天来我这，比去养老院应该方便些。我给您地址，您到我这瞧瞧？"

王月华和孟凡树顿时有点发蒙，王月华问："你那儿？你家里？你不是外地人吗？"

刘小菊平静地解释："我弟弟的房子，现在我住着。我这么走了，把老爷子丢下不管，心里不落忍。要是养老院给安排人了，我也就不多嘴了。既然您也有难处，养老院也不便利，您就将就下，让老爷子到我这儿来吧。我这也是两间房，平常我儿子一礼拜回来一趟，他回来让他睡厅里，或者跟我住一屋，都行。我做什么，老爷子就吃什么，您该送饭还是定点来。还跟以前一样。我不加钱……"

两口子顾不上诧异，要了地址就奔刘小菊这里来。真是巧了，刘志利给刘小菊置办的这处房子也在老城区，和王月华家距离两站地，若是空着手，走着都能到，坐车也不过是十几分钟的事。再一看这屋子，南北通透，面积虽小可干净，让刘小菊又仔细擦拭了一番，桌子上铺的、床上盖的一看就是新换洗的东西，王月华瞅在眼里就觉得舒服。

孟凡树看着屋里窗明几净，半信半疑地问："刘师傅您想好了？我们老爷子真能住在您这？我们得交多少钱？"

刘小菊缓缓地说："就跟养老院一样就成。那会儿你交多少就给我多少。老爷子平常也吃不了什么。我做什么他跟着吃什么。王大姐不是还隔天来吗？再给送点，我们就够了。"孟凡树还是不太敢相信，王月华生怕刘小菊反悔，赶紧说："那我们这就去接老爷子了！"

刘小菊还是那副淡淡的样子，说："您去吧。我在这儿等着。养老院……我不好回去了……"

人生总是这么峰回路转。王月华和孟凡树两口子笃定没有听说过"上帝给你关上了门，必定还会开一扇窗"这样的鸡汤话，但是当两口子以最快的速度把老爷子搬进刘小菊的家的时候，两个人还是恍如梦中。为了避免夜长梦多，王月华连养老院的出院手续都没办，急着忙着愣是叫了一辆救护车把老爷子送来的。另外，老两口还是留了点心眼儿，生怕刘小菊反悔了，或者干不了两天又要辞职涨薪的，那也受不了。一边把老爷子搬进来，一边还得跟张主任迂回："我们这是迫不得已、走投无路了。你们养老院没有护工，我们只能先把人接走。可是话得先说下，你这床位得给我留着，我给你交床位钱就是了。等你有了新护工，你可得给我们打电话……"

养老院在这件事上理亏。不管因为什么，王月华和孟凡树作为客户的利益受到了损害，并且人家又是无责任的，提出这个要求，并不为过。民营养老院，规矩都是有弹性的，张主任立刻拍板："王大姐，您放心吧！一来新护工，我头一个通知您。床位我给您留着，您按月交，我去给您申请打八折！"

不到一天，王月华和孟凡树两口子的情绪就出现了反转，从一筹莫展到顺利解决。最开心的，还是孟老爷子。他的脑子随着时间的推移已经日渐萎缩，脾气还是暴的，嘴里的发音越来越听不清楚，眼神也时而犀利时而迷离。但是，从搬进刘小菊的家开始，他的眼睛便在努力地睁大。他欣喜而用力地看着这间陌生的屋子。刘小菊把南向朝阳的主卧腾给了老爷子，自己选择住北边的小屋。老爷子一进来，就被抬上了那张洒满了阳光的大床。厚实的被褥应该是白天刚刚晾晒过的，一股温暖的味道在老爷子身边萦绕着。他躺在半高的枕头上，看看天花板，又看看站在眼前、还带着忐忑神情的儿子儿媳妇，还有在一旁熟练地打理着自己衣物的刘小菊，老爷子居然笑了。他的笑容带着孩子般的天真，笑容扯开了他深深的皱纹。

王月华感慨："老爷子这是高兴了。"

孟凡树眼圈红了，说："他以为是回家了。"

三十

总算有了发现

当孟想在操作间卧底第二十八天，切、煮了上千个鸡翅膀之后，他终于听见了旁边同事不再避讳他的"窃窃私语"。

大家都穿着工作服，戴着帽子和口罩，孟想根本认不清谁是谁。他只听见甲说："我说，今天切了几只了，又都有味了。你说扔不扔？"

乙说："一只两只你扔了就扔了，要是多了你扔了回头主管又骂你。"

孟想心跳顿时加速，拿刀的手当即伸进裤兜，把准备了很久的手机掏出来，迅速背对着声音的来源打开了录像录音功能，然后把手机反扣在砧板旁边的角落里，摄像头所在的位置对准了正在讨论中的两个人。

两个人一边切着鸡翅一边讨论着，他们说的话孟想一听就能明白；可是如果放在电视里播出，就会让观众一头雾水。没有前言没有后语，两个人说的是心照不宣的话，谁也不会把各种因由主动叙述清楚。孟想越听越着急，干脆就走过来，直截了当地问："哥们儿，怎么了？"

越是单调枯燥的环境，越容易拉近人与人之间的关系。两个人说的时候就没打算背着孟想，看见孟想走过来，甲先问："你今天那批整鸡是昨天冷库里存的，还是今天刚上的？"

孟想回答："好像是存货。我这也没几只了，炖上这一锅也该去拿了。今天上的鸡肉不好？"

乙一边在砧板上剁鸡翅，一边说："你过来摘口罩闻闻，看能闻出来不？"

孟想正有此意。他侧着身，小心翼翼地避让着镜头，既要保证自己的一举一动能进入镜头，又不能遮挡了画面内容。他从边上绕过来，甲还说："你绕那么大弯子干吗？直接过来不得了！"

孟想一边摘口罩一边笑："地上有水。昨天就差点滑倒了。"

甲不再说什么，从砧板上挑了几块刚剁下来的鸡翅根，递给孟想。孟想低头仔细闻了很久，换了好几个角度和姿势，确保画面够用了，才抬起头说："好像臭了。"说完，他立刻后悔。第一，这话不应该他说，没有说服力；第二，"好像"是什么意思？到底臭了还是没臭？想到这里，孟想果断地又把鸡翅递给了乙，一边递过去一边说："你给断断。我这两天感冒，鼻子不灵光，拿不准到底是什么味道。"

乙接过来摘了口罩，闻了几一下，果断扔过来："什么鼻子啊！一闻就知道臭了。"然后还拿手指掐着鸡皮，"你摸摸，都黏啦！"

孟想还不甘心，装傻似的问："还能摸出来？哪里黏啦？你再摸一下让我再看看！"

乙真听话，又摸给了孟想看。孟想依然侧着身子，确保手机摄像头能拍到他们的动作。

甲说："算了，还是扔了吧……"

乙说："你还是问问主管吧，回头又挨骂。那一堆都这样吗？你先挑挑，看看有没有好点的，先切了给炖上……"

甲在砧板上给一堆肉鸡重新做尸检，以判断尸体的腐败程度。孟想悄悄地把刚才那块鸡翅捏在手里，转身回到自己的操作台，背过身去，用手机摄像头狠狠给了几个特写。一边拍，一边用手和它产生亲密接触，手指在离开鸡皮的那一瞬间，确实能感觉到黏性，而且，那种粘连的状态相信手机是能拍到的。

孟想确定自己拍完了特写，转身拿着这块鸡翅又问甲："怎么着，你那还有吗？"

甲一摊手，把肉刀往旁边一放，说："我还是去问问吧，这批肉真不行。就这味，用多少调料也盖不住啊！"

孟想赶紧逗他的话："以前也有这种变质肉啊？"

乙说："有过。上次是牛肉。"

甲说："鸡肉也有过啊！上次我就说扔了得了，报损耗，找进货的赔呗。主管非说多用调料使劲腌，腌完了再炖！我心颤了好几天，这要是有人吃坏了找上来，头一个就得开除我！"

孟想假装安慰他："又不是你要这么干的，那不是主管让你干的吗？"

乙摘了口罩乐："你是头一天出来混啊？整个一个生瓜蛋子。真要是出了事，哪个主管肯认账啊？一推二六五，全是我们这帮人倒霉。"

甲也说："谁证明他跟我说过啊？再说了，就算他让我干的，我也能不干啊，干吗非得听他的？"

孟想说："是啊。那你干吗非得听他的？"

甲和乙一起说他："你棒槌啊！"甲说："我差不了几天就

该转正了。当了半年临时工，一千多块钱，不给上保险不给加班费，我这傻呵呵地熬什么呢？不就是为了一正式工作吗？不然谁受这气！"

这句话，勾起了孟想和其他人共同的心事。操作间里大部分都是临时工，都在忍着熬着，孟想又何尝不是？在卧底的头一个星期里，面对着成堆的生肉、动物尸体，整个操作间里无处不在的腥气味道，孟想自己对自己说："这算什么？这要是拍卖淫嫖娼的选题，自己是不是还得卧底当小姐啊？要是拍吸毒贩毒，自己是不是还得抽两口啊？"要不是为了那张正式员工的进门证，孟想早就跑路了。

想到这里，孟想强打精神，知道自己还肩负着本职工作，赶紧对甲说："我跟你一块去找主管吧，问问他。万一以后他赖起来，好歹我还能给你做个证。"

一听这话，乙也放下肉刀，说："一块去吧！出来混，有个朋友帮衬还是好点。"

三个人一起去里面找主管，孟想明目张胆地就把手机拿在手里，一边走一边"采访"："为什么主管不让扔啊？这要是吃坏了人怎么办？"

甲说："咱们每个月的损耗是固定的，一超标就要查，一查就要扣钱。上面扣主管的，主管就扣咱们的。谁愿意扣钱啊？"

孟想又问："超市可以找进货方退货啊？这是他们的责任啊！"

乙说："那进货方保不齐就是哪个头的小舅子，赔什么啊赔？再说了，有的是进来就不新鲜，有的是在咱们手里放时间长了，过期了，上哪说理去？我估计主管胆子也大了，前几次都没吃出事来，这回估计还得这么干。"

孟想又问："那不是有质检的吗？查不出来啊？"

乙乐了，问甲："嘿！你见过什么质检的人吗？我反正没见过。"

甲说："能开这么大买卖的人，肯定都不是什么善主儿，什么质检工商税务，那不都得早早打点完了？"

三个人你一言我一语地说着，边说就边走到了主管办公室门口。主管正往外走，准备去操作间巡视，看见他们三个，问："干吗？活少闲的？打群架？"

甲先说："主管，这次这批鸡肉可够黏的，味儿都臭了。还做吗？扔了吧？"

孟想把手机握在手里，只把摄像头小小地露出来，看着。主管问："哪呢？"

乙递过来那块鸡翅，主管先掐后闻，嘟囔了一句："这月损耗已经超了，再超咱们都回家抱孩子得了。那什么，你们俩，把这批鸡肉查查，凡是这样的，都拿出来，切块，先腌，再下锅炸，放他几大锅干辣椒、花椒，做辣子鸡。"

孟想开口了："这行吗？吃坏了人怎么办？"

主管不耐烦地挥手轰他们走："哪就吃坏了！你从小就是喝毒奶粉吃地沟油长大的，不是挺好？越吃越皮实，没事，吃不死人。上次那批不就没事吗？赶紧回去干活去，再愣会儿，又臭一批。把你们钱全扣了都不够！这是哪个供货商啊，回去我就找采购经理去，差不多得了，你挣钱我们也得要命，这一天到晚提心吊胆的。回去你们几个给我闭嘴啊。传出去让我听见了你们仨就滚蛋！"

三个人喏喏地往回走。孟想刚要把手机塞回裤兜，就听见主管在后面叫他："孟子！你回来回来！你拿着手机在这瞎晃悠什么呢？"

孟想激灵一下子，顿时脑海里飞速转着各种念头，怎么说？说什么？要不要把手机给他看？

正想着，主管已经走过来，面对面说他："说多少回了！在操作间里不许接电话、玩手机。你们这帮孩子怎么不长记性啊？走到哪儿都带着它，这手机是你祖宗啊？离不开了是吧？明天再让我看见你拿着它，我就把它扔锅里，听见没？"

孟想手心后背已经全湿了，唯有一个劲点头，使劲点头，嘴里叨咕着："我再也不拿了，不拿了……"

三十一

救火还得靠近水

有了车，夏晓炎的生活就丰富多了。周一到周五上课，周末可以和同来的老师们一起去逛街。女同事多男同事少，大家从洋春到北京，头一个就想逛街。女孩子们热热闹闹地出去逛，开始的时候夏晓炎还兴趣盎然，可刚逛了一天就觉得没意思了。不外乎就是西单秀水王府井，买买便宜货、砍砍价。夏晓炎倒不是非要逛新光天地和国贸三期，她对奢侈品的喜爱也不狂热，她就是想看电影。洋春毕竟是二线城市，电影院没有北京多，也没有北京的大，尤其北京有这么多三层楼高的 IMX 大屏幕，看起电影来太过瘾了。

夏晓炎打定主意就想约个伴出去，可大家都表示没兴趣。同来的老师们都是工薪阶层，买买东西还可以，花钱去看电影，还是 3D 电影，一张票一百多的那种，没人去。再说了，在外面看电影还得在外面吃饭，来来回回要花二百多，不划算。不如坐地铁去西单逛逛，然后中午还能回来吃食堂，几块钱就解决了。

夏晓炎无奈，只好给许世勇打电话，想让他陪自己看个电影。要是许世勇肯陪呢，夏晓炎都想好了，干脆去个远点的地方，五环外的电影博物馆。她想去体验一下号称北京最震撼的观影效果。

没想到，许世勇的回答就俩字："不去！"

夏晓炎不满，问："为什么？"

回答还是俩字："没空！"

夏晓炎嚷道："周末你还要上课吗？半天的时间都没有？"

许世勇回答："约了人，考察项目。"

夏晓炎没脾气，想想又不甘心，继续磨他："哎呀，就半天。你上午考察还是下午考察？我就合你的时间还不行吗？"

许世勇说："我没准儿。你找同学去吧！"

夏晓炎这个气啊，要是有同学肯去还找你干吗？夏晓炎使出最后一招："你答应我爸要好好照顾我的，就这么照顾啊？陪我看个电影都推！"

许世勇镇定地说："我答应夏总照顾你的食宿交通，没说要照顾你的娱乐生活。精神世界的事情自己解决，物质上有困难找我。"说完，来了句"你就到楼下新世纪电影院看吧，不用人陪。我先挂了！"就没音了。

夏晓炎怒目圆睁，心说，就这样还说你跟我咱俩最合适？搞什么啊？孟想要是敢这样拒绝我，我早急了。别以为离开你，我在北京就活不下去，不就是一场电影吗？姑娘我自己去看！什么新世纪？我非要去电影博物馆！

夏晓炎在洋春就不怎么开车。毕业之后，因为家在朔县，洋春一中又是全市最大最好的中学，学校给家在外地的单身老师预备了宿舍，夏晓炎一直就住在宿舍里，每周坐大巴回一次家，直到老夏托许世勇给夏晓炎买了公寓。

车本是大学时候就考下的。夏晓炎只有在周末回家的时候才开家里的车出去遛遛，身边还基本上都有老夏的司机陪着。到了北京，许世勇把保时捷交给她，陪着她在北京的环路和主干线上溜了两天，临走给她讲了个秘籍：宁撞车，不撞人；车有价，人没价。

夏晓炎连着开了俩礼拜，每天都是在上下班高峰时候在北京城内穿梭，基本上没出问题。但是要说把车开到五环外去，地方还不认识，只能靠导航，夏晓炎心还是虚。经过一番思想斗争，最后还是咬牙上路，而且还在心里头给自己打气："反正是许世勇的车！谁让你不陪我去，撞了活该！"

夏晓炎这决心下得有点晚，等她决定出门的时候已经临近中午。摸摸肚子，早上就没起来吃早饭，开车看电影是体力活，还应该先把午饭解决了；等解决了午饭，已经是正午时分，夏晓炎颤颤巍巍把车开出来，一路听着导航，开开停停地来到了电影博物馆，又用了一个半小时。

好在电影还是好看的。正在上映的是《明日边缘》。靓汤虽然老了，可气质还在，身手也不错。整个电影拍得跟游戏似的，一路打怪过关，夏晓炎看得津津有味。将近三个小时的电影，夏晓炎看完出来意犹未尽，还想看，又找了个片子，《X战警》，接着看。直看到昏天黑地，感觉自己都快穿越了的夏晓炎这才恋恋不舍地从影厅里出来。等出来才发现，不仅自己肚子咕咕叫，天也早就黑了。

看见外面黑压压的，夏晓炎不禁后悔，应该听许世勇的，这要是在王府井看，走着就回酒店了。这还得开回去啊！

夏晓炎凭着记忆在停车库里找到了车，打开导航往外开。不知道为什么，导航死活不工作了。兴许是在地下停车场没信号？等夏晓炎把车开到地面上，还是不灵！夏晓炎有点胆怯了，这么老远，没导航咋回去？她问收停车费的管理员，王府井怎么走？那是个半老不老的中年男子，一听夏晓炎这么问，一个劲笑着摇头："我前天刚到北京，不认得！"

夏晓炎把心一横，凭着记忆就往前开。反正得看见五环路，反正得从五环路上四环路，然后就能上长安街，一直开下去。夏晓炎对自己说："沿着大路就走呗，有路灯就行。"

这哪是开车走路啊，这分明就是没头苍蝇乱撞。撞着撞着，夏晓炎也不知道撞到哪里了，反正就是路越走越窄，还都是高速；车可越来越少，还尽是拉煤拉菜的大车。夏晓炎凭着直觉觉得不太对，忽然见前面有个出口，赶紧一扭方向盘从主路上下来，左拐右拐也不知道，东西南北更是分不清楚，只能找个不碍事的地方靠边停下。这一停下才发现，这是一个空旷的村落，已经拆得差不多了，除了路口的红绿灯还在，房子基本上拆成了废墟。废墟上，几条无家可归的流浪狗望着保时捷的车灯都很诧异，有几条狗围过来，冲着夏晓炎的车吼。

夏晓炎赶紧锁紧了车门，一时心里发毛发慌。她拿起手机，想用地图搜索定位，再导航，可是无奈这地方连了半天上不去网。夏晓炎急啊，急的时候第一个就想到了孟想，赶紧给孟想打电话求救。

电话打过去已经是晚上九点多钟。孟想正在机房里苦兮兮地审看自己千辛万苦偷拍回来的素材。手机偷拍的东西没有构图、没法讲究用光，有声有影就不错了。拍摄下来的画面有的东倒西歪，有的乌漆麻黑，有的是虚的，有的不清楚。孟想要在无章节的素材中理出头绪，要认真地看每一帧画面，听每一句同期声。他已经连着工作了好几天，自从拍摄到了想要的内容后，他就向超市请了长假，预备着在播出之前再去彻底辞职。从超市回来的每一天，他都坐在机房里。之前的两个月，他每天忍受着各种难闻的味道，闻得反胃；这几天，他每天都在看眩晕无章的画面，看得反胃。

夏晓炎打来电话的时候，正是他最烦躁、最恶心的时候。他看到了夏晓炎的电话，还定了定神，拿起手机走出机房，站在窗口，让自己的上半身暴露在夜晚的凉风之中，这才接听了电话。他是想舒缓一下自己的情绪，不愿意把负面的东西传递给远在北京的女友。可是，电话接通后，传来的第一句话就是："你怎么才接啊？"

孟想耐心地问："啊？怎么了？"

夏晓炎焦急的声音传过来："我……我迷路了……"

孟想问："你在哪啊？你回来了？"

夏晓炎说："不是啊！我在北京啊！我开车从电影博物馆回城里，我迷路了。"

孟想更糊涂了，说："你开车？你怎么有车开啊？谁的车啊？"

夏晓炎着急地说道："哎呀！这很重要吗？现在我迷路了，根本不知道在哪。要是再往前开，估计就到河北省了。你快帮我想想办法啊！"

孟想也着急地说："你在北京，又说不出自己在哪，我怎么办啊？你看看路边有没有什么标志，路标啊、地名什么的？你能不能上百度地图搜一下？"

夏晓炎说："我上不了网啊……"

孟想又说："那你再看看，好好看看，不行下车找找路标……"

夏晓炎委屈地说："周围都是拆得乱七八糟的破村子，好几条野狗，我不敢下车……"

孟想鼓励她："没事没事。你又不怕狗！"

夏晓炎夹着电话按下窗户张望了一下，夜色黑沉，安静得瘆人，她赶紧又把头伸回来，说："真的不行，太黑了。我不敢！"

孟想还在这里说："你拿出跑田径的劲头来，没事！"

听着孟想的鼓励，夏晓炎心里没有滋生出信心，反而有了一丝怨恨。孟想接着出主意："要不，你打北京本地的报警电话吧……可是……可是你报警也得先能说清楚你在哪啊……"

夏晓炎顿时明白了一个道理，这个被她视为男朋友的人，此时正在几百公里之外，面对她的困境，根本无法施以援手。夏晓炎不再说什么，默默地挂上了电话。

外面越来越黑，虽然是夏夜，但是刮起了风。夏晓炎坐在车里，听到风敲打车身的声音越来越响，就像是小时候看的恐怖片，有无名的手在叩门。车子外面，几棵柳树的枝条被风刮得左右摇摆，仿佛要倒了似的。忽然，远处的天际线闪了几下，紧接着，一个焦雷打来，那声音好像就是在耳边炸响的。夏晓炎一激灵，猛地捂紧了耳朵，趴在了方向盘上。

突然，夏晓炎的手机响了，她没准备，吓得一激灵。她以为是孟想打来的，一看，是许世勇。夏晓炎跟抓了救命稻草似的，赶紧接电话："喂……"

许世勇问："你怎么了，声音怪怪的？我刚回酒店，敲你门没人。怎么还没回来？"

夏晓炎都快哭了，说："我迷路了……"

许世勇问："你去哪了？"

夏晓炎说："我来电影博物馆看电影，回去的时候你车里的导航开不开了，我顺着高速路走，现在不知道在哪儿！"

许世勇镇定地安慰她："别着急，你开着车还是停下了？"

夏晓炎说："我停在路边上了。周围什么标志都没有，就是一个刚拆完的破村子，全是野狗，看不见人。有大车经过，其他的看不到。而且，打雷了！"

许世勇说："你现在关好车门，启动车子，车里有一个定位系统，你会用吗？"

夏晓炎赶紧夹着电话，打着车子，然后央求他说："你别挂啊！我找找，在哪啊？"

许世勇在电话里指挥夏晓炎，一步一步地把定位打开，然后，许世勇说："你稍微等一下。把车门锁好，不管发生什么事都别开。我先挂上电话，马上打过来，别着急，没事啊！"然后，不等夏晓炎啰唆，电话挂断。夏晓炎又独自被扔在了黑暗里。

不知过了多久，夏晓炎的电话再次响起来，这次是孟想，上来就问："找着路没有啊？"

夏晓炎哭诉："没有……"

孟想说："你真是的！在北京本来就不认识路还敢开车？你开的谁的车？找车主帮帮你……"正说着，电话里传来了"嘟嘟嘟"声，许世勇的电话也打来了。夏晓炎顾不得很多，匆忙挂断孟想，接进来许世勇。就听那边说："别着急了，我知道你在哪了。你待在原地别动，我已经往你那里赶了。这会儿不堵车，我应该半小时之内能到。别着急，锁好车门，熄火，打开车灯，听会儿音乐。别睡着了，容易冻着。"

夏晓炎按照许世勇说的，打开了收音机。电波里传来男女主持人轻松的对话，伴着柔和的音乐，夏晓炎的心情舒缓了许多。收音机里，主持人和嘉宾正在讨论两性情感问题。女主持人说，喜欢那种有高度差的情侣，看上去萌萌的；男主持人说，其实身高无所谓啦，你没看见很多个子不高的男生找到的都是个子很高的女生吗？嘉宾则说，其实，身高相貌都是次要的，最主要的是要门当户对。嘉宾这句话一出口，立刻引来了两个年轻主持人的质疑，都什么年代了，还有门第偏见？嘉宾耐心地解释，门当户对，是指两个人有相似的文化背景、家庭环境、成长经历，这样能更容易相互理解，更容易达成一致的价值观……

夏晓炎以前对这种电台广播节目都是不屑一顾，但是此刻，在漆黑陌生的北京，在迷失了方向的空地上，夏晓炎居然听得入了迷。

突然，电话又响。夏晓炎又一激灵，一看是许世勇，他的声音由远及近："我看见你了。你闪一下灯！OK，看见我了吗？"许世勇乘坐着一辆出租车，慢慢地停靠在夏晓炎车前。在保时捷大灯的照耀下，许世勇从容地下车，向夏晓炎走来。出租车的车灯和保时捷的车灯共同亮着，给许世勇照亮了前行的路。夏晓炎看着他一步步走近车子，想拉开驾驶舱的车门，但是门还锁着。许世勇隔着车窗玻璃做了一个双手摊开的手势，夏晓炎这才反应过来，打开了车门。

车门刚一打开，夏晓炎就从车上跳下来，"倏"地扑进了许世勇怀里。许世勇没有心理准备，胸口被重重地砸了一下，他笑着扶住夏晓炎，拍拍她后背，说："吓着了吧？让你在楼下看电影你不听。这回记住了？不听老人言，吃亏在眼前。"

夏晓炎问："你怎么找到我的？我都不知道自己在哪，我报警都说不清楚！"

许世勇指指保时捷，说："这么贵的车总有定位系统吧！刚才我指导你打开了定位，我手机上能搜到车。找到车就找到你了！还好，算你听话，没下车到处溜达。"

夏晓炎连惊带吓，此时，天空又开始打闪，夏晓炎忙说："咱们赶紧走吧，又要打雷了。"

两个人钻进车里，许世勇熟练地把车开上了大路，顺着进城的方向快速行驶。夏晓炎坐在副驾驶上，愣愣地看着认真开车的许世勇。许世勇被看毛了，问："干吗？不认识我？"

夏晓炎问："你怎么……想到去敲我门？"

许世勇言简意赅："关心你呗！"

夏晓炎又问："那你为什么不陪我看电影？"

许世勇说："这是你的个人生活，不需要事事有人陪。可是我提醒你了，在楼下看，看完有的吃，上楼就睡觉。你非要赌气跑这么远。你呀！我现在理解夏总了，实在不让人省心。"

夏晓炎默默地自言自语："我刚才给孟想打电话了……"

许世勇平静地问："求助啊？他又不在北京，能帮你什么？还不如报警。"

夏晓炎委屈地说："他也是这么说。"

许世勇腾出一只手拍拍夏晓炎的肩膀，说："好了好了，别伤心了。我不是过来了吗？没事了。下次我不在，你一个人别乱跑。"

夏晓炎嗫嚅："我不是伤心这个。我是在想，为什么他帮不了我，就是因为他不在我身边吗？"

许世勇认真地回答她："晓炎，你是想说，为什么帮你的人是我是吗？我告诉你，我和孟想最大的不一样：大学毕业之后，他一直在被别人管，我一直在管理别人。我们俩想问题的角度、看问题的高度、面对的问题的难度都不一样。这就是我跟你说的'合适'。你会慢慢发现，你们之间有太多的'不合适'。所谓合适的两个人，就是能够彼此帮助解决彼此的困难。你的困难，孟想解决不了。"

夏晓炎陷入了沉默。一直到进了酒店，仍然一言不发。许世勇把她送进客房，站在门口说："洗个澡，好好休息。什么都别想。如果一两天能想明白的事，那就不是能托付终身的事。我明天有课，下午放学回来我等你，吃饭。"

三十二

儿子进去了

刘志利一大早刚要起床，就接到了刘小菊的电话。电话里，刘小菊的声音嘶哑绝望，她哭着喊："弟……"

刘志利激灵一下子从床上坐起来，对着电话麦克叫："怎么了，姐？"

刘小菊哭诉："大龙……他出事了……"

刘志利一听也急了，第一个反应是工地出事了，大龙遇到了危险，赶紧问："是受伤了吗？送医院了吗？"

刘小菊哭得泣不成声，断断续续地抽泣着说："不是他……他把别人打伤了，他……警察把他抓了……"

刘志利又急又气，一边夹着电话穿衣服，一边问："那他人现在在哪儿？"

刘小菊说："我不知道。刚才警察打电话找我，我也不知道。我问警察他在哪儿，警察说送到洋春分局了。志利，姐怎么办啊？姐求求你，你得把大龙弄出来啊！"

刘志利也着急，一边口不择言地安慰刘小菊，一边出门开车往刘小菊家里赶。刘小菊家里有孟老爷子，根本离不开人。在路上，刘志利指挥刘小菊先给孟家打电话，说明情况，让人家先来个人看着老爷子，他接上刘小菊再去分局。

　　刘小菊纵然一辈子宠辱不惊，不悲不喜，但是大龙毕竟是她心底最软的那块肉，一触即疼。刘志利赶到刘小菊楼下的时候，刘小菊已经拿了平常上街用的布袋子，站在楼门口焦急地张望了。

　　刘志利虽然接上了刘小菊、开着车往分局去，可是他心里清楚，能不能见到大龙真是一点谱也没有。凭着多年当记者的经验，能送到分局去的，就不是一般的治安案件了。如果是打架，那一定是把人打得非死即伤，而且还不是一般的轻微伤。

　　刘志利在车上问刘小菊："姐，警察怎么跟你说的？"

　　刘小菊抽噎："早上我接了一个电话，上来就说是分局刑警，叫啥我也没记住，还报了一连串数码，说是警号。然后他就问我姜大龙是我什么人；我说那是我儿。他就说他因为故意伤人让警察抓了……"

　　刘志利问："警察说他伤的是什么人了吗？"

　　刘小菊抹着眼泪摇头，已然说不出话了。刘志利深吸一口气，迅速地在手机上调出一个号码，那是洋春电视台跑公安口的同事，他在电话里跟人家客气着："老周，哎，是我，志利。哎，有个急事托你给办一下呗！我外甥刚刚说给送到分局去了，不知道为什么，警察打电话通知他妈，说是伤人了，现在我正往分局去，也不知道是打架还是怎么了。对，小伙子，不是洋春本地人，装修工人，叫姜大龙。你务必帮我问问啊！能让我见着人最好，实在不方便，就找个和气点的警察告诉我们一下出什么事了，好吗？我姐守寡多年，没老公，就这么一个儿子，好不容易养大了能挣钱了，还出这种事。是啊！十八多一点！对啊，成年了。啊，要是不到十八还好办点哈！得，您先给费心问问，我说话就到。我等你电话，告诉我找谁我再进去。"

说话间，车已经开到了洋春公安分局门口。刘志利找了个地方把车停稳，坐在驾驶座上不动。刘小菊怯生生地问："弟，咱咋办？"

刘志利叹口气，说："姐，再等等电话。我托了人了，我跟公安不认识。咱们这么进去，见不着人，什么事也打听不出来。姐，你不认识大龙他们工头吗？你打电话问问，看看他们知道什么不？是不是跟工友打架了？要是那样，咱多赔人家点钱，只要打得不重，让人家别告了，我这边再想想办法。就怕大龙下手太重，千万别把人打……"刘志利不敢往下说了，后果实在不堪设想。真要是出了人命，刘志利就是孙猴子也没用。

刘小菊比刘志利还害怕担心，她哆哆嗦嗦地拨通了工头的电话，上来就用家乡话问大龙跟谁打架了。电话那边的工头很诧异，说，没有啊！大龙在工地上一直都挺憨的，干活不惜力，手艺也有长进。工头还问刘小菊："大龙说请两天假回去看你，前天晚上就走了。你没瞅见他吗？"

刘小菊顿时泣不成声。事件的发展越来越复杂，根本已经超出了刘小菊和刘志利想象的范围。两个人想破了脑袋也想不出这孩子能和什么人结下怨仇。本来是要回来看妈的，怎么就能跟人动起手来？刘志利想不出合适的话来安慰刘小菊，只能默然地坐在车里，除了等，他们什么也做不了。

刘小菊心智都乱了，胡乱地猜疑着，问刘志利："弟，你说会不会是大龙回家路上碰上流氓小偷的，才跟人家动的手？要不，他管闲事来着？这孩子不是读书的料，可是憨厚孩子啊，他不能主动打人的啊……"

刘志利拍拍姐姐的后背，说："姐，你别瞎想了，咱一会儿就进去问警察，等我同事给联系好，咱一问警察就什么都明白了。你别自己吓唬自己啊。不管问出什么事来，姐，你都得挺住，知道吗？事情已经出了，你哭也没用，急也没用。"

话是这么说，儿子进了局子，当妈的怎么能不急不哭？也不知时间过了多久，刘志利沉不住气了，又给同事打过去，占线。刘志利猜测，那边正在打电话联系，他告诫自己再等等。又过了几分钟，电话终于响了，那边说："你现在到了吗？"

刘志利赶紧说："就在门口。怎么样，能进去了吗？"

电话那边说："老刘，你外甥这事有点复杂。我刚才问了，他好像是寻仇，就冲着一个人去的，好像是拿什么东西直接就拍头上了。这伤者现在昏迷不醒，在医院呢。好在他是自首。打完人，他报警在原地等着，没跑。警察问他为什么、打的是谁他也不说，到现在了也不说话。你们进去吧，我给你找着了办案的警官，叫李洋，在二楼，你去找他吧。我跟你说老刘，第一呢，你们得做这孩子工作，既然自首了，就得把事情交代清楚。再问问伤者情况，赶紧积极赔付。再看看还有没有什么隐情，量刑的时候能不能酌情考虑……"

听到这边说"量刑"，刘志利心里"咯噔"一下，知道不妙。电话里不能说太多，看着正在眼巴巴地瞧着自己、望眼欲穿的刘小菊，他不再说什么，赶紧带着姐姐进去了。

分局的院子里停着五六辆警车，穿警服的人在院子里时不时地进出。刘志利也是第一次来这种地方，他拉着刘小菊径直走上二楼，楼道里有两个警察正在窗口站着说话，一个还拿着一支烟，正要点着。他客气地问："请问，李洋警官在吗？我是……"

拿着烟的警官看了他们一眼，还算和气，问："姜大龙的家属？"

刘小菊抢着说："是。大龙是我儿。"

拿着烟的和没拿烟的说："那我先过去了，一会儿咱们再说。"冲着刘志利和刘小菊一招手，说："我就是。来吧。"说着，就把两个人迎进了左手的一间办公室。

两个人坐定，李洋正要找杯子给他们倒水，刘志利赶紧拦住，说："李警官，不麻烦了，我能问问，姜大龙到底犯了什么事吗？"

李洋看看他俩，问刘小菊："你是姜大龙母亲？"又看看刘志利，"你是父亲？"

刘志利解释："我是他舅舅。他父亲十几年前就去世了。"

李洋点点头，拿出一张照片，摆在刘志利和刘小菊眼前，问："你们认识这个人吗？"

刘志利先拿起来看。照片是在医院拍的，一个中年男人，头上裹着纱布，闭着眼睛躺在病床上。刘志利摇摇头，看不出来，至少没有显著的印象；他又将照片递给刘小菊，刘小菊只看了一眼，便忍不住哭出来。

刘志利和李洋警官都看着刘小菊，刘小菊哽咽地说："是老马……"

刘志利恍然大悟！一定是大龙知道了什么，认定老马欺负了刘小菊，这才去找他寻仇。打了他，也没打算跑，这才原地报警，等着警察来抓自己。这孩子，心里装了多大的仇恨啊！再回想一下那天在养老院，老马家的撕扯着刘小菊，用最难听的话骂她，还用手打她，任何一个儿子见了这样的情景，心里不气炸了才怪！站在刘小菊的角度，刘志利也觉得老马该打，那一家子都该打，可是，他是成年人，能控制，能想其他的办法去解决问题。大龙还是个孩子，血气方刚的小伙子，他的脑子里，解决问题的方法往往是最直接最简单也是最暴力的。

看两个人的样子，李洋警官问："你们认识这个人？他是谁啊？姜大龙为什么要打他？"

刘小菊只管抽泣，只管含混不清地说："我造的孽，是我害了大龙！大龙他爸，你在天上知道，要是想罚就罚我，你罚我不得好死，不要害了儿子啊……"

刘志利眼见刘小菊情绪失控，一边拉拽着姐姐，一边恳求李洋警官，说："您能不能找个地方让我姐姐回避一下，我告诉您事情经过。"

李洋打了一个电话，不一会儿，一个女警官进来，要扶起刘小菊出去。刘小菊站起身，"扑腾"一下给李洋警官跪下去，慌得屋子里的几个人一起上去扶她。她死死地跪在地上，女警和刘志利两个人都扶不起来。李洋警官说："您这是干什么？有什么话咱们站起来好好说。您这样，救不了姜大龙！"

刘小菊哭得磕下头去，嘴里叫嚷道："警官师傅，我害了我儿，他是替我出气去了。您判我的刑吧，出了人命让我偿命吧！"

刘志利费劲地把刘小菊拉扯起来，交给女警，强迫把她拉了出去。屋子里只剩下刘志利和李洋警官。两个人面对面，刘志利把自己知道的情况一五一十地说了。

从分局出来已经是中午。两个连早饭都没吃的人，谁也觉察不到饿。刘志利做了笔录，刘小菊也协助说明了情况，但是，两个人见不到姜大龙。刘志利提出要给姜大龙找律师，警官表示，案件还在侦查阶段，一旦进入司法程序，是可以找律师的，现在还不行。

两个人都不知道应该怎么办。刘志利想把刘小菊先送回家去，或者回自己家，让老婆陪着她。刚一上车，刘小菊眼神直勾勾地看着前面挡风玻璃上的车检标志，突然说了一句："志利，我要去医院。"

刘志利知道，刘小菊说的，是老马正在住的医院。刘志利劝："姐，咱们现在去不太合适。刚刚通知了他家属，他那老婆肯定恨死大龙了，你现在去……"

刘小菊眼睛也不眨一下，说："现在去。你在外头等我，我一个人去。"

拗不过刘小菊，刘志利只好开着车来到洋春市第一医院。刘志利是老卫生记者，对洋春的每一家医院都了如指掌。李洋警官说，大龙用钝器打了老马头部，现在还在昏迷中。刘志利径直带着刘小菊就来到五楼脑外科病房，果然在楼道里最里间的病房处，看见了一个警察守在门口。

刘志利刚要上前去交涉，刘小菊已经快步走上前去。警察正在门口拿着手机溜达，听见脚步声一抬头，看见刘小菊快步走来，赶紧喝止："干什么的？别过来了！"

刘小菊刚要说话，刘志利赶紧说："我们来看看病人……"

警察生硬地说："看病人去那边，这里不能进。"

刘小菊央求："您就让我看看吧，我是来看老马的……"

警察打量她："你们是他什么人？"

刘小菊愣住了，什么人啊？刘志利心思活络，刚要说是亲戚，就见门开了，老马家的从病房里走出来，头发比往日更加蓬乱，身边还多了一个二十多岁的姑娘，两个人脸色灰暗，眼睛都是红的。那姑娘搀扶着老马家的，往外走。警察看见她们，叫住问："哎！你们认识他们吗？"

老马家的缓缓抬头，一眼看见了刘小菊，眼睛里头顿时就冒出了火，挣脱开姑娘扶着她的胳膊，快步扑上来，直接就冲着刘小菊的脖子、脸过来了，来了就要撕巴，一副要同归于尽的架势。刘志利赶紧上前用自己的身子挡住刘小菊，警察也惊着了，又不能擅离职守，只能在楼道里吼："你们干什么？都别动！"

哪里管得住？跟在老马家后面的姑娘也不明就里，赶紧跑过来拉老马家的。老马家的一边揪扯刘志利、冲着刘小菊的脸上用力挠过去，一边骂后面试图拉着她的姑娘："你还拦着我！这个女人就是那个狐狸精，背着我勾引你爹，打你爹的就她的龟儿子！"一听这话，姑娘也不干了，由拉扯立刻转向，跟着老马家的一起，齐刷刷地冲着刘小菊扭打过来。刘志利护着刘小菊一步一退，楼道里已经渐渐有了围观的人，混乱中就听见有护士高喊："赶紧叫保安！打起来了！"

刘小菊站在刘志利身后，虽说有弟弟挡着，身上、脸上也已经挂了彩。刘志利的胳膊上全是血道子，上衣领口的扣子都被扯掉了。两个人眼看就被逼到了墙角，刘小菊猛然把弟弟推开，"扑通"一声就跪在医院冰冷的地板上。老马家的显然也没想到刘小菊会有这样一个举动，也和闺女一起停止了进攻，有点傻傻地站在了原地。

刘志利呼哧带喘地看着跪在地上的姐姐，低声说："姐，你起来。你何苦啊？"

刘小菊眼中滴泪，看着前方老马家的裤脚，哑声哀求："老马家的，我对不住你。你有气有火就冲我来。你今天打死我都行，你让我看看老马。我儿他不是有意的，是我害了他，也害了老马……"

老马家的闺女哭着推了刘小菊肩膀一下子，刘小菊趔趄着，差点就倒在地上。闺女哭着说："你说这个有什么用？你个狐狸精、臭寡妇，自己死了男人还来勾引别人家汉子，勾引完了还让自己儿子打人，我爹要是醒不过来了，你儿子就得枪毙！你等着挂牌子游街去吧！"

老马家的也缓过神来了，走过来朝着刘小菊的脸狠狠地啐了一口。刘小菊不躲不擦，刘志利吼道："就算是杀人偿命也得讲王法！你们俩活腻了吧？"

这一句话又招来了俩人的愤怒，老马家的冲过来不由分说拽起了刘志利的胳膊，朝着四周围嚷嚷："让城里人都瞧瞧，谁不讲王法？你家小子把我家男人打瘫在床上，是死是活也不知道。你跟我讲王法？来来来，你也把我打死吧！你有种，你打啊！"

这时候保安过来了好几个，连拉带拽地把这一组人分开。警察也听明白了，过来问刘小菊："你们从分局过来的？"

刘小菊颓败得说不出话来。刘志利狼狈地整理着自己的衣服，说："是。我们家孩子伤了人，我们来看看病人怎么样了。"

警察说："还那样。等着吧。"

三十三

飞鸟尽良弓藏

　　孟想的片子做完了，三集，系列报道。把最后一帧画面编完，孟想终于长舒了一口气，他有些瘫软地靠在机房的椅子里，忽然间觉得自己连站起来的力气都没有了。

　　不夸张地说，这是孟想从业两年以来，干得最辛苦的一件差事，做出的东西也最漂亮。偷拍这种东西，要的是真实、是猛料，对于电视画面的基本要求都已经降得很低。稿子也没那么高要求，只要把事情说清楚就行了。但是，孟想为了对得起自己卧底两个月的艰辛，写下的每一个字都经过了深思熟虑。他手机里的画面，已经不知道看了多少回。每天晚上，带着各种腥臊味回到家里，洗澡之后就是上传素材，一边传一边看、一边做场记。每一句话、每一个画面，用在哪里、该怎么用，他都思考了很多遍。台上三分钟，台下十年功，做记者拍新闻也是一样。花一天时间拍出来的东西和拍了两个月的东西，就是不一样。累是很累，直到坐在机房里，孟想还能闻到自己身上那股味道。可是，这条片子刚刚杀青，孟想就几乎忘却了自己对于偷拍的紧张和恐惧，甚至有些怀念起在暗无天日的超市操作间里的日子。

这个时候，孟想控制不住地在想，这条新闻播出后，会在洋春市引起怎样的反响？权客隆会面临什么样的信任危机？自己会不会一跃成为"名记"？能否从此咸鱼翻身，从临时工转成有编制的正式工？哪怕给自己一次参加编制内考试的机会也好啊！主任的暗示，能不能算数呢……

看看表，已经过了截稿时间，机房里赶着播出的同事都渐渐散去了，孟想此时想到了一个重要问题，这几条片子什么时候播出？想到这儿，孟想赶紧从椅子里跳将起来，跑到主编办公室。他知道，这个时间，主编和制片人都应该在，新闻播出之前，她们两个不会走。

果然，制片人在演播室盯直播，主编在办公室里梳理第二天的选题。看见孟想进来，主编眼睛一亮："孟想，怎么样？编完了吗？"

孟想点头，客气地说："要不您去机房审一下？我编了三集出来，信息量还挺大的。"

主编追着问："画面怎么样？我看你的稿子还算清楚，就是对画面声音心里没底。"

孟想很有底气地回答："我觉得还行，看得挺清楚的。您先去看一下吧！"

要是搁以前，孟想最发怵的就是让主编、制片人审片子。自己辛辛苦苦做出来的新闻，让天天在家、从不出去采访的人审核，审的人和做的人完全屁股不在一张椅子上。记者觉得现场的内容已经抓得很全了，审查的人会板着脸，一会儿来一句："为什么没采访到负责人？"你要费劲巴拉地采访到了负责人，没准审查的又来一句："采访他干吗？说的都是空话！为什么不多采访基层工作人员？"恨不得还得审你："是不是采访领导有份儿钱啊？"

反正，怎么着都不行。主编和制片人眼里的片子就是女人的衣柜，永远缺一件衣服。你还不能解释，你一解释头头们会说你"狡辩"，会说你凑合事，还会怀疑你为了让这条新闻发出去，后面是不是有什么不可告人的内幕。所以，工作两年来，孟想觉得自己已经是轻微的人格分裂者——出去采访的时候风风火火，回到办公室就蔫头耷脑。在外面不得不冲上去跟人沟通，回来审片时却又不得不装木讷。

但是今天这条片子，孟想却毫不担心。他坚信自己没有遗漏任何一个细节，即便是真被主编挑出毛病来，也无法再弥补了。谁说缺内容，谁就去补拍，自己反正是不能再出现在权客隆了。

主编坐在孟想刚刚编片子坐的椅子上，戴着硕大的耳机，皱着眉头，眼皮都不眨一下地盯着电脑屏幕上的画面。孟想站在她身后，跟着她把自己做的片子又从头到尾地看了一遍。主编看完了，孟想也看完了。这一次，和以往哪次审片时候的感受都不一样。以前是心怀忐忑，生怕被头头儿把片子毙了，还怕她们提出什么刁钻古怪的想法，把片子打回去修改。这一次，主编不知道，孟想站在她身后，陪着她一起看节目的时候，眼光比她自己还苛刻。孟想一边看一边在心里对自己说，吃了这么多苦、受了这么多累才拍出了这样的节目，前期拍摄的时候尽了全力，后期制作时就更要全力以赴，不能让节目在这个环节上出现瑕疵。

主编看完了，静坐着不说话，也不回头看孟想，过了大约一分钟，她摘下耳机，给制片人打电话："您下直播了吗？来机房一下吧。孟想的片子做完了，您看一眼……嗯，绝对是惊喜！"

孟想听到这两个字一点也不意外。以他对主编的了解，能说出这个词的时候，主编的心里一定是澎湃激昂，小心脏扑扑直跳了。他也知道，听到主编这个评价，制片人一定会跑着下楼来看片子，哪怕是穿了五寸的高跟鞋，也会步履生风，跟踩了风火轮似的。

果然，制片人很快跑来了。掐指一算，应该直播还没有完全结束，看着表，制片人出现在机房的时间，演播室里应该正在说结束语。制片人满面春风地拍了孟想肩膀一下，孟想被这个女汉子一拍，刚刚还不觉察的那股疲惫劲儿可全涌出来了。主编拉过一把椅子，陪着制片人再次坐在电脑监视器前，孟想独自一人走到楼道里，找到值夜班的技术，要了一支烟，点燃，吸着。看着窗外的夜幕降临，孟想不禁揉了揉眼睛，他很想把脑子放空；又很想给夏晓炎打个电话；又想到这几天爷爷的护工家里有事，父母轮番过去照顾，自己这条片子做完了，应该能休息几天，去替替父母的班……

孟想几乎在窗口站着就睡着了，若不是手里的烟灰撒下来烫着了手指，他真的要昏昏睡去了。他一激灵，刚刚感受到了窗口的冷风，再看看手里的烟，没抽两口，已经快燃到手指了。他赶紧掐了，把烟蒂扔在垃圾桶里，往机房走。走到机房门口，他看见制片人在打电话，主编站在那里几乎不动，就那么看着制片人打电话。孟想站在原地，很清楚地听到制片人说："主任，这三期节目真的很好，如果编排得当，咱们一定能在洋春扔出一个大炸弹！我觉得年底参加新闻奖的评选都是可以的！现在食品安全这么受关注，这么大的黑幕被咱们给挖出来！权客隆可是洋春市最大的超市啊！什么？它除了自己卖还外加工？那不是更好吗？洋春多少家快餐企业购买过它们的鸡肉制品？咱们接着暗访，做一个大的……什么？为什么呀？这样好不好，我把节目拿给您，您先审一下，您先看看，好不好？"

孟想看着制片人挂了电话，面色不悦。制片人和主编刚要说什么，主编早就看到了孟想，先说道："孟想，快，把节目从线上下来，吐带子，我们送主任那儿去审。"

孟想立刻快走了几步，熟练地找技术、调声音，把在电脑里做好的成片下到播出带上。带子刚从带仓里吐出来，主编抢先一步拿到手里，制片人笑着对孟想说："主任说他现在还有点事，我们还要再等会儿。孟想，你先回去休息吧，看你脸色，都发灰了，这几天辛苦你了。先回去休息，有什么事主编会通知你。"

孟想巴不得这句话，赶紧走人。片子已经做出来了，反正要署自己的名字，就算谁要拿着它去主任那里邀功买好也不要紧。片子就跟儿子似的，是自己的，抢也抢不走。

孟想带着积累了两个月的疲累倦怠回家去了。这里制片人青着脸，拿着带子就往主任屋里走。主编小心翼翼地问："什么情况？"

制片人发牢骚："谁知道！前两天还催我，问什么时候能做出来。现在做出来了，又说不着急播出……这葫芦里都卖的什么药？"

主编一边加快脚步跟上制片人，一边担心地问："是不是怕影响太大，咱们扛不住？"

制片人有点生气，说："派活的时候可什么都能扛？现在又扛不住？算了，咱俩也别瞎猜了，听他说吧。谁官大听谁的！"

两个人一路到主任办公室来。制片人踩着高跟鞋大步流星，主编也踩着高跟鞋，小碎步跑着。主任在屋里早早就听见了四只脚的高跟鞋踩在地板上咯噔咯噔的声响，那节奏，跟打架子鼓似的，听得人心里一阵慌乱。主任站起来，拿出来俩纸杯，倒好了两杯水放在茶几上，坐在桌子后面，等着俩人进门。

制片人一进来脸上的神情立刻由阴转晴，刚才的牢骚、不解、小愤怒全都没了，脸上挂的是灿烂的笑容。主编当然也是，只是笑容里面含带着几分呆板，没有制片人来得自然。

两人也不坐，直接就把带子递上去。制片人就站在门口，一副逼着主任马上审片的架势。虽说是面带笑容，可形体语言又掩饰不住自己对手里节目的紧张程度。

主任呵呵一笑，说："你们先坐下！刚下直播又审片子，真是太辛苦了。来，喝口水，坐下说。"

无奈，坐下吧。主编并着腿，不敢坐实了，只在沙发的一角偏着。制片人端过了水杯，可是嘴上说的全是节目："主任，我真的觉得这三期节目要是播出去，一定会让咱们洋春电视台打一个翻身仗！我们拿不出硬气有料的东西，就老被省台压着，这期节目是我们一个特别好的突破口！今年拿去参奖，咱们准有戏……"

主任一笑，说："先放我这儿。你们也累了。记者呢？回去了吧？就是！辛苦这么长时间，让人家好好休息休息。不管什么时候播，先把劳务给人家开了，别让人家白辛苦。片子我看完之后，咱们再讨论是什么时候播，怎么播，好不好？"

三十四

危机公关？有钱就行

许世勇被夏晓炎她爸用一个电话火速召回洋春。许世勇下了动车，家也来不及回，直接就被夏总的司机接到了公司。

这天是周末，公司的办公楼里冷冷清清，许世勇坐着电梯上到顶层，就看见楼道里各个部室都有人，员工们神色凝重，看见许世勇进来，略微打个招呼就忙活自己的事去了，每个人都是行色匆匆，跟一楼大堂里空无一人的景象形成了鲜明对比。

秘书领着许世勇走到夏总办公室，推开门，请他进去，自己则关上门，退回她自己的办公区。

夏总的办公室足有五十多平方米，大落地窗，窗外就是贯城而过的春江水。夏总的老板椅椅背冲着门，椅子面向落地窗，从后面看过去，他的左手支撑在扶手上，撑着头。许世勇知道，一摆出这个姿势就说明夏总遇着烦心事了。

许世勇进来的时候脚步不重，夏总没有察觉，许世勇只好轻轻叫了一声："夏总，我回来了。"

老板椅应声转过来，夏总头发有点长了，没理发，显得有点苍老，好像也瘦了些。许世勇走上前来，关切地问了一句："您是不舒服吗？超市出什么事了？"

夏立本双手胡噜了一下脸，说："世勇，你坐。"然后将桌子上的一张光碟拿过来，放在许世勇面前，"你先看看这个……"

许世勇随身带着笔记本，一听这声招呼，赶紧打开，把光盘放进去。光盘里的内容一看就是偷拍的，可是声音清楚、画面质量也不差，没怎么费劲，许世勇就认出来，拍摄的地方正是权客隆超市的熟食加工操作间。

片子并不长，一共三集，每集不过三五分钟，看了一半，许世勇就知道没必要再看下去了。他合上笔记本电脑，问夏总："这是谁给您的？"

夏立本皱皱眉头，盯着许世勇问："这个重要吗？"

许世勇也看着夏立本的眼睛说："重要啊！这样才知道他们的目的是什么！"

夏立本说："电视台……"

许世勇问了一句："洋春电视台还是省台？还是央视？"

夏立本笑了一声，说："我这个小买卖要是再惊动央视，我就还真的回朔县挖煤去了！洋春台。"

许世勇沉吟了一下，问："是他们派记者进来偷拍的？记者怎么进来的，您查了吗？"

夏立本往门外看了一眼，说："我已经让保卫部、人事部去查这事了。现在关键是人家有了证据，我们怎么办？这要是在煤矿，我处理这些事情还算熟，现在商业上这种事，我怎么办？"

许世勇想了一下，说："现在不是咱们怎么处理危机的事，当务之急我们要知道电视台的目的。他们派了记者进来，卧底，偷拍，这不是一天两天就能办完的。现在他们费了这么大周章，拍也拍了、录也录了，如果他们就是想把这件事宣传出去，直接播出不就得了？何必还要录完了给您送过来？他们什么人跟您联系的？留下什么话没有？"

夏立本按了一下电话的免提键，叫："小周，你进来一下。"

秘书很快进来了，夏立本冲着秘书说："电视台怎么给你联系的，你再跟世勇说一遍。"

女秘书双手交叠、放在小腹位置，双腿笔直地站着，恭敬地说："昨天我接到一个洋春台记者的电话。他跟我不是很熟，但是咱们超市开业的时候他来采访过，所以留了我的电话。他就说，他们领导让他把一个文件放在了大楼前台，让我看一下，然后再转交给老总。"

许世勇问："那，看完之后跟谁联系呢？"

秘书说："他说看完之后有什么想法让我直接给他打电话。我问他是什么内容，他说他也不太清楚，就是交办领导布置的工作。"

许世勇说："还有别的吗？"

秘书想了想，摇摇头，说："没有了。我看了一下，就赶紧送到夏总这里了。"

夏立本挥挥手，示意秘书出去。这时许世勇说："夏总，我斗胆猜测，电视台这么干是为了钱。不然，这件事没法解释。"

夏立本摇摇头，说："我觉得他们不敢。要钱？这不是敲诈吗？谁要？要多少？现在上上下下反腐廉政的风头这么紧，我不相信他们敢顶风作案。我担心的是他们还有什么别的想法……"

许世勇说："要钱的方法有很多种。如果是个人行为，比如，这个偷拍完的记者直接拿着这东西来找咱们，要钱、提要求，那就是赤裸裸的敲诈，咱们二话不说就报警。且不说这段视频的真假是否存疑，单说这种行为，他就构成犯罪了，咱们绝不就范。但是现在，不是某一个记者，当然了，小周接到的电话真实性也有待核实。打电话的人到底是谁，到底代表谁？我想的是，还是为了钱，但应该不是一个人给自己要，您说得对，他们搞传媒的人没有这么笨，不会不懂法；我猜想，他们想用别的方式要这笔钱……"

夏立本想了想，说："别的方式？什么方式？"

许世勇说："权客隆现在是洋春最大规模的超市，咱们下半年要再开三家分店的消息整个洋春都知道了。您这么大的企业，从来没有在洋春的媒体上做过任何广告，也没有找哪家公关公司帮您打理过这些业务。您看，整个超市现在已经成了一家商业连锁企业，您现在还在为二十多家快餐企业提供熟食加工，这么大的摊子，连个宣传部、公关部都没有，盯着您的我想肯定不止一家电视台。按照咱们现在这么个扩张法，每年理论上投入的广告费用应该在百万以上，您可是一分钱都没花过。"

夏立本打断许世勇："我从来就没觉得广告管用。老百姓靠看广告买菜做饭啊？再说世勇你知道，我和你爸爸都是挖煤出身，你什么时候听见我们开煤矿的做广告？最好没人理我！那记者一找上门来就坏了，肯定是出事死人了！我见着他们就烦，我还招他们？咱们权客隆开业，那是区里商业局给请的记者，那家伙，我说我不要，他们非要请。请就请吧，还得我出钱！你说说，完了我还得一人给八百，我欠他们的？我这钱是大风刮来的？"

许世勇一笑，说道："所以，我觉得电视台就是想啃咱们这块肥肉。现在就看您的打算。如果不跟他们合作，他们就会把这事报出去。那就是食品安全的大事，夏总，现在关乎食品安全，那可是一票否决。咱们都不是官员，不在体制内，可您能拿得准上头有领导罩着咱们吗？要不，咱们现在就去托人、找官员，把这事按下去，不许电视台播出。您有没有这么大把握？"

夏立本嘬牙花子，底气不足地说："这要是在朔县，就是一个电话的事；可在洋春市里，我还是担心……他们会不会还有料没给咱们看？"

许世勇说："所以，我建议花钱买平安。第一，咱们赶紧整改，把相关的人员，从主管到临时工，只要跟这事有关，必须开除，杀一儆百！这里面不就是那几个临时工吗？这些事又不是咱们让他们做的！咱们严格控制损耗是没错的，可咱们没让他们把臭鸡肉当好鸡肉做熟了卖给顾客啊！如果追查下来，咱们领导层不知情啊！说咱们授意？证据呢？第二，您找可靠的人，联系电视台，把这件事的影响降到最低，听听他们到底能开出什么价码。我的意见，如果是二百万以内，一年广告费用，咱们就给。但是必须留个心眼，带上律师去谈，如果话锋不对，那就录音留证据，直接报警，告他们敲诈勒索。真的闹大了，谁的日子都不好过！"

夏立本一听二百万，真是心疼，问许世勇："还有没有第三种方法？"

许世勇说："现在我还想不出第三种办法。我只是觉得，各自都后退一步，只要咱们面对的不是某个人，而是一个单位，哪怕只是一个部门，都还能谈，因为这里不牵扯太多的个人利益。只要面对的是个人，咱们就报警，大不了鱼死网破，这事闹大了我们再做危机公关。"

夏立本说："什么公关？"

许世勇说："危机公关。就是说，在咱们企业遇到困难，尤其是沾染了丑闻，被公众知道之后，我们所做的应急处理，目的是把恶劣的影响降到最低。您这是刚干商业，虽然一直在做矿产生意，可一直太低调，所以这些事您也不上心，没琢磨过。"

夏立本鄙视地撇嘴："那些砸钱给电视台的人我真是搞不懂，那钱是大风刮来的？就这么造？我可是肉疼！咱开超市不假，可这超市一年之内赚不了钱，现在东西卖得这么便宜，那就是为了站住脚，明年才能挣饭吃。我现在投的每一分钱，都是我一铁锹一铁锹挖煤挖出来的，那是我和工人们拿命换来的。我的钱，往矿上投可以、往超市投可以，给家里闺女老婆花也行，我就不给他们那群龟孙子！"

许世勇笑着劝："您跟我爸的观点是一样的。可是，咱们也得想想，您投广告，从此就是洋春电视台的大客户了。以后不管有什么负面消息，他都不能给咱们报，报了，咱们就不投了。再说通俗点，你从投钱开始，就成了电视台的股东，您有事找他，他就得办。是不是这个道理？再说了，您以为这就是广告的事吗？以后您开个分店、有点什么想宣传的，做点为低保户送米送面的事，一个电话他们就得宣传。这种事宣传多了，您在洋春市领导面前也有光，以后争取个好政策、拿块好地，咱们也有切入口，好谈。您说呢？"

夏立本是挖煤出身不假，可是个精明人，不然，也做不到今天。低调是他的本性，可他不傻。花钱固然心疼，但是花小钱挣大钱，这个道理哪个商人都懂。他想了一下，说："行，世勇，这事就交给你了。你带着咱们公司的法律顾问一起去电视台，看看怎么解决。我这边整顿内勤。这几个兔崽子，我非得开了他们不可！我现在最担心的，是这件事不能让那几个快餐店知道，要不，一传十十传百，可能咱们没做几块臭肉，可结果咱这生意就得关门。

谈下他们可是不容易，损失了这几个大客户，就靠卖场，咱们后年也回不了本儿啊！"

许世勇说："行。我现在就去和电视台联系，这事越快解决越好，免得夜长梦多。还有，夏总，高限是不是就是二百万？"

夏立本惊讶："你觉得还不够吗？"

许世勇说："这个我得去调查一下。今年传统媒体的日子都特别难过，我得知道，电视台广告今年到底怎么样？他们的胃口到底有多大？"

许世勇说完起身，夏立本还是心有不甘，又追了一句："他们这么拉广告当真不犯法？"

许世勇笑说："人家没把这两件事明着联系到一起跟您说啊！"

夏立本想想也是，马上又嘱咐许世勇："别跟晓炎说，让她踏踏实实在北京进修吧。"许世勇说："明白。"夏立本又问："怎么样，她不缺什么吧？"许世勇笑笑："您放心吧。有我照顾她呢。"

三十五

讨价还价

　　许世勇和电视台讨价还价进行得很艰难。电视台很聪明，只来了广告处的人，矢口不提视频的事，就事论事，只谈广告。但是，话里有话地表示，只要签了广告投放合同，许世勇就能见到他想见的领导。

　　许世勇心里有两条红线：第一，钱给了你们，如何能保证视频不外传？第二，多少钱？许世勇跟了夏立本几年，已经对夏立本的生意家底很清楚。为什么从煤矿跨界做了商业？不像夏立本对夏晓炎说的那样，什么"煤矿又脏又危险，不适合女孩子接班"……这绝不是真正的理由。最根本的原因是，目前矿产资源急剧下降，老矿新矿都开采得差不多了，国家对于矿产的属地管理也越来越严格、对于煤矿的安全性提出了更高的要求。现在，每公斤煤的利润早就没有之前那么高了。许世勇父亲的矿和夏立本的矿有同样的问题，早期的基础设施就不完善，现在的状况就很尴尬。再投钱重新改造，不值得，花销太大；不改造，不出事则已，出了就是大事。现在国家安全监管部门对私营煤矿盯得太紧，一旦出了危险、造成伤亡，二十四小时之内必须上报，县里、市里就要来人，封矿、停产、严查、整顿……以前还有地方保护，县太爷们为了本地的税收，有些事情还帮你捂一捂。现在，谁敢？有个迟报、瞒报，轻点儿就掉乌纱，重点儿就要坐牢。

许世勇知道自己老爸和夏晓炎老爸挣钱的黄金时期已经过去了，朔县这一代的富豪该退出风口浪尖了。他一度劝过自己的父亲，早一点转型，但是这几个靠挖煤起家的老字辈面临的尴尬是一样的：除了煤矿，不懂别的。

夏立本还算是开明的，研究了很久，决定先在商业上插一腿。许世勇是老朋友的儿子，又是夏立本眼中理想的女婿人选，当然要拉过来一起帮忙。许世勇对夏立本跨界发展的想法很意外，也很支持，但是，在他眼中，这个步子迈得还是小了点。做超市？做商场？现在都是电子商务年代了，大商场已经沦为了淘宝的试衣间，电器商场不如京东来得快捷便宜，现在做超市，那不是做朝阳，是做夕阳啊！

许世勇一边在超市里摸爬滚打，一边经营着自己的思路。他一定要选择一个适当的契机，把自己的想法和盘托出，一旦拿出来，就要取得夏立本的支持。这不仅是为自己，也是为了夏立本的企业。

面对许世勇的广告部业务处长，一看就是个小角色。显然对于许世勇的到来他是有准备的，可还是得打官腔："哎呀，许先生，我们很感谢权客隆准备在我们电视台投放广告。可是是这样啊，今年下半年的广告应该已经满额了。要做只能做明年的。明年的广告呢，价格方面我现在还真不方便说，因为要等到十一月份才能出来。您也知道，我们今年整体台组的收视份额增长很快，在咱们洋春地区，收视率远远超过省台，占有率绝对名列前茅。

权客隆又是主打地方的品牌企业，所以，我还是建议你们选择一个好的频道、好的时段，就是价钱方面嘛……"

许世勇微微一笑，说："没关系。您定不了我们可以再等等。不过，来您这里之前省台也主动找过我们，希望权客隆能关注一下省台的广告平台。我回去看了一下，这是省台提供给我们的收视率数字，跟您刚才说的有些出入。还有，他们的报价也给我了，还行，挺公道。"

广告处长拿过省台的报价单和收视率，脸色微微有些尴尬，笑着说："他们这个数字……"

许世勇接着说道："他们这个数字我要了两组。我知道现在市场上公认的收视率数字都是来自一个公司，我也调查了一下，每个城市只有三百户到五百户左右的样本，而且目前的样本分析只限于年龄、性别、收入和教育程度，我认为这样的数据分析不足以对我们的广告投放产生作用。所以我特地向省台要了一份机顶盒实时数据，我们认为这样的数据更真实、更准确，也更有代表性。我是一个不太拘泥于规矩的商人，我们老板也是，我们只用对我们最有用的资源。所以，您不用更多地向我们介绍收视率，至于价格，我们等着你们的报价。不过，您也知道，时间不等人。我们既然有了广告投放的心，钱放在哪里都一样。好处其实也差不多，做了洋春电视台的广告客户，自然洋春的电视媒体不能过多地曝光我们的负面新闻；不过要是做了省台的广告客户，是不是全省的电视媒体都不方便曝了？我觉得这个不难选择哈！"

一席话，说得做广告的处长不好往下接了。许世勇笑笑，说："不妨您就按照今年的价格给我一个大概数，我回去也好商讨一下。"

广告处长又来了精神："今年的价格好说，但是我估计明年的价格会上涨……"

许世勇问："根据您的经验，大概涨多少？"

广告处长不太肯定，有点含糊，说："百分之五到百分之十吧……"

许世勇又笑了，说："噢！这个数字很奇怪！据我了解，今年全国电视媒体的整体广告收入都在明显下滑，全国除了湖南、江苏、浙江这几家卫视日子还好过些，好像咱们洋春这样的二线城市的媒体都入不敷出了。全国绝大部分电视台都在下调广告价格，怎么，洋春台这么有底气？去年贵台的广告收入在网上可以查到，前年的也有，年度可是负增长。今年没过完，全年数字还没有，不过和去年同期相比，好像是下降了百分之三十多啊！去年比前年下降百分之十四左右，今年同期比去年下降百分之三十多，明年还要提高广告价格……怎么，洋春台也要做《中国好声音》吗？"

几句话，把广告处长噎住了，不好意思地说了一句："节目上的事情，台里还在研究，现在我们还不太清楚……"

许世勇做起身状，说道："其实，我非常理解您的想法。以前电视台是最有影响力的媒体，您在电视台里做广告业务，基本上不用出去跑，坐在办公室里等人上门就行了。我也相信，那个时候，找您在洋春台上广告的企业多得数不过来。不过今非昔比啊，谁也没想到这种好日子这么快就结束了。我们也没想到，本来想做做积累，不着急打品牌，但是，你我都是为情势所逼，不得已而为之。所以，处长，您说了不算，我说了也不算，不过就是来打前站做沟通的，咱们之间就不用藏着掖着了吧。您有您的心理价格，开出来就是了；我也有我的底线，谈得拢，咱们俩今天就定；谈不拢，咱们就都回去找各自老板做汇报。您看怎么样？"

广告处长立刻觉得眼前的这个年轻人不容小觑，虽然面貌清俊，但是显然已经在商场上滚了一段时日，无论是思维还是谈吐，都很敏捷。最要命的是，人家做了准备。说出来的话，绵里藏针，绝不退让，又给对方留着余地。话已至此，广告处长只好报价："您看您投哪个时间段？晚上黄金时间，如果是十秒钟标版，日播，那费用……"

许世勇一摆手："第一，不用黄金时段。我看过省台给我的报价单，你们电视台所谓的黄金时段都是一样的吧？晚上八点到十点？这个划定黄金或非黄金的方法显然老旧了，我不知道那个时间有多少人在看电视，反正我不看。当然了，我们的主要客户群体是老年人，他们是看电视的主体。年轻人最需要的是便利店和电子商务，只有老年人才高频率地逛超市。所以，我提两个时段，一个是中午，十一点左右，一个是傍晚，六点左右。这两个时段都不贵吧？"

广告处长说："不贵。不过要是天天播的话……"

许世勇又一扬手："不必！每周两次，我们不要形象广告，就要你们播出促销资讯，有画面、有解说、有权客隆的名字和地址就可以了。"

处长笑道："这个，播出来可能不太好看。"

许世勇也笑了："不用好看，有用就行。我就是把章子怡请来做代言，她也未必能让超市多卖出几斤菜去。您说是吧？"

广告处长觉得自己已经没什么可以再说的了。他核算了一下价格，一周两次，每次十五秒，中午或傍晚时间段，各自跟在中午及傍晚的新闻后面，全部算下来，一年104期广告，大概二百多万元。

许世勇看了看单子，直接说："这是电视台的公开报价，据我所知，凡是主动找上门来的客户，都有七折左右的折扣，对吗？

我没找代理的广告公司，直接来这里和贵台谈，这个诚意可以吧？"

广告处长坦白："您这个客户我真做不了主！"

许世勇一笑："好，既然您这么坦诚，我也不为难您。您回去请示一下，一百六十万，大概是个七五折左右的价格。能接受，您就直接带我找贵台领导，现场签约。您也说，我这个客户您做不了主，我也希望能直接面见贵台领导，现场签字。"

三十六

我是个记者啊!

等了快一个月，偷拍的报道都捂臭了，还不见安排播出。孟想有些沉不住气了。就在早上，他还接到了孟剑的一条短信，说超市里有好几个同事都突然离职了，其中一个还是主管。孟想仔细询问了一下，正是片子中他偷拍到的那几个人。孟想真的愤怒了，这绝不是巧合，为什么会这样？

他径直来到主编办公室。正巧，主编和制片人都在。刚好是早晨的选题会结束之后，办公室里正忙乱着，没有人注意孟想走进来。孟想直接走到制片人跟前，声音挺大地说："丁老师，我问一下，那组报道什么时候播出？"

每天都会有记者进来问主编和制片人："我的片子做好了，什么时候播啊？""我那条再不播就过期了，有时间限制的……"孟想这么问，一点都不奇怪，也引不起其他人的好奇心。

但是主编和制片人心里跟明镜儿似的，她们当然知道"那组报道"是哪一组。主编不吭气，看看制片人，制片人缓缓地说："领导还在研究……"

孟想从没有过今天这般咄咄逼人："研究到什么时候？"

制片人："播出要服从领导的具体安排，我们也在等……"

孟想："等到明年吗？当初是组里派我去的，如果是我自己报的选题，不安排播出情有可原；既然是领导派的，我也做完了，也没有提出修改意见，为什么不播？"

制片人："小孟，我跟你说了，我也在等通知，你能不能沉住气再等几天？"

孟想："不能！丁老师，我告诉你，片子中涉及的几个人今天已经离职了。我觉得这不是巧合，是有人给超市通风报信，有人故意让这条新闻不得见光。我就不明白了，既然这样，当初为什么要让我去拍？我辛苦了两个月时间，排除了那么多困难，就为了对得起'记者'这两个字，就为了把任务完成。可是现在却是这么一个结局。我无论如何不能接受！"

主编过来圆场："又没说不播，你这是干什么？这么激动干吗？"

一听这话，孟想更激动了："丁老师，这话说出来你们自己相信吗？你们觉得现在不播，未来还能播出吗？我只是想问问这是为什么？为什么会这样？你们到底有什么事情？为什么要这么给我挖坑？"

制片人被孟想的咄咄逼人逼到了角落里，有点恼羞成怒："孟想！你注意点态度！我们能有什么事情？我们怎么给你挖坑了？你还让我怎么给你解释？我也在听领导指示。你要是不服气就直接去找领导，主任、总编、台长随你便！我位卑言轻，没什么可给你解释的！但是，别怪我没提醒你，领导布置给你这项任务那是看得起你，你什么身份你自己清楚，当初领导怎么给你许诺的你也清楚，你再这么不依不饶，后果自负！"

孟想正是血气方刚的年纪，最听不得的就是言语威胁。当实习记者的这几年，他的孙子样都是装出来的，都是为了转正不得已而为之。自己身份是个临时工，跟谁说话都得低着头、矮三分，这种伤自尊的事谁又是打心眼里愿意干的？如果对面的制片人和主编不是女人，孟想真想不管不顾地冲上去，捋胳膊挽袖子地跟他们说道说道，这几年已经忍得够多，是可忍孰不可忍了。孟想想不出还能有什么后果，大不了就是不干了。说到底就是个临时工，不干了又能怎样？孟想刚要发作，后面一只胳膊死死拉住了他。孟想一回头，看见了刘志利有些憔悴的脸。

孟想的气焰一下子被压住了一半儿，他条件反射地叫了一声："师傅……"

刘志利也不说话，揪着他的胳膊就往外走，一直把他揪出了办公室、主楼，直到楼前的小广场上，刘志利才松开了手。

孟想一路上没有挣扎反抗，但是刘志利揪着他的胳膊，明显感觉到这孩子今天犟着一股劲，身子沉重，刘志利揪他揪得很费力气。

到了外面，刘志利一改常态，把自己往日的刺儿头作风收敛了一大半，带着劝慰的口气问孟想："你这是跟谁啊？一条稿子而已，不发就不发吧。你干吗啊？那么大声地嚷嚷，全部门都知道了。你跟着我学点好的，别学我这臭脾气。我嚷嚷他们不能把我怎么样，你行吗？"

孟想也没了往日的温顺，一梗脖子，说："不行！就不行！别的稿子不发没关系，这条就不行！"

刘志利站在太阳底下一个劲儿冒汗，心里火也腾腾地往上冒，低声吼道："说你还不听了！什么破稿子，至于跟制片人翻脸吗？"

孟想看了一眼刘志利拧在一起的眉毛，脑门上油光光的，渗出了细小的汗珠。两个人站在没遮没挡的楼前面，孟想觉得自己一言难尽，无处言说。刘志利的眼神犀利，但是又带着担心，孟想自己一肚子愤怒和委屈。两个人就那么对视了一阵子，孟想突然一下子泄了气，蹲在地上，双手抱头，委屈得直想哭。

　　刘志利第一次看见孟想这副模样，赶紧上前拉他。孟想甩开刘志利的手，控制不住地把头埋在双臂和膝盖当中，极力控制着自己的情绪。大楼跟前人来人往，尽是刘志利认识的老同事，两个大男人，一个蹲着一个站着，还有人过来问刘志利："怎么了？这是谁啊？不舒服吗……"

　　刘志利没辙了，只好也蹲下来，贴近孟想的耳朵，一边环顾四周一边低声说："有什么委屈你跟我说。这是干什么？男子汉大丈夫，台门前人来人往，让人看了准往歪处想。"

　　这句话起了作用，孟想埋在双臂中的肩膀动了一下，仿佛是做了一个深呼吸。然后，孟想慢慢站起身，眼睛红红地看着刘志利，说："师傅，我觉得自己特失败……"

　　刘志利再次抓起了孟想的胳膊，这一次，直接把他拽出了电视台。在距离工作单位三里之外的一个小茶馆里，两个人坐下来，刘志利才有机会了解了事情的原委。

　　孟想带着愤怒与委屈的情绪叙述完了整个过程，刘志利听完之后沉默了许久。两个人面前摆着一壶茶，两只茶杯里各有大半杯茶水。清新的明前龙井带着馥郁的香气，玻璃茶杯中的茶汤也呈现出了淡绿的春色。可是，茶都已经凉了，谁也没喝一口。

　　孟想讲完自己的遭遇，满怀期待地看着刘志利，问："师傅，你说，我怎么办？"

　　刘志利想了想，说："把这事忘了吧。"

孟想根本不相信这句话是从刘志利的嘴里说出来的，他追问：
"为什么啊？师傅，你教我不能唯唯诺诺的！你教我跑新闻的！
你教我有底线的！这事摆明了是她们不讲道理……"

刘志利打断孟想："你认为是谁不讲道理？"

孟想脱口而出："制片人啊！"

刘志利追问："你觉得她有权力这么做吗？这个选题不是
她布置给你的，这个片子她说了也不算，播出与否，你觉得她能
定吗？"

孟想脱口而出："那就是主任啦！我直接去找他！"

刘志利一把按住孟想的胳膊，说："你干什么？你找谁去？
你现在去，主任能给你一百个理由说这个片子如何如何有问题。
我要是他，既不说行也不说不行，我会找出一堆问题让你修改，
改到你吐了为止，然后跟你说，时效性过了，这片子已经没有播
出价值了。对得起你，给你发点稿费；对不起你，连一毛钱都没有！"

孟想已经快怒不可遏了，说："师傅，我给你看片子，我存
了一版的，你可以看，你看看有什么毛病……"

刘志利再次打断孟想："咱们做的是意识形态的工作。这种
活儿哪有没毛病的？哪有完美的？说你有问题就有问题。你干了
好几年了，为什么就这条片子上想不开？你又不是第一次有片子
被毙掉。"

孟想辩解："这个报道真的不一样啊！我卧底了两个月，我
拍到了真东西，这些素材只要一播出来，就一定有影响力……"

刘志利抢着问："什么影响力？你告诉全洋春市的人，他们
现在最爱去的一个大超市里卖臭鸡肉？你告诉所有人，不仅超市里
卖，这家市场还加工完了在快餐店里卖？你在饭点播出的新闻里
用臭鸡肉挑动全市人的神经？搞不好要出乱子的你知道不知道？

食品安全是多敏感的事你清楚不清楚？"

孟想委屈地叫道："可这个选题是领导派给我的啊！是他们让我卧底去拍的啊！拍完了又觉得敏感、危险，当初为什么要拍脑门？师傅，我不是心疼自己两个月的辛苦，我是不明白，他们为什么要这么做？现在权客隆肯定已经知道被偷拍的事了，我偷拍到的那几个人已经全离职了。我的努力白费了！我接这个活的时候没想过有多重要、多伟大，我就是想，既然领导看得起我，我就努力做好。没想到，到头来是这样一个结果！师傅，我是个记者啊！我看见了那些肮脏的东西，我拍到了，我有证据，为什么不让我揭露？这是我的职责所在，我到底该为谁服务？我当记者是为了客观公正地报道事实，可是现在为什么不让我说话？"

刘志利很不想刺痛孟想，但是，还是忍不住说："你是记者？你有记者证吗？你知道不知道你这么做一旦被超市抓住，可以扭送你去派出所？你有什么证明你是记者？你怎么证明你的暗访是在拍摄新闻而不是在做商业间谍？你拍摄的目的是什么？你怎么证明你的所作所为是为了在电视台播放而不是为了敲诈勒索？"

孟想完全蒙住了。他从来没有从这个角度想过这个问题。

刘志利接着说："我现在还想不出领导派你拍摄这组新闻的目的。但是现在看，绝不是为了播出。为什么选择你？你可以认为是你肯干、能干，可是从我的角度想，我就会认为，正式记者一定不肯接这个活；就是肯接，也不能让他们去。真出了事，你是临时工，有一堆说辞等着，你根本拿不出你是为电视台工作的证据，领导完全可以说你这是个人行为，不是职务行为——因为你在电视台根本就没有职务。再死咬下去，你顶多是通讯员身份——做一条片子挣一分钱，打短工的！找你的时候你就应该问我，如果我知道，一定不让你去！现在已经这样了，你就当两个月什么都没干，别再提了，这事就过去吧……"

孟想又梗起了脖子，说："师傅，我再跟您说一遍，我不是心疼我这两个月的工作量，我也知道这活老记者不会接。说实话，当初接这个任务，我也有私心，因为主任暗示我，这活干好了，他就能争取给我转正；可是干完之后我已经不想这事了，我一心就想权客隆在食品安全的大是大非上出了问题，我作为记者就应该曝光它！它就要付出代价，就要给洋春市的老百姓一个交代！我可以继续做我的临时工记者，我转正不转正都没什么关系，我分得清楚大是大非！我是临时工不假，我没有记者证也是真的，可是，就算我是个普通网民，我看见这事，还能发在网上提醒大家呢吧！只要我没造谣、我有证据，我就要这么做！做人，总得有点起码的正义感吧！要是连这种大是大非都分不清，我还当什么记者？"

孟想的这股子激情在刘志利的身体里早就消失了。看着孟想因为冲动而绯红的脸膛，刘志利忽然恍惚起来，仿佛看到了年轻时候的自己。那个时候，他有新闻理想，有从业底线，他守得住清贫、耐得住寂寞，不屑于去拿跑会的红包，一心想写大稿子、做深度报道……但是，不知道从什么时候开始，他的新闻敏感一点一点地磨灭光了，看什么都司空见惯，手里的笔和镜头仿佛都落了灰尘，懒得拿动了。这个时候，他很想继续劝说孟想，但是他心里又非常了解孟想的固执。他不再说下去，只是劝告孟想："别冲动。我还是劝你，最好什么都不要做，就当什么都没发生过……"

三十七

今生的缘分尽了

　　刘小菊在煎熬中终于盼到了老马的苏醒。这个时候，已经很难说她是更担心老马还是更担心大龙。这段日子，她所能做的就是一言不发、井井有条地伺候着孟老爷子，让自己在忙碌中麻木着，尽可能地不要停下来。一旦进入黑暗的静寂之中，她的忧惧就不可抑制地生长出来。失眠、多梦，一把一把地掉头发。从大龙打伤老马到老马苏醒，这段日子其实还不到一个月，但是，刘小菊在三十天中的苍老速度赶上好几年。刘志利眼看着她的头发从黑色变成了灰白色，日渐消瘦、眼窝深陷，往日不卑不亢的神情已经消失殆尽，换来的是无尽的忧郁。

　　当刘志利把老马醒来的消息告诉刘小菊的时候，她的眼神中快速闪过了一丝光亮。刘志利给她打气："律师说了，被害人醒过来对大龙是利好消息，法院在判的时候会适当地量刑。姐，你放心，我现在已经让律师在跟老马媳妇谈，看看他们到底要多少民事赔偿，我就是砸锅卖铁，也给大龙还上……"刘志利的声音戛然而止，

239-

因为他看见刘小菊默默地从他面前的沙发上站起来，走到他跟前，"扑腾"一下给他跪了下去。刘志利慌乱至极，连忙蹲下来拽住刘小菊的胳膊，大声说："姐，你这是干吗？你快起来！"

刘小菊固执地摇摇头，任凭刘志利怎么使劲拽，都不起身。刘志利没办法，只得和刘小菊面对面地也跪下了，哑着嗓子求刘小菊："姐，你这是干什么？你这是折我的寿，知道不？你快起来吧……"

刘小菊的眼睛里流出了两行清泪，她低声说："志利，姐身上啥都没有，既没钱给老马治伤，也没钱赎大龙出来。姐只能指望你了。这房子，姐不要，你想咋办都行。姐谢谢你对大龙的救命恩德，姐这是最后一次求你，求你想办法让大龙的罪孽少几年，都是姐的错，是姐不守妇道，干了不干净的事，把儿子也连累了。以前姐一直觉得不欠天不欠地，可是姐现在明白了，姐没养好大龙，是欠你姐夫的；让大龙进监狱，是欠儿子的；跟老马好，就欠了老马和老马家的；如今，还要连累你，姐又欠了你的……这一辈子，姐是还不清了……"

刘志利泪如泉涌，哭道："姐你别说了！你谁都不欠。要没有你，我姐夫他们一家子不能有善终；要没有你，我自己还不知道在哪个村里刨食；要没有你，大龙也不能学成手艺。姐，这事是大龙一时糊涂，他还年轻不懂事，他犯了错，咱们这些做长辈的就得替他还。我是他亲舅舅，我帮他天经地义。姐，你快起来，你谁也不欠，咱们现在就去找律师，好好替大龙做辩护……"

法律上的事，刘志利不懂。他更发怵的是老马家的媳妇，那是一个纯粹的刁妇，不能讲理、无法沟通。他做好了狮子大张口的准备，甚至，他下了决心，实在不行，就把这套刚过完户的房子再卖掉。不然还能怎么办？刘志利在咨询了一堆朋友之后，决定把刘小菊和自己都闪在后面，既然请了律师，就交给他全权打理。和老马家的讨价还价，自己可不是对手。

但是，出乎刘志利和律师的意料，老马没有提出任何民事赔偿，就连最基本的医药费都没提。据律师说，老马恢复得不错，苏醒之后很快就能活动了，见律师的时候可以坐起来，甚至能短暂地站立和行走。在他身边扶着他的老马家的也没有说什么，应该说，从头到尾，都没说话。两口子这样的举动让律师满腹怀疑，也让刘志利担心不已——不要赔偿，是否意味着就要大龙坐牢抵罪呢？

刘志利不敢把这样的消息和自己的推测告知刘小菊，他在忐忑中等到了开庭宣判的日子。这一天，是刘小菊在出事之后第一次见到儿子。大龙的头发已经剃掉了，露着青色的头皮，穿着黄色的看守所坎肩，缓缓地被两个警察从小门里带进法庭。大龙低着头，没有抬头张望寻找，刘志利搀扶着刘小菊，也不可能走近前去。刘志利正想如何能让大龙看到自己，刘小菊的胳膊却从他的手中一点一点地向下滑。刘志利回头，看见刘小菊的眼神中全是绝望，身体在下陷，眼睛在失神，他赶紧往上拉刘小菊的胳膊，他想去抱住刘小菊的肩膀、后背，却晚了一步，刘小菊眼神迷离，硬生生地倒在了法庭冰冷的地上。他忍不住叫："姐！你怎么了？姐！姐！"

叫声引起了法官的注意，也引来了大龙的回眸。大龙不是不想寻找妈妈的身影，他心里知道，妈妈和舅舅一定会来。但是他好怕，怕在法庭上和他们相见。舅舅的这一声叫喊，他再也忍不住，就回过头去，一眼看见晕倒在地上的刘小菊。他的胳膊和肩膀被法警按着，他只能回头，哭叫："妈！你怎么了？妈！"

律师飞跑过来帮助刘志利把刘小菊架到法庭外面的等候区，劝刘志利叫辆救护车把刘小菊先送到医院再说。她这种情形，根本不适合待在这种场合。刘志利左右为难，一边是急火攻心、昏迷不醒的姐姐，一边是等待判决的外甥，这道选择题该怎么做？律师催促刘志利，说刘小菊的手都凉了，法警也过来，当机立断地叫了120。刘志利没得选了，只好听从法庭的安排，把刘小菊送上了救护车。

在急诊室的病床上，刘志利搓着手心徘徊在刘小菊的床边，足足过了两个小时，刘小菊才渐渐苏醒过来。她一睁眼，看见了输液瓶、看见了天花板、看见了愁眉紧锁的刘志利，就是没看见大龙。她大口喘着气，抓着刘志利的手，焦急地问："大龙呢？他咋样了？志利，你说啊，他咋样了？"

刘志利摇着头，也焦急地说："姐，我也不知道。律师还没消息……"

刘小菊低头看了一眼自己右手背上的输液瓶，也不知道从哪里来的力气，"腾"的一下坐起来，用左手一把扯掉了输液管，顿时，鲜血从手上涌出来。刘志利慌乱中紧紧按住了刘小菊，叫道："姐，你冷静点！你这样进不去法庭，人家会把你轰出来的。律师在里面，你别担心，一会儿就有消息，你别……"

刘小菊哪里听得进去，从床上翻身下来执意要走。她蓬着头发、赤着脚，头晕目眩，却不知从哪里来的力气，刘志利竟然拦不住。就在这时候，刘志利的手机响了，他慌乱中一边安抚着姐姐，一边手忙脚乱地夹着手机接电话。电话是律师打来的，刘志利刚一问："大龙怎么样？怎么判的？"刘小菊也听见了，顿时老实下来，眼巴巴地看着刘志利手里的手机，目光又㐲呆呆的了。

刘志利的面色从凝重转为沉重，又从沉重转为舒展，面部的肌肉从僵持中一点一点放松下来。刘小菊就听见刘志利说："真的？他真的这么说了？"

不知道律师在电话那边说了什么，刘小菊只看见弟弟慢慢地挂了手机，眼泪一下子从眼眶中涌出来。刘小菊急了，不顾手上的鲜血，抓过刘志利的肩膀，使劲掐着问："大龙咋样了？你说啊，咋样了？"

刘志利抹了一把眼泪，笑着对刘小菊说："缓刑！姐！大龙没事了！老马说大龙没有主动打他，是不小心推了他一下，他自己撞的。他还说不要赔偿，什么都不用……"

刘小菊再一次瘫软地坐在地上。她突然放声大哭："老马，我对不住你！对不住你家里的……"

刘志利把刘小菊安顿好，第一时间赶到医院为老马缴完了所有的医药费——这是刘小菊再三嘱咐的。他身上还带着一笔钱，他要去找老马，替刘小菊和大龙还上这笔账。无论是刘小菊还是大龙，他们谁都不想欠老马的。老马距离出院还有一段日子，刘志利刚一出现在他病房的楼道，就听见老马在磨医生："大夫，我脑子没事了，现在能说能吃能走，你就放我出院吧。你瞧，警察都走了，我这案子也结了，我也没事了，也得回去上班去了……"

大夫很认真地问："你说没事就没了？刚醒过来就要上班？你这是干啥啊？你家里的呢？怎么老婆闺女全不在？家属不在、没人签字，我可不能放你走！"

老马不为所动，只是一个劲儿地央求："我自个儿签字就成！她们都回家去了，在这儿没吃没住的，我一醒了就让她们走了……"

大夫笑道："老马，你别以为我们不知道！你前几天吓唬你媳妇，说她们要是再不回家你就跟你媳妇离婚是不是？你说说你！你老婆孩子跟着你揪心这么久，你就这么打发人家？"

老马赔着笑，说："不是不是！这家里头没个男人，俩女的胆子小得很，动不动就哭，我可不得让她们走？不走，我家里的

243-

您也瞧见了，嘴里能嚼巴死人，那张嘴，我听得烦，您也烦吧？"

大夫笑着说："那你也不用拿离婚吓唬她嘛！还说什么'啥都不要了也得离……'你这是干啥吗？好了好了，一会儿下午我巡房的时候再给你查查，你自己签字啊！"

刘志利站在楼道的阴影里，听着这一番对话，心里隐隐作痛。看着老马拖着不太利落的脚步，缓缓地走回病房的身影，他进退不是。

两天后，大龙走出看守所，一言不发地和刘小菊相拥而泣。

五天后，刘小菊通知孟凡树和王月华，她要和儿子一起，离开这个城市。孟凡树和王月华再次陷入了困顿之中，面对几乎不再清醒、但是生命力依然旺盛的孟老爷子，老两口只得再次把他带回原来的养老院。原本以为还要再为寻找护工而费一番周折，但是，老马出现了。他对孟凡树说："这是刘师傅看护的主家儿吧，您要是放心，就交给我吧……"

老马自从出院以后，腿脚就不太灵便。自从接了孟老爷子这活儿，养老院里就经常看见一个走路有些趔趄的中年谢顶男子，缓缓地推着一辆轮椅，轮椅上绑着一个歪着头的老头，两个人都眼神迷离地看着远处，谁也不说话……

三十八

不是啥事用钱都好使

夏晓炎的培训还没结束，家里就把她叫回了洋春。妈妈打电话，说爸爸病了。夏晓炎心急火燎地赶回来，从火车站直接去了医院。到了单人病房，夏晓炎一眼就看见了躺在病床上输液的夏立本。才两个月没见，夏立本像是老了十岁一样，眼皮耷拉着，脸上的皱纹也更深了，脸色灰暗，嘴唇干涩。

夏晓炎心疼至极，喊了一声："老爸！"

夏立本抬眼皮看见了女儿，脸上有了些许笑模样，低声说道："闺女回来了？老爸没事，就是累着了……"

夏晓炎有些不忍，眼圈泛红。她还从没见过老爸这个样子。她走近来，摸了摸老爸的胳膊，手背上布满了输液的针眼，她难过地问："是不是因为网上的视频……"

在一边陪床的妈妈赶紧打岔，说："别提这个了……"

夏立本一摆手，说道："全洋春都知道了，还瞒得了谁？闺女啊，你老爸要强一辈子，没想到阴沟里翻了船。"

夏晓炎本不忍再问。在回洋春之前，各大门户网站上都用显著标题转载了这条爆炸性新闻。怎么说洋春也是二线城市、省会城市，在省会城市的最大规模的超级市场里被爆出了用臭鸡肉加工熟食卖给顾客，还通过快餐店卖给食客的丑闻，这值得各大网站好好炒一炒了。在一些自诩"新闻第一"的门户网站中，洋春市权客隆超市卖臭鸡肉的消息大过了文章出轨、房祖名吸毒。最可怕的是，爆料的网站还严正声明，这几天放出来的视频只是第一季，暗访的记者在超市卧底两个月，拍摄的素材足以让人瞠目结舌，这里面的黑幕还有很多，多到让人想不到！在随后的日子里，网站会实时进行更新上传，还会有更多的内容被播放出来。

夏晓炎在网上看到了视频，但不是第一时间看到的。她看过之后还没来得及给家里打电话证实消息的真伪，就听到了夏立本生病住院的消息。在夏立本住院之前，网上的新闻刚刚开始发酵的时候，工商、检疫、区政府、市政府就纷至沓来，约谈、处罚，甚至封店……夏立本一心以为摆平了电视台后面就没有什么可担忧的了，谁想到，一百六十万换来了电视台的沉默，却挡不住网络上的爆发。

许世勇也没有想到这样的结果。他在第一时间质问了电视台，广告费用只打了百分之三十，电视台有义务保护素材不外流。许世勇愤怒地问广告处："你们这是什么意思？不解释清楚我绝不付尾款！"

电视台也很狼狈。但是有一点可以肯定，视频素材是从台里流出去的。即便是这样，广告处还在和许世勇周旋："您确定不是您公司内部的人做的？"

许世勇冷笑："你们送来的素材至今还锁在董事长的保险柜里。

除了我和董事长，没有第三个人见过。你们最好查一查自己的工作人员，谁拍的？你们派了谁来卧底？他的素材做了多少备份？如果你们查不出来，我们就自己查！"

这还用查吗？这是秃子脑袋上的虱子，明摆着的事。主任让制片人找孟想，立刻马上！孟想接到电话一点都不觉得奇怪，他已经做好了最坏的打算。他手里只有素材，那份在主任办公室签了字的"保密协议"并没有在他手中。签完他的名字，那几张纸就被留在了主任那里。从法律上讲，他这次偷拍并不是职务行为——他一不是电视台的正式记者，二没有任何委托文件。他甚至连记者都不是，那个盖着国家新闻出版广电总局印章的红本本记者证，他从来就没有过。如果电视台翻脸不认账，完全可以把这件事推得一干二净。这些话，刘志利已经和孟想说过了。刘志利说这番话的目的是想让孟想给自己留条退路，不要把局面搞得不可收拾。但是孟想决心已定，纵然是九头牛也拉不回来了。

所以，当他接到制片人极力掩饰着慌乱又愤怒的情绪的电话的时候，他特别平静，没有质疑、没有怒气，听说主任现在就让他来办公室，他只说了一个字："好。"

孟想来了，他出现在了台门口，手里拿着一个信封，里面只有一样东西：电视台的临时出入证。在电视台工作这两年，孟想没有自己的办公室，只有一个属于自己的抽屉。那里面，有他拍摄的素材、磁带。就在他决定把手里的内容上传到网上的那一刻，他删除了编辑机房中所有关于此事的素材。制片人和主任手里的片子是孟想在两个月拍摄的素材中剪辑出来的，里面并没有最猛的料。在编辑的时候，孟想留了个心眼儿，他担心还像上次追踪弃婴事件一样，主编会一而再再而三地要求他再去追访。他像剪辑电视剧一样，把拍摄的素材进行了整理规划，预备着再播出第二季、第三季……想法很丰满，现实很骨感。当孟想认清了现实之后，他拷贝走了所有素材，在系统中删除了所有痕迹。他不希望自己带着正义信念拍摄来的东西成为用来谈判和要挟的工具。

看着手中的证件，这是他和这个单位之间唯一的纽带。说证件其实就是一张纸，封在塑料卡片里，里面是孟想的照片，手写的部门和他的名字，证件的背面有联系人的名字和电话，上面，孟想所在栏目的制片人名字赫然在目。

孟想看着这个熟悉的名字，心里小声说了一句："对不起，给您添麻烦了。"然后，他站在大门口，拦住一个正往台里面走的同事，把信封交给他，告诉他："拜托赶快交给我们制片人。多谢了……"

做完这一切，孟想转过身往外走。他极力忍住噙在眼眶中的泪水，他不想回头，可是在走出大门口的一刹那，他还是忍不住，回首认真望了望这座他工作了两年的大楼。他的目光不由自主地往上寻找，在五层的一排窗口处，他的眼神凝住了。他知道，从左数第三个窗口就是他一直工作的办公室，他能看到里面有同事的身影在走动，步履匆匆。曾经很多次，他也站在那个窗口向外凝望过，或者想稿子，或者抽烟，又或者在和同事讨论着即将或已经播出的片子。而如今，他就要迈出这个大门，他的腿只要伸出去，就再也回不来了。这个承载了他的理想、他的事业的大楼，就会成为永远的过去，而在这个大楼看来，他孟想的这段过去并不精彩，甚至，是灰色的。他曾经那样努力地工作，就想把自己这个临时工变成能与电视台签署劳动合同的派遣工，可是，随着自己的一个决定，这个梦想和自己的职业理想一起，永远地被埋葬了。

他还担心孟剑。前几天他给孟剑家里打过电话，从婶婶接电话的语音语调里他听出了问题。果然，孟剑被解雇了。婶婶说，

248-

超市的理由是，三个月内是实习期，孟剑表现得不够好……问孟剑，他只是一言不发。孟想的心被揪得生疼，他的一个举动，让好不容易看到生活希望的堂弟再次失业，再一次陷入生活的困顿。他不敢去面对孟剑，不敢看他的眼神，他只能鼓起勇气给孟剑发了一条短信："对不起。"

而孟剑也只是回了一条："我不怪你。"短短四个字，让孟想如鲠在喉，觉得一辈子都不会活得轻松了。

孟想忍不住用手背抹了一下眼角，手背有些潮湿，但是泪水并没有流下来。为了自己的信念，自己的所作所为已经伤害了太多的人。他视频中涉及的那几个临时工，都无一例外地被开除了。自己的堂弟再次回到无业的窘境，自己也不得不离开那么挚爱的岗位。这一切，是否值得？

孟想再次擦了一下眼角，转身坚定地走出了大门。这个时候他好想找人说说话，走出不到五十米，他就拨通了夏晓炎的电话，电话那边刚一传来晓炎的声音，孟想的声音就忍不住嘶哑了，他说："晓炎，我想跟你说说话……"

孟想不知道夏晓炎此时此刻正在洋春，他并不知道夏晓炎所经历的这一切变故。当两个人在春江大道旁的咖啡厅坐定的时候，彼此心里都心疼地揪了一下。两个月没见，两个人都瘦了。夏晓炎是因为这几天担心夏立本，吃睡不好，眼窝深陷，带着深深的憔悴；孟想就更不要提，除了憔悴，脸上还带着颓败的气息。

孟想先问："晓炎，你回来了怎么没告诉我啊？"

夏晓炎把着咖啡杯叹气说："我也是昨天才到。我爸爸病了，突然住院，妈妈连夜叫我回来的……"

孟想关心地问："怎么了？什么病？严重吗？"

夏晓炎说："还好！就是急火攻心，又急又气，心脏一时出了点问题。大夫说，好像还有血栓，幸亏发现得早，抢救得也及时。不过，就算这次好了，出院了，也不能再像以前那样拼命了。"

孟想又问："我还不知道，你爸爸在朔县做什么？"

夏晓炎犹豫地看着手里的咖啡，她想起了许世勇的话，如果孟想知道了夏晓炎的生活状态、知道了她的父母身家，他是否还能平静地走进她的生活？

孟想看出了夏晓炎的犹豫，关心地问："怎么了？不舒服？"

夏晓炎做了一个深呼吸，定定神，说："孟想，我一直没告诉你，我妈妈是朔县一个工厂里的工程师，现在企业效益不太好……"

孟想说："这个你说过啊……"

夏晓炎接着说："我没告诉你我爸爸，他在朔县开煤矿……"

孟想小小地吃了一惊，问："开煤矿？什么意思？是矿主？"

夏晓炎苦笑了一下，自嘲地说："就是你们开玩笑经常说的'煤老板'。"

孟想心里这一惊不小。从小长在洋春，对朔县这种煤矿大县他是了解的，对于当地矿主的富裕程度他也是知道的——纵然没见过，也经常听说。洋春这种二线城市，平时能出的新闻并不多，但是，每逢朔县的煤老板家里办红白喜事，就会有港澳台一线明星造访，唱一首歌二十万已经不是新闻。曾经有一段时间，朔县的几个煤矿主家里接连办喜事，你方唱罢我登场，你请周润发我就叫成龙，有钱能使鬼推磨，那段日子，朔县的流水席几乎办成了一线大牌的演唱会。

孟想愣住了，缓了缓神才接着问："那……你家里生意……还好吧？"

夏晓炎叹口气说："前几年还好，这几年听我爸说，煤矿越来越不好干，国家政策收得紧，县里盯得也紧，还说，设备老化了，安全生产这块看不好就要出事，现在一出事就要封矿，所以，他现在正想着转行。可是，刚转了大半年，就出事了。"

不知道为什么，听到夏晓炎说家里生意不太好，孟想本来都揪起来的心却稍稍放松了些。不过，他还是关心地问："出什么事了？"

夏晓炎环顾了一下四周，低声说："你这几天看见网上的新闻了吗？就是权客隆超市卖臭鸡肉的事？"

孟想顿时汗下来了，问："怎么了？我……知道……"

夏晓炎把头伸近些，低声说："权客隆就是我爸辛苦了一年多刚刚开业的超市，他想今后把煤矿收一收，转行做商业。他为了这个超市，托关系、跑贷款、和政府部门做了好多工作，好不容易开起来了，却碰上这种事！本来，那几个员工做了这些事情，他们管理层根本不知道，也不知道是什么人跑来我们超市做卧底，偷拍了一堆东西，然后就传到网上。现在超市也关门了，虽说是勒令整改，可改到什么时候谁也不知道！本来这家店就赔着钱，我爸说，至少两年才能回本，现在倒好，那么多资金压在上面，老百姓又天天骂街，即使以后能开了，在洋春我们的牌子也臭掉了，这生意还怎么做啊？"

孟想就像被雷击了一样，乜呆呆地坐在原地说不出话来。夏晓炎自顾自地说："听我爸说，偷拍的一定是内行人，应该就是你们电视台的人。我爸让许世勇在处理这事。许世勇你认识吧？也是咱们学校的，他爸爸也是开煤矿的，跟我从小就认识，我们两家关系挺好的。他一直想做商业，权客隆筹建的时候他就来了，现在多亏他在打理这些事。我什么都不懂，本来，我就想当个老师，跟我妈妈一样，以后做自己的专业，希望能有自己的成就。我爸老是抱怨我不接他的班，我对他那些矿啊超市啊也不感兴趣，也没想过要做这些，所以，就一直没跟你提过。可是现在，我看我爸那样子真是心疼。老麻烦许世勇也不是办法。孟想，你能不能帮我查查，是你们电视台谁干的啊？他想干什么？要钱吗？那他放在网上干吗？网站能给他多少钱？我去问过许世勇，可是他和我爸就不想让我管这事，老是瞒着我。孟想，你能不能帮我查查啊？"

孟想完全傻掉了。他以为自己做好了承担一切后果的心理准备，但是他万万没想到，偷拍的超市竟然是夏晓炎父亲的产业；他一心要击倒的那个"大鳄"居然是自己女朋友的爸爸。他脑子一片混乱，混乱到不能思考。他只有反问自己，如果事前知道权客隆是夏家的企业，他还会不会这么做？他还可能去偷拍吗？偷拍完了，可能会传到网上吗？

他看看夏晓炎期待又焦虑的眼神，他发现自己根本不敢直视她。夏晓炎不明就里，还是焦急地追问："孟想，你能帮我吗？"

孟想慢慢抬起头，眼睛看着夏晓炎，她肤色暗淡，眼睛里带着泪光，鼻头略微发红，嘴角浅浅地裂出了口子。孟想心疼又爱怜地看着她，很想伸出手来抚摸一下她的头，但是他忍住了。他竭力克制着自己加速的心跳，尽量用平缓的口气对夏晓炎说："夏总……是你父亲？"

夏晓炎点点头，说："对不起，孟想……我早就应该告诉你的……我是怕……怕你会用那种眼光看我，我不是你想象的那种富二代。"

孟想苦笑了一下，说："该说对不起的那个人是我。晓炎，对不起！片子是我拍的……"

夏晓炎不相信自己的耳朵，说："你说什么？孟想你再说一遍！"

孟想看着夏晓炎的眼睛，静静地说："对不起，晓炎，片子是我拍的，也是我给网站的。"

夏晓炎带着哭腔的声音登时迸发出来："你为什么要这么做？！"

孟想眼圈也红了，对夏晓炎说："因为我是记者！我有义务向洋春市民揭露这件事！"

夏晓炎带着愤怒与委屈反问他："你不是电视台的记者吗？你拍完了为什么不交给电视台？为什么要给网站？你到底想要什么？许世勇告诉我这是讹诈勒索，你别告诉我你想要钱！"

孟想眼睛都红了，激动地站起身来，他身体轻微地抖动着，用颤抖的声音对夏晓炎说："我是没有钱，但是我去权客隆拍摄完全是为了工作。我为什么不把素材交给电视台？因为他们有别的目的！他们让我失望，让我的信念都要坍塌了！我选择做一个记者，是因为我对这个社会有责任心，我希望我能用平台的话语权向公众告知何为黑何为白！我是带着正义的信念去做事的，不想沦为利益交换的傀儡！我把素材给网站是为了让大众知道真相，我没有在这里牟利一分钱！我也从来没想过要向你父亲要一分钱！晓炎，我知道这件事对你打击很大，对你父亲的事业打击也很大……"

夏晓炎哭着打断他："你知道吗？现在工商、卫生、税务、城管全来了！不仅封了店，还在里面没完没了地检查……现在卫生有问题、进货渠道有问题、税务有问题……就连消防都有问题！墙倒众人推！我们超市刚开业的时候，区里市里领导见了我爸都笑呵呵的，现在一个为他说话的人都没有！我爸那么大岁数了，从一个矿工干起，吃了那么多苦、受了那么多罪，一心想从煤矿中跨界出来，可到头来却是这么一个结果！你怎么能这么干？就为了你那个理想、你那个正义？你不就是一个电视台的临时工吗？"

孟想愤怒了，如果说，他心里本还带着对夏晓炎的愧疚的话，现在也化成了愤怒。他低声喊道："晓炎，你怎么了？你还是不是我认识的那个有正义感的老师？当初我追访弃婴案子的时候你是怎么说的？你让我要如实报道，给全市人民一个交代！现在你怎么了？我知道夏总是你父亲，你感情上接受不了。可是你知道吗？你们超市这么做已经很久了，每天把那么多过期变质的生肉做成熟食、盒饭，你们会害死人的！"

夏晓炎哭嚷道："我爸不知道啊！他收到视频之后就处理人了……"

孟想悲愤地反问："是开除了几个临时工是吗？这件事是几个临时工能决定的吗？出了事，就找几个最底层的弱者做替罪羊！我告诉你，那几个被开除的临时工里有一个是我的堂弟，他一岁多就耳聋，好不容易找到了一份月薪一千八、没有保险的工作，就因为我是通过他进入超市卧底的，你父亲就把他也开除了。而我偷拍这件事，从头到尾他都不知道！他就是一个剁肉的临时工，他在这件事里做错了什么？是！是我害了他，我利用了他！可是你父亲夏总呢？他就是个见利忘义的资本家！"

话音未落，夏晓炎已经愤怒地甩出了自己的右手，一记耳光狠狠地甩在了孟想的脸颊上。孟想下意识地捂住了脸颊，脸上火辣辣地疼。夏晓炎也没想到自己会有这样一个举动，也怔怔地站在孟想对面，久久不能说话，两个人静静地站着。孟想看着夏晓炎，夏晓炎双手捂住自己的脸，痛哭失声。

孟想叹了一口气，从衣服口袋里掏出一个 U 盘。他把 U 盘放在夏晓炎面前的桌子上，轻轻地说："晓炎，我知道我伤害了你。对我，你做什么样的选择我都接受。但是，我请你回去看看我拍摄到的素材。你放心，这是唯一的一份。我答应你，从今天开始，网站上不会再有新的内容更新，这件事的报道到此为止了。但是我希望你跟夏总都看看。我挣的钱没有你们多，但是我的脑子里不是只有钱。还有晓炎，你既然是夏总的女儿，就别逃避了，我会重新认识你，你也要重新认识自己。"

在夏立本出院前一天，夏晓炎把笔记本电脑带到病房，陪着夏立本看完了孟想给她的视频。在笔记本电脑的显示屏上，夏立本看见戴着口罩的自己站在操作车间，他身边还站着许世勇。一个员工明确地在向他汇报："这批鸡翅保质期是到前天。我们检查了，没有臭的，就都油炸上架了。"夏立本看见自己一边点头一边对许世勇说："还是仔细查一下，只要没坏怎么着都行；要是有坏的，赶紧拿出来……"许世勇用肯定的语气说："您放心，我再去查一下。要是严格按照保质期执行，咱们干不了几天就关张吧……"

看到这里，夏立本神色凝重地盖上了笔记本的屏幕，半靠在床头，一言不发。夏晓炎默默地站起身，把电脑拿到一边。看着女儿的背影，夏立本突然问："这是谁给你的？"

夏晓炎转过身看着苍老了十岁的父亲，低声说："偷拍的那个记者。"

夏立本缓缓地问："你认识他？他想要多少钱？"

夏晓炎愣了几秒钟，继而对夏立本说："他不要钱，就是把资料交给我了。他还告诉我，这是唯一的一份。电视台掌握的资料就是之前网站上播的那段。他说他在权客隆卧底了两个月，拍摄了大量素材，现在，他全交给我了。"

夏立本看着女儿，之前那个任性、无忧又无虑的小女孩已经不见了，仿佛只用了一夜的时间，就变成了眼前这个沉稳安静的女人。他说："他的话可信吗？他为什么要这么做？许世勇说电视台已经把他开除了，他现在在哪里？"

夏晓炎看着父亲，轻轻地说："我相信他。因为他所做的一切都不是为了钱。他脑子里有信念，有理想，他是为了这些而活的。他把东西交给我，是因为……他说不想看到我难过。我也不知道他现在在哪里，我找不到他了。"

夏立本重重地叹了一口气，拉过女儿的手，说："晓炎，爸爸真的老了……"

夏晓炎眼圈红了，哽咽着对夏立本说："对不起，老爸，这么多年，是我一直太任性，不肯承担责任，不肯面对你，也不肯面对我自己。从今天开始，我要做回你的女儿，我会做好我该做的事。"

三十九

让我们重新认识彼此

　　孟想消失了。整整半年，夏晓炎用尽了各种办法都找不到他。权客隆超市已经成为洋春市过去的一道风景。超市关闭了，但是夏立本为了超市而成立的集团公司还在。夏立本回到了朔县，煤矿已经处在半停产的状态。不是无煤可挖，而是他不想再挖下去了。他带着夏晓炎的妈妈——从破产小工厂里买断工龄的技术员——一起住到了矿上。用了半年的时间，他们在山上种了上百亩樱桃树苗。夏立本还学会了发微信，每天，他把他们老夫妻俩种树、浇水、除草的照片发给夏晓炎，让女儿在他曾经坐过的办公室里看到他们在百十公里之外的田园生活。

　　夏晓炎不再去回想当老师的日子。夏立本出院前一天，她递交了辞职申请。她对身后哭哭啼啼、舍不得她走的学生们说："对不起，老师家里有事，不能陪你们了……"

　　公司已经做了书面通知，夏晓炎成为公司的新老板。上班第一天，她婉拒了夏立本要陪她来公司上任的好意。她一个人，坐着公交车，来到公司总部。那一天没有人认识她，她独自一人乘电梯来到夏立本的办公室。门口的秘书有点惊讶地向她打招呼，帮她打开门。她看着那张硕大的老板台、明亮的落地窗，还有窗外静静流淌的春江水，她的耳边响起了孟想的话，"你要重新认识你自己。"

被称为"夏总"的第一天，夏晓炎就把一份全新的发展设想上交到了董事会。这是一个在国内从未有人尝试过的零售连锁模式，"全天然绿色食品超市"。超市不卖日用品就已经损失了很大一部分利润，如果再只卖有机和绿色食品，势必会将市场做小。况且，纯绿色食品和有机食品的成本必然要高出很多，那就意味着，夏晓炎的超市将无法靠"物美价廉"立足。还有，夏晓炎针对超市的企业管理提出的新的模式也让人匪夷所思。她计划以社区店的形式化整为零，不再开办"权客隆"那样大而全的超市。她给每家社区店配备的员工数额是八人，这八个人对门店有绝对的话语权。他们通过投票的方式来决定每天上货的品种，还可以接受社区居民的采买订单。总部也就是夏晓炎带领下的董事会、领导层，对这些门店采取的是类似"自治"一样的管理方式——确定规章制度和利润数额，其他的，由该店员工自行投票表决。那就意味着，如果有一百家店，很可能这一百家店的管理方式、卖的东西都不一样。

这个模式刚一被提出来，就在公司内部引发了轩然大波。领导层费了很大劲儿才明白夏晓炎想做什么，很多人都站出来向年轻的夏总表达对这种模式的担心。还有人不管不顾地给夏立本打电话，希望老夏能站出来给小夏同志浇一头冷水……当然还有许世勇，他从一开始就不看好传统的商超模式，对于夏晓炎这个设想，他的评价只有两个字："幼稚！"他动用在长江商学院的所学以

258-

及他对于市场的分析，不止一次地对夏晓炎进行劝阻。他要告诉她，传统的商超模式落伍了，电子商务才是未来。但是，夏晓炎和夏立本一样，在关键时刻总是又倔又犟。她认准了的事，就要走下去。

恰巧，这个时候许世勇在读的长江商学院要求他去哈佛进修半年。许世勇很认真地和夏晓炎商量："如果你需要，我就不去了，留下来帮你。"

夏晓炎莞尔一笑，说："不必了。你去吧，别耽误你的课。"

许世勇不甘心这个显得冷冰冰又客气的拒绝，又问了一句："夏叔不在，你确定自己可以吗？"

夏晓炎又是一笑："这是我必须要承担的。"

许世勇再一次表明心迹："晓炎，你不需要那么累的，让我帮你好不好？我们一起渡过难关，把丢了的东西找回来！你放心，如果有一天让我找到孟想，我一定不会放过他！"

夏晓炎看着许世勇斗狠的表情，严肃地说："世勇，我想，对于这件事我和我爸爸都达成了共识。这件事，错在公司，在爸爸，在你！孟想没有错！从头到尾，都是你在揣测他有什么企图、他有什么不良居心！你有没有想过，你错在哪里？爸爸又错在哪里？我从来没有怨过孟想，一直以来，我找他是因为我欠他一个道歉。他牺牲了那么多，就是为了一个信念。我们呢？你可以说，他的一个举动让我们损失了上千万资产。世勇，我知道，所有那些事你都是知情的。你没有拦住爸爸，反而推着他一步一步陷进去。我知道你有你的宏伟的商业计划，你需要我爸爸的支持，你希望在你的构建之下，我爸爸的商业连锁超市能迅速扩张……然后呢？然后你要借着这个平台去实现你的理想。这些都没有错，我爸爸也那么愿意帮你完成你的梦想。可是，这人世间总有最基本的对与错、黑与白不是吗？我不愿意相信，我从小就认识的那个许世勇连这些都忘记了。"

许世勇淡定地看着晓炎，嘴角有一丝微笑，他平静地说："经商有经商的道德标准。晓炎，你如果决定要接夏叔的班，有些事就要做好思想准备。这里是公司，三天不盈利就要关张走人。你要养活几百人甚至上千人，你要赚取足够多的流水……夏叔和我爸都老了，做起事来畏首畏尾，所以才会是今天这个局面。晓炎，这间办公室和你的教学班不一样，你最好不要把教学生的那一套拿到这里来。我告诉你，不适用。"

夏晓炎一笑，说："我和我爸一样，骨子里都倔。你说不适用，我倒要看一看怎么个不适用法。我们不妨等等看，看看我的想法和做法能不能在洋春行得通。"

许世勇脸上的笑容变得轻飘飘的，他站起身准备走，转身前他再一次说："你还是坚持你那个什么'全新'模式是吗？那我就看着。晓炎，别说我没提醒你，在中国国内，老百姓买东西，就是一个标准：便宜。他们不管便宜有没有好货，就是越便宜越好。你那套模式完全行不通的。不过你试试也好，否则永远不甘心。等我半年以后回来，我会开创一个电子商务的新模式给你看，那个时候你就会明白，马云不是神话，我也可以！融资、上市、做大，我很乐意给你做一个样本，让你看明白，商业企业应该做成什么样子！"

看着许世勇越来越兴奋的脸，看着他沉浸在自己商业帝国构想中的样子，夏晓炎淡淡地说道："我的理想不是要当马云。我也不想靠卖山寨货发家致富。我就想做一个纯粹的企业，有良心的企业。我相信所有的商业模式都有它合理的利润空间。做得成我就做；做不成，我认了。"

许世勇笑着摇摇头，说："晓炎，你怎么还是那么幼稚单纯？

夏叔真是的，你这个样子就应该待在学校里当你的老师，真的不适合在商场里打拼。不过没关系，我还是认定了咱俩之间最合适。如果有一天你觉得累了倦了，你还可以来找我。我能让你安心做太太或者做你觉得没有压力的事，生意上的事，交给我就可以。不管你是老师还是老总，你记着我说的这句话。"

夏晓炎脸上的笑意一点点退却，坚定地说："不用记，我现在就告诉你，咱们俩从来都没有合适过。现在不合适，以后也不合适。我今天选择坐进这间办公室，就没想着要离开。孟想提醒过我，我必须要面对自己、面对现实，谢谢你世勇，我想我知道自己在做什么。"

许世勇耸了一下肩膀，笑笑，拿起包转身走了。

四十

您还要临时工吗?

　　全新的商业模式刚刚开始构建，夏晓炎就站在了法庭被告席上。被权客隆超市开除的几个临时工联合起来维权，将夏立本的商业公司告上了法庭。他们没想到的是，公司还是那一个，法人代表却已经易主。老夏变成了小夏。

　　本来，夏晓炎不必出庭。公司有代表律师，有法务部，事情有专人打理。夏晓炎给律师的要求也很简单，只要要求合理，该怎么赔付就怎么赔付。

　　夏晓炎出庭只有一个目的，她觉得公司欠那几个临时工一句"对不起"，尤其是对孟剑，她一定要代夏立本说一声对不起。

　　整个诉讼过程并不复杂，双方都没有太多异议。鉴于夏晓炎一方态度很好，并且愿意赔付对方的损失，双方律师都乐于庭外和解。双方在休庭后详细商谈赔付数额，夏晓炎把事务全权交给律师，独自一个人在法院的院子中等着。她想等双方谈好之后，郑重地去给几个年轻人道歉，她还想问他们，还愿意到自己的食品社区店工作吗？

夏晓炎一个人在空落落的庭院中游走，狭窄的小径中还有一个人由远及近、迎面走来。夏晓炎低着头，面色沉静，对面的人轻轻地叫她："晓炎……"

声音熟悉而又疏远，相识而又疏落，夏晓炎抬起头，看清楚了眼前的人，瞬间，泪水盈眶："孟想！我找了你很久……"

孟想消瘦了很多，但是笑容依然阳光平实。他笑着对夏晓炎说："对不起，我换了手机号，又去了外地一段时间，前不久刚刚回来。"

夏晓炎忍泪一笑，问道："你现在做什么？还做记者吗？"

孟想笑着说："不做了……我去进修了一段时间法律，现在和几个朋友一起，成立了一家民间公益机构，专门为临时工维权。今天我是来陪他们出庭的，没想到，看见你在被告席上……"

夏晓炎静静地听着，继而转头看了看身边的绿地，用手背擦拭了一下刚要流出来的泪水，做出一个笑容对孟想说："我一点也不觉得奇怪。我就知道，你不会就这么走了，那就不是我认识的那个孟想了。怎么样，今天的官司很顺利吧，恭喜你，你们打赢了！"

孟想不好意思地笑笑："我没想到你们公司这么配合，一点都没有逃避责任；我更没想到，你做了老总。看来我们之前做的那么多手准备，实在是多余了。不过，下一个被告肯定没有你这么善良。"

夏晓炎也笑了一下，说："这算是夸我还是奚落我？不过没关系，不管是什么，都是我应该承受的，就算是替我爸爸承担吧。"

一句话提醒了孟想，他问："夏总他怎么样？身体没事了吧？"

夏晓炎笑着说："和我妈妈回朔县老家种树去了。他说这么多年挖煤，把山啊水啊的都破坏了，他雇当地农民种了几百亩樱

263-

桃树，也算是还债吧。明年就能请你吃樱桃了。"

孟想点点头，问："那你呢？从老师变成老总，这转变有点大。你……还好吗？"

夏晓炎真诚地说："我还要谢谢你，是你让我面对自己、面对责任，不要去逃避的。这些事本来就应该我承担，我不能再像从前那么任性妄为。我是成年人，是时候去承担了。"

随后，夏晓炎从包里拿出一张名片交给孟想，说："这是我们人力资源部负责人的电话。我本来想一会儿等孟剑他们出来，亲自给大家道个歉，然后问问大家，还愿意不愿意来公司工作。我正在试验一种全新的社区店模式，只卖有机食品和纯绿色食品，每个店由八名员工组成，大家有绝大部分的自主权，经营模式固定，具体经营方法由基层员工讨论决定。如果孟剑他们有兴趣，可以来试试。公司会按照《劳动法》签订相关合同。你是他们的组织者，他们一定相信你。你帮我对他们说，也帮我说一声'对不起'。"

孟想接过名片，点点头，说："我会的。"

夏晓炎做了一个告别的表情，转身向大门外走去。她看见自己的车就停在门口，司机坐在车里正等着她。就快走到大门的时候，忽然一阵急促的脚步声由远而近，她停下来、转身，是孟想快步跑过来，停在距离她三米外的地方，喘着气，笑着说："夏总，你们那儿还招临时工吗？"

（京）新登字 083 号

图书在版编目（CIP）数据

临时工／宗昊著 . – 北京：中国青年出版社，2015.5

ISBN 978–7–5153–3199–7

Ⅰ . ①临… Ⅱ . ①宗… Ⅲ . ①长篇小说 – 中国 – 当代

Ⅳ . ① I247.5

中国版本图书馆 CIP 数据核字（2015）第 051522 号

出版发行：中国青年出版社

社　　址：北京东四十二条 21 号

邮政编码：100708

网　　址：www.cyp.com.cn

编辑部电话：010–57350400

门市部电话：010–57350370

印　　刷：北京科信印刷有限公司

经　　销：新华书店

规　　格：880×1230　1/32

印　　张：8.5

插　　页：1

字　　数：190 千字

版　　次：2015 年 6 月北京第 1 版

印　　次：2015 年 6 月北京第 1 次印刷

定　　价：28.00 元